CW01629750

libraría pedreira
Rúa do Home Santo, 55 Tel.: 981 58 54 03 Fax: 981 58 09 84
Santiago de Compostela www.librariapedreira.com

A MENNULARA

literaria

O Premio Novela Europea, organizado polo Casino de Santiago de Compostela, ten como obxectivo galardoar a mellor novela do ano publicada nun país da Unión Europea. A Comisión Organizadora fai unha proposta de títulos a un xurado constituído por tres seccións. Sección A, composta por residentes, estudantes e persoas que desenvolvan a súa actividade profesional no concello de Santiago de Compostela; sección B, formada por todos os socios do Casino, e sección C, integrada por dez representantes de institucións de Santiago. Actúan como Presidente e Secretario das tres seccións o Presidente e o Vicepresidente do Casino.

Editorial Galaxia agradece a colaboración
da Concellaría de Cultura
do Concello de Santiago de Compostela
na realización e difusión deste libro.

Título orixinal
La Mennulara

© GIANGIACOMO FELTRINELLI EDITORE MILANO (SETEMBRO 2002)

© Da tradución
CARLOS ACEVEDO / EVA ALMAZÁN

© EDITORIAL GALAXIA, S. A. 2005
Reconquista, 1 - 36201 Vigo

ISBN: 84-8288-786-6
Dep. Legal: VG-103-2005

Ilustración da capa
M. Janeiro, a partir dunha
vista de Palermo

Maqueta da colección e
deseño da cuberta
MANUEL JANEIRO

Simonetta Agnello Hornby

A MENNULARA

TRADUCIÓN

Carlos Acevedo
Eva Almazán

EDITORIAL GALAXIA

Á British Airways

LUNS, 23 DE SETEMBRO DE 1963

1

O doutor Mendicò asiste á morte dunha paciente

O doutor Mendicò sentiuse de súpeto moi canso, coas pernas entumecidas e os brazos formigantes. Quedara na mesma posición durante máis dunha hora, coas mans da Mennulara collidas entre as del, acariciándolle os dedos cun movemento circular e delicado, incesante. Ergueu a man dereita deixando a esquerda coa palma pousada sobre a saba onde descansaban tamén as mans aínda tépedas da defunta.

Era un momento solemne que coñecía ben e sempre o emocionaba, o derradeiro deber dun médico vencido pola morte. Cerroulle as pálpebras delicadamente. Despois arranxoulle as mans entrecruzándolle os dedos, colocoullas coidadosamente sobre o esterno, amañou a saba tirando dela ata lle cubrir os ombreiros e finalmente ergueuse para lles comunicar aos Alfallipe a morte da Mennulara.

Quedou con eles tanto como foi necesario, deulle a Gianni Alfallipe o sobre coa última vontade da defunta e baixou apuradamente polas escaleiras do edificio, cruzándose coas veciñas que subían para dar o pésame. Sentira que abafaba naquela casa; así que saíu polo portal púxose a camiñar paseniñamente, respirando a pleno pulmón o aire aínda fresco da mañá. A rúa non medía máis ca unhas ducias de metros pero semellaba máis longa por culpa de ser estreita e chea de recantos formados polos edificios de dous ou tres andares que co paso dos séculos se foran multiplicando ao chou, amoreándose un sobre o outro e englobando as construcións orixinais ata formar pouco menos ca dúas murallas contiguas e irregulares, interrompidas unicamente por dous arcos que as perforaban coma unha galería e a través das cales discorría e cobregueaba costa abaixo unha das moitas escalinatas que formaban a principal rede urbana de Roccacolomba, unha típica vila do interior aferrada á aba do monte.

O doutor Mendicò lembrouse de súpeto de que non lle enrolara á morta un rosario arredor dos dedos, como era costume. Coa memoria volveu visitar o cuarto da Mennulara para se dar conta da propia omisión. Era un cuartiño particularmente nu. Só había o estritamente necesario: a cama, unha cadeira, o armario, unha lámpada e unha radio sobre a mesa de noite, unha mesa estreita que facía de escritorio onde había pousadas en perfecta orde, sobre unha bandexiña de metal, plumas, lapis e unha gran goma de borrar. No estante había dúas fotografías dos sobriños e un retrato bastante destinxido dos pais, uns cadernos e algún libro. As paredes estaban espidas, fóra unha reprodución da *Virxe co Neno* de Ferretti na cabeceira. Faltaban naquel cuarto o toque feminino e mais o elemento relixioso: a marfallada de imaxes sacras, figuriñas da Virxe e santos da terra, botelliñas de auga bendita traída de países remotos que se amorean nas mesas de noite das mulleres; mesmo faltaba un rosario. Non obstante, o dormitorio da Mennulara producíralle a nidia sensación de estar impregnado dunha relixiosidade profunda, case monástica.

A faixa de ceo recortada polos tellados agudos e irregulares das casas era luminosísima, apenas azul, case cegadora. O doutor detívose, deu un fondo suspiro e dirixiu os ollos ao alto, a fitar intensamente o ceo.

—Para onde queira que voase a súa alma, que Deus a teña na Gloria —dixo en voz baixa, e despois retomou o camiño e colleu a escaleira que baixaba para a súa casa. A campá do mosteiro daba as once. O doutor Mendicò calculou que antes de xantar tería tempo de facer as chamadas telefónicas necesarias, tomar un café e dar un paseo: precisaba estar só para pensar—. Nin sequera un médico vello coma min se acostuma á morte —murmurou para si mentres tocaba o timbre da casa.

Gianni volvera para a sala de estar tras acompañar o doutor Mendicò ata a porta. As irmás e a nai agardaban por el en silencio. Santa non se atrevera a entrar, por respecto aos Alfallipe e obediencia ás ordes da Mennulara. Non conseguira, porén, conter a propia curiosidade e quedara no corredor, fincada na porta da cociña, o rostro contraído e aínda bañado en lágrimas, os brazos inertes en asas, a orella posta por ver de pescar anacos de conversa dos señores.

A señora Alfallipe estaba estomballada na butaca, a cabeza para arriba pousada no encosto, os ollos cheos de bágoas, a mirada baleira. Lilla, apoiada no brazo, acariñáballe a fronte. Carmela, en cambio, agardaba a chegada do marido asomada ao balcón.

—Que che deu o doutor? —preguntou Lilla.

Gianni mostroulle o sobre, o seu nome escrito con grandes maiúsculas desordenadas: era a caligrafía da Mennulara. Carmela dera volta ao sentir as palabras da irmá e observábaos. Á vista da carta foi rapidamente onda eles, a berrar:

—Ha de ser o testamento, non o abrades, temos que esperar polo Massimo! —e, coa voz cada vez máis estridente, continuou a repetir: —Temos que esperar polo Massimo!

A señora Alfallipe botouse a chorar, repetindo baixiño, coma se recitase unha ladaíña:

—Xa eu sabía que a Mennù había de pensar en min, que me quería ben —Lilla e Gianni querían abrir inmediatamente o sobre, mais nin se atreveron nin tiveron tempo para contradicir a irmá, porque Santa e as veciñas irromperon no cuarto xesticulando e voceando ruidosamente, todas á vez, para daren o pésame. Ao velas, a señora Alfallipe pareceu desfacerse nun pranto inconsolable, axiña acudida e confortada polas mulleres—. Que vai ser de min? A Mennù coidábame ben! Que fago agora eu que estou enferma...?

Foron todos abrazados e beixados un por un, arrodeados con longas apertas que os deixaron enchoupados da suor das axilas e dos aromas da comida que as mulleres estiveran a preparar: unha mestura de allo, aceite, tomate, pirixel, miolo de pan, un cheiro antigo que uniu os Alfallipe no desprezo polas clases baixas.

Lilla estremeceuse ao pensar que, desde a morte do pai, a nai vivira no mesmo edificio dun pescantín, do electricista de casa Alfallipe e dun chupatintas. Deu grazas pola fortuna que a conducira ata Roma, lonxe daquela vila inmunda. Ocultando a propia indolencia, logo do último abrazo fedorento, Lilla explicoulles ás mulleres que a nai se sentía mal e que a pique estaba de desmaiarse; por sorte, o doutor Mendicò déralle un medicamento e mandáraa para a cama. Ela e mais Carmela non eran quen de deixala soa, anguriada como estaba, e ían retirarse canda ela: que as boas veciñas quedasen pola casa, fosen ao cuarto onde xacía a Mennulara e, se querían axudar a Santa a preparar o corpo, que o fixesen, mentres elas botaban conta da nai, que tanto as necesitaba naquel momento tan angustioso.

A señora Alfallipe, confirmando todo o dito pola filla (que a fin de contas podía permitirse falar con certa autoridade a tal fin, como muller dun médico que era), afundírase aínda máis na butaca, estendera os brazos deixando as mans a pendurar por fóra, a cabeza outra vez abandonada sobre o encosto. Puxérase de novo a murmurar:

—Síntome mal, nunha destas desmáiome —co cal os tres fillos e Santa acudiron onda ela. Naquel momento non foron capaces de evitar a rápida preocupación das mulleres que aínda non se retiraran e que todas eran a dar consellos e a prodigarse de todos os modos. Todas xuntas levaron a señora Alfallipe ata o seu dormitorio e deitárona na cama: unha traía un vaso de auga, outra púñalle unha toalla mollada na fronte, estoutra colocáballe un coxín nas costas, aqueloutra tomáballe o pulso. A señora Alfallipe, satisfeita con aquel celo e temendo que unha melloría do seu estado puidese privala da atención de que gozaba, incrementou as queixas e os ais. Entón chegou o xenro.

Massimo Leone non se atrevera a acompañar a Carmela aquela mañá, cando Santa os espertara chamando polo teléfono para informalos de que a Mennulara estaba para morrer. Preferira parar en casa Alfallipe, a uns poucos minutos de distancia, á espera de noticias. Unicamente cando Carmela chamou por el para lle anunciar que a muller entrara en coma se sentiu autorizado a ir onda ela. Instintivamente seguía a observar a orde da Mennulara: "Pola gloria de miña nai que na miña casa, onde eu vivo, ese non pon o pé", unha excomuñón con todas as letras. Había sete anos que casara con Carmela e non lle permitiran sequera entrar no portal nin telefonar a muller cando estaba naquela casa. Odiara a maldita Mennulara e aínda a odiaba con rabia. Por fin morrera de vez. Massimo sentíase liberado. Subía as escaleiras nun estado de excitación mesturada con resentimento: cravaría a mirada nela, cadáver, mais nin sequera podería mirala con desprezo, como merecía, dado que coa leria que se escoitaba polas escaleiras ben se vía que xa había xente en visita de loito.

As veciñas tratárono coma se fose parte da familia da defunta, arrodeándoo compenetradas, e tentaron agochar o embarazoso da situación, pois que eran perfectamente conscientes do seu exilio. As condolencias ían ben dirixidas:

—Á súa muller queríalle como a unha filla.

—Por eles facíao todo.

—Boa era, abofé que si.

Así que puido, Massimo zafouse das mulleres e entrou no dormitorio da sogra, onde o agardaban ansiosos os cuñados.

Saudáronse brevemente, sen os bicos e apertas de rigor. Lilla axiña cerrou ben a porta logo de lle pedir a Santa que os deixase sós e que non permitise que ninguén entrase. Despois dirixiulle ao irmán unha mirada elocuente. Gianni abriu rapidamente o sobre, sacou del unha folla e leuna coa fronte engurrada. As irmás e o cuñado estaban caladas e inmóbiles arredor del. Gianni continuaba a ler na folla en silencio. Lilla non se deu aguantado:

—Le para todos, que di?

O irmán ofreceullo a ela:

—Non entendo nada, mira ti a ver.

A nai, que semellaba terse reanimado con sorprendente rapidez e ata entón seguira a conversa que traían, volveu afundirse nos coxíns ante as palabras de Gianni, veña a lamentarse. Desa volta ninguén lle fixo caso, porque Gianni comezara a ler en voz alta:

Este testamento non é tal en realidade, porque xa vos dei todo o que vos tocaba e non teño nada que vos dar que sexa voso, pero pídovos que fagades o que vos digo por última vez e deixareivos bens. Quero un funeral en Roccacolomba sen procesión de orfas nin de monxas e todos os Alfallipe tendes que asistir, porque o merezo. Serei enterrada na tumba que comprei fronte á da vosa familia, como lle corresponde á criada que son de casa Alfallipe. Quero nela a miña fotografía e as palabras: "Aquí descansa Maria Rosalia Inzerillo, a Mennulara, que entrou con trece anos na casa dos Alfallipe e serviuna e defendeuna como honrada servente ata a morte". En Roccacolomba non teño nada que deixar, a casa onde morro está a nome da señora Adriana, se quere quedar nela a vivir, pero tendes que encontrarlle unha boa asistenta e pagarlle ben de maneira que estea ben servida ata morrer. As cousas do meu cuarto dádellas ao padre Arena, se lle serven para os pobres e para a igrexa. O resto dos mobles van para a señora Adriana. Quero que poñades axiña unha necrolóxica no Giornale di Sicilia *tal como a escribo eu, palabra por palabra:*

A señora Maria Rosa Inzerillo,
(a Mennulara),
administradora e servente da casa Alfallipe,
faleceu hoxe aos 55 anos de idade.
A apesarada liña familiar Alfallipe laiándose
lamenta inconsolable perda eterna.

Comunican o triste anuncio a señora dona Adriana Mangiaracina, viúva do avogado Orazio Alfallipe, fillos Gianni, Lilla e Carmela e fillos políticos Anna Chiovaro, doutor Gian Maria Bolla e Massimo Leone. Desde os 13 anos viviu en casa Alfallipe e serviu honradamente a familia que chora desconsolada por ela. As exequias serán celebradas ás 15 horas na igrexa da Dolorosa o 24 de setembro de 1963, e posteriormente procederase ao acompañamento do féretro ao cemiterio de Roccacolomba para a súa inhumación no panteón familiar.

Non informedes os meus sobriños. Non quero que me veñan ao enterro. A alma a Deus e os bens a quen lle toquen.

A primeira en falar foi a nai:

—Xa vos dicía que a Mennù había de ter todo pensado. Déixame a casa... Pero quen de vós vai coidar de min, agora que quedo soa? —Erguérase sobre os coxíns e miraba arredor, incorporada na cama. Os fillos e o xenro, mudos e lívidos, non lle facían caso.

Massimo entrementres tirara o papel das mans de Gianni e escrutábao con detención. Púxose a imprecar inesperadamente levantando gradualmente a voz:

—Pero isto que é! Onde van os cartos, e a quen llos deixa? Mira que traguei merda por esa puta porque ti, ti... —berraba apuntando o dedo contra a muller— ti me dicías que nos respectaría ao morrer! Hai que ser ben burra!

Carmela estoupou en lágrimas e foi refuxiarse na cama, á beira da nai, mentres Gianni tentaba acalmar o cuñado lembrándolle que non estaban na súa casa e que no outro cuarto xa había persoas en visita de loito, moi prestos a escoitar para despois andar a rexoubar pola vila adiante.

Lilla sentara á parte e estaba concentrada a reler na carta. Despois falou baixiño, controlando con dificultade a rabia que se lle inflamaba no peito; notaba como lle saía pola gorxa mesturada coas palabras:

—Organizou ela todo, mesmo escolleu a hora do funeral, e a carta escribiríalla o doutor Mendicò: vese que é a letra doutro. É unha carta perversa, non quere a súa familia; se cadra romperan as relacións, ningún de nós se pode sorprender; pero en cambio quere e mesmo ordena que sexamos nós os que paguemos os gastos do funeral e poñamos esta necrolóxica absurda, humillante, mal escrita, o nunca visto para unha asistenta, ou "criada", como se define ela, nada menos ca no *Giornale di Sicilia*, ela que sempre viviu nesta vila e é descoñecida fóra dela. Nin se lle ocorreu publicalo en *La Sicilia*, o xornal da comarca: non, quería a noticia da súa morte no xornal que se le en toda a illa. É unha megalómana, o texto non é máis ca unha apoteose, un panexírico de si mesma; nunca dela pensara que fose tan vaidosa e irresponsable. É o derradeiro abuso que lle temos que aturar. E aínda por riba búrlase de nós: di que non ten nada que nos deixar, dinos que a continua obediencia nos ha traer a fortuna. Que afronta...! —tal era a rabia que Lilla non daba rematado; os demais miraban para ela abraiados.

Entrementres chegaran outras persoas a dar o pésame. No cuarto resoaban as palabras enfáticas do dó. Xusto naquel momento subiu da sala a voz estridente dunha muller que parecía pregoar as mercadorías na praza de abastos:

—Unha santa, era unha santa! Que vidiña de traballos e sacrificios! Non merecía morrer!

A voz veu mesturada cun coro ininteligible, sen dúbida estaban todos a compor as loas da morta. Lilla púxose outra vez a falar con fastío:

—Aínda merecía que abrise a porta para dicirllo claramente á xente, que non se chore por esta asistenta que agora se burla de nós sen piedade!

Massimo estaba de pé, coas mans agarrando o encosto dunha cadeira, case coma se quixese esmiuzala. Dixo en voz alta, coma querendo facerse oír por todos os da casa:

—Nunca quixo máis ca mortificarnos; esta carta está chea de fel.

Gianni engadiu alporizado, xirado cara a Lilla:

—Ti vives en Roma, pero eu dou clase na universidade e levo o nome dos Alfallipe: pór no xornal unha necrolóxica dese tipo sería unha vergonza insoportable tanto para min coma para Anna. A xente vainos tomar por inútiles e inda por riba parvos. Moito se van rir de min.

Carmela botouse a berrar:

—Ti polo menos marchaches de aquí, pero eu que, eh? Son eu a que vive en Roccacolomba! Que vai dicir a xente!

Falaban todos á vez, a daren voltas polo cuarto rabiosos e frustrados, coma feras nunha gaiola.

A señora Alfallipe, feble e con aire case adolescente mentres se deixaba estar anicada entre os coxíns da gran cama, seguíaos cos ollos cheos de bágoas, sorprendida e amoucada. Tivo que intervir para evitar o escándalo e sorprendeuse a si mesma e tamén aos demais pola firmeza con que falou: non lle interesaban as disposicións funerarias, ás cales prestara pouca atención, ela pensaba no que lles correspondía aos fillos, e eles debían pensar niso máis ca ela, que a fin de contas ela era vella e axiña morrería, xa o notaba nos ósos:

—Malencarada e raposeira era, pero honrada tamén, e axudounos a todos; facérmoslle o funeral é xusto. Confiade en min, que vos dará aquilo que vos toca, non teñades dúbida. Se cadra esta carta só é para as disposicións do funeral, ha de haber un testamento. Poida que organizase as cousas para non pagar o imposto de sucesións, que á Mennù non lle gustaba pagar impostos. Por caridade, acougade, que hai xente aí —e desfíxose en lágrimas, extenuada pola longa invectiva.

Tamén Carmela estaba preocupada pola herdanza e agarrábase a un fío de esperanza:

—Aínda así hai que lembrar unha cousa, que a Mennù sempre mantivo a palabra, e viña dicíndomo ata onte pola tarde que, en facendo o que ela dicía, teriamos o noso. Poida que haxa un testamento no notario ou así, ou que xa teña feitas unhas doazóns, ou que puxese ao noso nome as contas do banco e nós non o saibamos... Hai que buscarlle nos caixóns. Non é de fiar o doutor Mendicò, que é medio parvo. Ti que dis, Massimo? —buscaba a aprobación do home, que lles daba as costas a todos e estaba de pé no balcón. Massimo non se moveu. Carmela palideceu e botouse outra vez na cama da nai a choromicar.

Santa petaba na porta, curiosa e preocupada. As demais mulleres sentiran un gran barullo e morrían por saber o que pasaba. Preguntou con tento se podían entrar unhas persoas para lle dar o pésame á señora Adriana. O cuarto volveu encherse de xente e o grupo familiar disolveuse. Massimo desaparecera sen saudar a ninguén e non foi visto ata a tardiña. No modesto apartamento da Mennulara nunca houbera tanto xentío: as visitas continuaron ata a hora de comer; amais da xente da súa clase viñeron tamén algúns parentes e amigas íntimas da señora Adriana, mesmo algúns vellos empregados de casa Alfallipe.

2

Na tarde do día da morte, a familia Alfallipe toma decisións fatídicas e os irmáns Alfallipe pasan a noite cada un cos seus propios asuntos no canto de velar a defunta

A primeira hora da tarde, durante un breve descanso entre as insoportables visitas de condolencia, Lilla propuxo un plano:

—Primeiro de todo, temos que organizar o funeral, que o corpo non pode quedar aquí para sempre. Facemos como di ela, paréceme adecuado. Despois entramos no seu cuarto e buscamos o testamento ou calquera outra disposición escrita. Así que sexa posible chamamos o notario Vazzano, localizamos o contable ou o xestor que se encargaba da declaración da renda, temos que investigar quen era. Canto á necrolóxica, eu estou totalmente en contra de publicar o anuncio en xornal ningún, a fin de contas non era máis ca unha asistenta.

A señora Alfallipe, reanimada coas visitas e as loas que se multiplicaban pola defunta, opúxose cunha determinación que asombrou os fillos. Quería que se puxese a nota polo menos na vila, escrita como quería a Mennù. Falou moito e con voz forte:

—Se logo da morte do voso pai tiven unha vida levadía, foi unicamente grazas á Mennù. Vos tendes con todo dereito as vosas familias e vivides nas vosas casas, ningún de vós se ofreceu a levarme ou a vir onda min a casa Alfallipe —fixo unha pausa e mirou para Gianni, o fillo varón e predilecto, e seguiu—: De feito estabades todos de acordo en que eu tería que quedar alí soa. De noite o vento bate nas persianas, os vidros das fiestras tremen todos e hai centos de ruídos. A min dáme medo. Polo día, os cuartos baleiros e os corredores desertos daquela casa prodúcenme tristura, por non falar do frío do inverno e dos gastos de manutención. En min nunca pensastes, só pensabades naquilo que a xente di. Eu necesito compañía. A proposta da Mennù de eu durmir e comer na casa dela era a mellor. Polo día era libre de ir á miña casa como e cando quería, seguín a recibir e a usar os meus apousentos, que a Mennù sempre mos tivo limpos e ordenados. Falta o día que me deixara soa, nin aquí nin en casa Alfallipe: sabía que morrería de medo. A Mennù desfíxose en coidados por min e abofé que merece o funeral e a nota necrolóxica.

Sorprendidos co ton decidido da nai e conscientes do velado reproche contra eles, tiveron que renderse ao seu desexo. Chegouse así a un compromiso: poríase a necrolóxica, pero unicamente polas rúas da vila, e o texto sería reescrito. Con gran sorpresa para todos, Massimo, a quen Carmela telefonara inmediatamente para lle comunicar as decisións finais, ofrecérase a encargarse do asunto persoalmente e todos lle estiveron agradecidos.

O resto da xornada transcorreu velozmente. A señora Alfallipe estaba distraída e animada coas chamadas de afecto das amigas e coas visitas. Parecía que non cansaba nunca de repetir os detalles da longa doenza da súa Mennù, a dolorosísima agonía, o trastorno causado pola morte repentina; mesmo se diría que se confortaba coa autoconmiseración, que desa vez era máis ca xustificada.

Quixo que Gianni quedase canda ela e así cargou menos nas fillas, que tiveron oportunidade de se dedicaren aos centos de cousas que había por facer, entre elas os preparativos para o retorno da nai a casa Alfallipe, inevitable xa, polo menos temporalmente.

Gianni e Carmela, que coñecían mellor a xente da vila, quedaron a atender a chea de telefonadas e visitas que se sucedían insistentes e numerosas no pequeno apartamento da Mennulara. Lilla casara fóra de Roccacolomba. Mantivera moi poucos contactos e por iso se encargou de lle dar ordes a Santa sobre os preparativos para os seguintes días e a limpeza de casa Alfallipe, dedicándose mentres á procura do testamento. O notario Vazzano, de feito, a quen telefonara, admitira con algo de apuro non ter ningún testamento nin disposición ningunha da Mennulara e suxería unha busca polo miúdo nos caixóns dela. Lilla probara a rebuscar nas cómodas e nos armarios da casa cando non había xente polo medio, pero non encontrara moita cousa: fotos dos sobriños, recibos e xustificantes de pagamento, un caderniño cheo de números e sumas, listas da compra, anotacións e mesmo esbozos de notas necrolóxicas. Decidiu entón facer unha procura máis sistemática en casa Alfallipe.

Pola tardiña Lilla volveu á casa da familia. Causoulle impresión abrir o portón coa gran chave de ferro, entrar soa na casa en que vivira de pequena, cos pais e mais a avoa, dirixirse aos cuartos do servizo atravesando ambientes que había moitos anos que non vía: o cuarto onde as criadas pasaban o ferro, a antecociña, a gran cociña xamais remodelada. Subiu despois pola angosta escaleira de madeira que levaba aos cuartos das criadas, no entresollado en tempos ocupado polo numeroso servizo, onde a Mennù durmira soa durante anos. A pesar de haber po por todas partes, era evidente que os dormitorios foran periodicamente limpos e gobernados. Parecía coma se a casa quedase cerrada durante unhas vacacións de verán: as camas estaban cubertas con teas vellas pero limpas, os obxectos e a decoración estaban metidos nos armarios para evitar que se enchesen de po, os baños e os lavabos estaban inmaculados. Non atopou nada do que buscaba, agás inventarios do contido dos armarios, escritos en maiúscula coa grafía imprecisa da Mennù.

Coa caída do serán, Lilla decatouse dos ruídos, do estralar e bater de portas, do renxer de gonzos, o zoar do vento nas árbores do xardín interior, o bater de ás dos paxaros cuxos niños estaban agochados baixo as cornixas, e compartiu por primeira vez as ansias da nai: mesmo lle encontrou gusto á idea de aquela noite durmir na casa da asistenta.

Gianni Alfallipe, home de natureza tranquila, quedara atordado cos acontecementos dos últimos días. Levaba unha vida serena e regulada, en Catania, coa querida muller, tamén profesora universitaria e moi nova. A Mennù informárao da verdadeira natureza do seu mal a principio de mes, pero dándolle a entender que non había de morrer tan axiña. Por unha coincidencia fortuíta, Lilla chegara a Catania o sábado anterior por mor duns asuntos, pois que de non ser así tería ido para a acostumada visita á nai a final de mes, collendo o primeiro avión da mañá para volver a Roma no último voo. A tarde anterior Carmela informáraos do empeoramento do estado da Mennù e pedíralles que fosen inmediatamente.

Mentres, as irmás decidiran (a proposta de Carmela) que non se fixese o velorio tradicional. Unicamente Lilla e a nai, que se negara a deixar a finada soa, ían quedar por unha última noite naquela casa. Gianni había volver o día seguinte á mañá, coa muller, a tempo para o funeral. Ían abrir outra vez a casa Alfallipe para levar a nai, con alivio para elas e inmensa anguria da principal interesada, dándolle daquela fin a aquela lamentable cohabitación na casa da asistenta.

Só cando foi deixando Roccacolomba ás costas conseguiu Gianni recompor a situación. A Mennù fora parte da súa vida ata a adolescencia, ao principio criada-aia devota e afectuosa, despois criada-administradora dos bens da familia. Fora amargándose progresivamente, pero era o sustento da casa Alfallipe: estimulábao a estudar, dáballe sermóns moitas veces incomprensibles sobre os perigos do mundo moderno e sobre a importancia da posición social de todos eles, insistindo en que debía de facerlle honor ao nome que levaba. Tanto foi así que ao final estaba ben contento de poder fuxir da oprimente atmosfera doméstica e marchar de interno a Catania para estudar o bacharelato. Desde entón, Gianni afastárase emocionalmente de toda a familia, incluídos os pais: desprezaba a autoconmiseración e a escasa cultura da nai, que sempre o oprimira co seu apego egoísta e ansioso; co pai consolidara unha recíproca incomprensión.

Tras a morte deste último, Gianni non dubidara en quitarlle á Mennù a administración do patrimonio familiar. As irmás seguiran o seu exemplo e dese modo destruíran a base do poder dela dentro da familia; a Mennù non o dera reconquistado nin sequera coa indecorosa decisión da nai de ir vivir onda ela, pero despois recuperárao, polo menos en parte, cun custoso estrataxema: a fin de obrigalos a visitar asiduamente a nai, ofrecérase a entregarlles aos tres irmáns unha especie de soldo mensual, sempre que se achegasen a Roccacolomba para recibilo. Cada vez que incumprisen a súa imposición, terían que renunciar, cousa que sucedía máis ben pouco: tratábase dunha suma nada desprezable e o diñeiro víñalles ben a todos. Coa morte da Mennù pechárase unha fase da vida de Gianni. A partir de entón podería concentrarse na súa carreira e na familia que esperaba formar coa muller; quedaba aínda o enigma da riqueza aparentemente inmensa de Mennù e as dificultades que probablemente atoparían para botarlle man, amais do problema de facerse cargo da nai, pero el imaxinaba que todo se había resolver co tempo.

Igual ca o pai, Gianni tiña unha espectacular capacidade para eliminar todo aquilo que o desacougaba: así que o coche superou o cruzamento de Roccacolomba e a estrada comezou a baixar por unha pendente suave e continua, atravesando as mestas carballeiras dos feudos dos príncipes de Brogli, administrados polos seus devanceiros xeración tras xeración, comezou a saborear o pracer de ver outra vez a muller, esquecendo a vila e mais os seus habitantes. Aquel serán, porén, veulle un grande ardor ao estómago e pola noite durmiu mal.

3

Massimo Leone festexa incautamente á súa maneira a morte da Mennulara

Sen dúbida ningunha foi Massimo Leone quen, pola contra, tivo unha xornada de satisfacción. Pola tarde ocupárase da organización do funeral. Compuxera a necrolóxica segundo acordaran os familiares. Escribiríaa de modo aínda máis conciso, pero cumpría ter contenta a sogra, que era, ao seu parecer, unha gran comediante capaz de improvisar unha crise histérica e de finxir un desmaio para obter o que quería. O funeral había ser simple, nada por riba daquilo que a posición social da defunta requiría, e Massimo fora gratificado e animado polos sinceros agradecementos dos cuñados, sobre todo porque lle quedara enriba unha mestura de incomodidade e vergonza por excederse diante de todos.

Ao serán cearan na casa, sós. Carmela estaba a falarlle dunhas visitas recibidas cando de súpeto se interrompeu:

—E que vai pasar o 25?

—Niso pensei eu esta mañá. Ti sabes de onde quitaba os cartos?

—Chegábanlle por correo, creo —respondeu Carmela encerellándose.

—E como o sabes? —insistiulle Massimo agresivo.

—Sempre dicía que tiña que ir á oficina de correos o 25 porque era cando San Paganino lle mandaba os cartos.

—Pois entón han chegar coma antes —concluíu Massimo.

—E quen vai ir por eles? —preguntou Carmela mentres se lle escurecían os ollos ante a idea de que aquela nova encarga recaese sobre ela.

—Mira, hoxe foi un día de tolos, niso xa pensaremos mañá.

E acabaron de cear rapidamente.

Despois de cear Massimo saíu para ir onda os amigos do bar da praza. Carmela erguérase e, estando soa, púxose a facer longas chamadas telefónicas ás amigas, coas cales por outra parte falaba todos os días, para anunciarlles a morte da Mennulara a aquelas poucas que aínda non estaban ao corrente. Recomendoulles a todas non se molestaren en ir ao funeral, que sería unha cousa para uns poucos achegados e a unha hora fóra do común, para asistiren terían que renunciar á sestiña da tarde, e tampouco era cuestión de tal, dado que non se trataba máis ca dunha asistenta. Nin sequera naquela ocasión podía deixar de queixarse da Mennù, e concluía todas as conversas dicindo cun chisco de malicia:

—É verdade que non se fala mal dos mortos, pero tiña un carácter difícil e cumpría a paciencia dun anxo para aturala... Massimo é un santo, mira que sufriu por culpa dela, pero hoxe axudounos moitísimo.

Carmela omitía que a familia ía pegar polas rúas unha nota necrolóxica porque lle daba vergonza.

De camiño á praza, a Massimo viñéronlle os habituais pensamentos de incomodidade e medo. Mentres que pola tarde saboreara o encontro cos amigos con todo o que lles tiña que contar, chegado o momento, en cambio, tiña medo do futuro. Acabárase a certeza duns ingresos que, aínda que reducidos, lle permitiran ter a raia os acredores logo da creba da súa actividade comercial. Dáballe voltas á conversa que mantivera con Carmela, que tan parva non era, a fin de contas. Deixárase convencer polos cuñados e pola muller de que o testamento habería nomear herdeiros os Alfallipe. Pero entón xa consideraba a posibilidade de, pola contra, a asistenta non ter intención de facer testamento ningún, de maneira que a herdanza lles quedaría aos sobriños. Tiña todo claro. Por iso non quixera que fosen ao funeral, era a última burla á familia: "Enriquecinme ás vosas costas, fágovos cargar cos gastos do meu funeral e collo e déixolles todo aos meus herdeiros lexítimos", así debeu pensar ela con maldade. Ante a soa hipótese de que as cousas fosen así, Massimo tivo unha especie de mareo, un arrefrío, un tremor de pernas. Houbo de volver para a casa, se non fose porque recibiu unha palmada no ombro.

—Vaia aguante tes, Massimo! Logo dunha dura xornada en casa Alfallipe non renuncias a saír! —co cal recuperou a forza e seguiu ata o bar co amigo, onde bebeu a eito e animou a velada, a falar case todo o tempo da Mennulara: había anos que desexaba a súa morte, foran tantos os insultos, era unha ladroa e comprara a casa (e quen sabe canto máis) cos cartos que lles roubara á súa muller e aos irmáns. Massimo repetíallo a calquera que se unise ao grupo. Repetíao obsesivamente buscando consenso:

—Esa fixera tanto mal que merecía morrer asasinada. Se cadra mesmo acabaría facéndoo coas miñas mans, pero ao final non foi preciso: saíalle o propio veleno das mesmas entrañas e nel afogou.

Confortado coa bebida, reanimado coa idea da herdanza e aguilloado pola maliciosa vivacidade dos amigos, Massimo deixou a un lado as dúbidas que o asaltaran pola rúa e, gozando xa da riqueza que finalmente había de volver aos Alfallipe, non tivo medo de dar mostra da súa exaltación. Na alegría xeral acabou dicindo que tiña xurado que non chegaría aos corenta anos con aquela miserable sempre polo medio, e que para o ano había celebrar o fatídico aniversario en Taormina: os amigos estaban todos convidados á festa, só homes, claro está.

Xa era noite fecha cando, indo a tombos de borracho polo camiño de casa, Massimo tivo a clara sensación de que falara de máis. E velaí outra vez os seus fantasmas. Ao cabo e ao remate, por mala que fose, a Mennulara tiña certo sentido da xustiza e, malia a aversión que sentía por el, non fixera distingos entre Carmela e os irmáns, como el temera inicialmente. Desde xaneiro daquel ano, a dicir verdade, no canto de entregarlle a Carmela a totalidade da suma pactada, a Mennulara establecera o sistema de saldar as súas contas directamente cos comerciantes, dándolle o resto en efectivo.

A irmá quería saber se as sospeitas da Mennulara eran fundadas. Levantáralle el a man á Carmela? Massimo negara torpemente a acusación afirmando que, en todo caso, era deber e dereito dun marido pór a propia muller no seu sitio e facerse respectar por ela, mesmo recorrendo ás mans se fose necesario, pero que no caso deles non facía falta, porque el sabía manexar ben a Carmela: a Mennulara non era máis ca unha pérfida e unha mentireira que quería destruír a súa felicidade conxugal.

Logo daquela conversa, Massimo evitaba quedar só coa irmá máis vella, a quen por outra banda lle quería moito, e que de cativo sempre o axudara e o protexera dos paus do pai. Pero el sabía que era o que sospeitara a Mennulara. Durante unha discusión, na noite de fin de ano, quizais por beber moito, unha puñada que ía dirixida ao peito de Carmela acabou dándolle no pescozo, e deixáralle un negrón bastante grande. Carmela tentara escondelo cunha bufanda, e el mesmo lle regalara un bonito fular de seda para obter o perdón, pero aquela bruxa que vía e sabía todo decatátase.

Desde aquela Massimo xa aprendera a bater na muller unicamente estando sobrio, para poder así golpear en partes que quedasen ocultas á vista da xente. Cando volvía á casa borracho cunha incontrolable necesidade de asañarse con Carmela por culpa da rabia que o comía vivo e do complexo de inferioridade que o torturaba, no canto de moela a paus posuíaa con violencia, baleirábase dentro dela ata as entrañas. Despois de expulsar todo o odio e o resentimento que alimentaba contra o mundo, conseguía atopar descanso, desfeito pero saciado ao lado da muller desfalecida.

En realidade aquel rito chegara a ser case agradable para ambos. Carmela interpretárao como unha volta á paixón e como unha proba de amor, a pesar da intensa dor física. E así fixeron tamén aquela noite.

4

En casa Mendicò, a conversa entre irmán e irmá no día do pasamento

Había tres anos que o doutor Mendicò vivía coa irmá Concetta, viúva de Di Prima, na vella casa da familia. Encontráranse viúvos e sós, e Concetta volvera a Roccacolomba. Os fillos vivíanlles todos noutras cidades, e mesmo na península.

—Así nos pagan ás nais que educamos ben os fillos: estudan, casan, triúnfan e despois marchan —repetía sempre a irmá— e os vellos quedamos sós e tristes na vila.

Os dous irmáns, en realidade, vivían ben xuntos. Recuperaran un antigo costume da infancia: tocaban o piano a catro mans case todas as tardes. Tres veces ao ano ían visitar os respectivos fillos e netos, e participaban na vida social da vila con gusto e asiduidade, por máis que xa tivesen superados case os setenta anos. A señora de Di Prima retomara vellas amizades e o doutor xa non exercía a tempo completo; facía as visitas a domicilio á última hora da mañá e pola tarde recibía os pacientes, en días alternos e unicamente durante media xornada, no estudio da casa en que vivían, como fixeran seu pai e seu avó antes ca el.

Ambos obtiñan satisfacción do contacto humano que o médico crea non soamente co paciente, senón coa familia enteira, e que, nunha vila coma Roccacolomba, se transformaba moitas veces nunha afectuosa relación de amizade. Dese xeito, o doutor Mendicò continuaba a curar fileiras e fileiras de pacientes fieis e devotos, suscitando a envexa da nova xeración de médicos de Roccacolomba. Cando o irmán estaba ausente, a señora de Di Prima dispensaba consellos e ás veces chegaba a suxerirlles remedios aos pacientes, con gran satisfacción deles; iso por non falar das nais novas, que case preferían consultar con ela cando se trataba de gripes e arrefriados dos cativos.

Sentado no balcón a tomar un aperitivo, baixo o morno sol de outono, o doutor describíalle á irmá a escena que se vivira na casa da Mennulara:

—En case cincuenta anos de profesión, xamais me pasara ter que quedar só cunha moribunda, como me pasou hoxe. Ningún dos Alfallipe, nin sequera a señora Adriana, sentiu o deber ou a decencia de estar ao lado daquela coitada chea de sufrimentos e confortala. Despois, non o perdas, cando lles anunciei que morrera, quitando a señora e mais Santa alí non che houbo unha lágrima por parte dos fillos; a min ninguén me preguntou nada: nin que como morrera, nin se sufrira, nin se podían ir vela... Nada, entendes? Coma se morrese un can. Gianni Alfallipe foi o primeiro que me dirixiu a palabra, e sabes o que me preguntou? Quería saber se a Mennù me dera algo para eles, unha carta, un testamento.

O doutor acalorárase, as meixelas puxéranselle rubias.

—Xa ben lle cadra... Eu nin sequera mirei para el, e pregunteille a toda aquela xentiña: "E logo non a queredes ver primeiro, á Mennù?"

Fixo unha pausa, faltábanlle as palabras. Bebeu un grolo da copa, mirou arredor e pousou os ollos nos testos de terracota rebordantes de xeranios que a irmá coidaba con tanto cariño que daba gloria velos: vermellas e violáceas, as flores abríanse vizosas entre as follas carnosas e arredondadas coma abanos. Despois seguiu a falar:

—Unicamente a Santa, que pareceu que estivese agardando a que eu tal dixese, entrou axiña comigo no cuarto onde xacía a Mennulara; os Alfallipe seguían mudos. Non amosaban emoción ningunha, quedaron en pé diante da defunta, tesos coma esteos. Parecían incomodados, mesmo molestos.

O doutor interrompeuse, avergonzado daquel xuízo duro e quizais incauto, certamente carente de compaixón: a dor manifféstase de moitas maneiras, e igual eran reservados, máis nada, e estaban intimidados pola súa presenza. Levaba corenta anos e pico sendo o médico dos Alfallipe, pero case non tiña ningunha confianza cos fillos: Lilla e Gianni había tempo que vivían fóra, e Carmela escollera outro médico xa desde que casara. Dixo en voz alta:

—Se cadra son demasiado severo con eles, pero eu á Mennulara queríalle ben —e terminou o Cynar.

Luns pola tarde o doutor Mendicò non recibía pacientes, de maneira que decidiu descansar. EStaba rendido porque nos últimos días fora á casa da Mennulara mañá e tarde. Acordou da sesta con novos ánimos e quedou na cama, a escoitar música na radio. Desganado, botou man do libro que había tempo que comezara a ler con paixón, mais non se daba concentrado, xa non lle interesaba. Cerrou as pálpebras e na calor suorenta das sabas veulle á memoria o recordo do seu primeiro encontro coa Mennulara, enterrado e esquecido desde había medio século.

Era el un doutor aínda mozo. Licenciárase había pouco, o pai morrérralle prematuramente e daquela tocáralle a el proseguir a tradición familiar e manter a nai e as irmás. O traballo gustáballe e tiña a enerxía da xuventude. Aos notables da vila e á vasta clientela do pai caéralles ben. Dábase de conta, porén, de que as familias podentes o chamaban para problemas de pouca importancia ou para lles curar o persoal de servizo; sentíase coma se lle fixesen realizar as prácticas con aqueles coitados. A el aquilo non lle molestaba: era un desafío tentar curar os males causados pola alimentación insuficiente e pola falta de hixiene, dosificar eficazmente as poucas medicinas que el podía permitirse regalar ou que os pacientes podían adquirir, e así aprendía rápido e ben o oficio de médico, e mesmo de cirurxián en caso de emerxencia.

A familia Minacapelli, unha grande e respectada casa da provincia, acolléraо con simpatía. Un día, a señora Carmela Minacapelli preguntoulle se estaba disposto a visitar a familia da criada preferida da súa filla Lilla. A pobre deixara o servizo para casar e desde entón caeran sobre ela toda clase de doenzas e desgrazas.

A porteira acompañárao de mala gana ata a casa dos Inzerillo, e non lle faltara tempo para desaparecer así que lle indicara cal era a porta da casa. Luigi Inzerillo tusía, sentado fóra da porta; o doutor pensou que o paciente era el, pero axiña lle dixeron que era a muller quen estaba peor, e tiñan razón. Addoloratina, a filla, acompañouno dentro da casa. Os Inzerillo vivían nunha corte da familia Minacapelli, non lonxe do pazo, adxacente á corte aínda en uso. Carecía de luz natural e ventilación, era húmida e estaba invadida polo fedor da corte, onde se criaban cabras e cabalos. Non estaba sucia, pero limpa tampouco.

O doutor Mendicò chegara ben axiña á diagnose: Nuruzza Inzerillo tiña pulmonía. Cumpría facerlle sangrías, non habendo outro remedio para a febre alta. A correr, antes de facerse noite, marchou para a casa e volveu co necesario. Baixo a mirada ansiosa do marido e asombrada da filla, á luz tremente dunha candea, aplicoulle as sambesugas nos ombreiros. Con destreza despegaba os vermes enchidos de sangue, volvía metelos nas ampolas de vidro e substituíaos con outros esfameados, operación desagradable pero eficaz.

Sentía un aquel de incomodidade, notábase observado, case controlado. Mirou de esguello para aqueles dous desgraciados que tiña ao lado, pero non eran as súas miradas asustadas e ansiosas o que lle daba aquela estraña e desacougante sensación. Volveu meter as sambesugas no bote, cerrou o bolso e ergueuse, logo de tranquilizar a doente. Oíu un renxido procedente da parede do fondo e na penumbra viuse sinalado por dous ollos grandes e negros. Luigi Inzerillo ergueu a candea e o doutor conseguiu ver o rostro dunha cativa, circundado por mestos rizos escuros, que xurdía da manxadoira do fondo da corte. Miráronse.

—Fixéchelo ben —dixo unha voz clara e aguda, en ton de aprobación e sen nada de timidez. Despois a cabeciña afundiuse dun chimpo no oco da parede e desapareceu.

Luigi Inzerillo dixo:

—A mamá está mellor, ti agora durme —e despois, mirando para o médico, explicou avergonzado—: Élle a outra filla miña, Rosalia; ten que disimular doutor, non chega aos catro anos, non lle quería faltar ao respecto.

Aquel fora o seu primeiro encontro coa Mennulara, e a primeira vez que o sorprendía.

A partir de entón o doutor Mendicò tivo que atender a miúdo os Inzerillo e a súa filla máis vella. Amais das doenzas de Luigi e Nuruzza, os tres padecían de tuberculose; a pequena quedara milagrosamente sa e baixo a súa guía acabou sendo unha dilixente enfermeira, pronta a aprender os remedios herbais que el, non podendo dispor das caras medicinas, lle ensinaba a preparar e administrar. Era unha picariña espelida, chea de recursos e, a pesar das desgrazas, alegre.

O doutor adondou o coxín e adormentou outra vez.

Aquela tarde, a señora de Di Prima recibiu moitas chamadas por teléfono: ás amigas chegáralles a nova da repentina morte da Mennulara e estaban ávidas de detalles. Ao non saber responder como lle gustaría a todas as preguntas, a señora de Di Prima aproveitou a cea para retomar a conversa co irmán.

—E o testamento, tíñalo ti? Déchesllo ao Gianni?

—Tiña unha carta para darlles; déillela como ela quería.

—E ti líchela?

—Tiña que facelo.

—Por que?

—Faltaba unha cousa.

—Que cousa?

—Iso a ti non che importa, curiosa —os dous irmáns divertíanse a cotifar, como facían de cativos.

—Era un testamento?

—Non me pareceu.

—Pero que fortuna podería ter esa servente?

—Que che importa a ti? Es peor ca as lerchas da vila!

—Se tiña, debían ser bens dos Alfallipe, regalados ou se cadra furtados, pero non creo que o soldo que lle daban lle permitise comprar o piso onde vivía!

—É difícil de explicar —dixo o doutor, en ton de irmán maior—, tes que entender e asimilar que todo o que pertence aos Alfallipe lles foi dado aos Alfallipe, e que todo o que lle pertence á Mennulara sempre foi dela, e punto. O seu sangue tivo que suar para gañalo.

—E ti que sabes desas cousas?

—En todo caso, non esquezas que era unha paciente moi difícil, pero unha moi boa persoa. Mañá imos os dous xuntos ao funeral, se queres.

O doutor esperaba con iso pórlle fin á conversa, e desa vez conseguiuno.

5

Na tarde seguinte á morte da Mennulara fálase do pasamento no patio da portería do pazo Ceffalia

Don Paolino Annunziata fora durante algo de tempo cociñeiro e despois chofer ao servizo de tres xeracións dos Alfallipe; tería servido a catro de non ser despedido antes de tempo, cando a fortuna da familia viñera a menos, tras a morte da señora Lilla. Contentárase cunha modesta indemnización e un comodato que lle permitía continuar a vivir na casa do chofer, na parte baixa de casa Alfallipe, xunta o garaxe, onde criara coa muller, dona Mimma, os seus excelentes fillos, todos colocados e con bos postos de traballo. En xeral gozaba dunha vellez agradable, agás polos reumatismos das pernas e o pouco diñeiro, porque de pensión non se falou nunca, dado que os Alfallipe, avaros co servizo e xenerosos con eles mesmos por tradición familiar, non lle quixeran "arranxar os papeis", aínda que lle correspondese por dereito.

Todas as tardes baixaba fatigosamente as escaleiras que baixaban á praza, ao pazo Ceffalia, onde a cuñada, dona Enza, e o marido, don Vito Militello, traballaban de porteiros. Quedaba longo tempo a conversar pracenteiramente e a mirar para o aire; mais tamén facía o seu servizo botando conta da portería cando os cuñados andaban ocupados noutra parte do pazo.

Moitas veces, pola tardiña, a muller uníase a el logo de facer as angueiras da casa, traendo a comida cociñada por ela; así comían todos xuntos na ampla casa do porteiro ou, de verán, mesmo no patio da bodega que, ao xa non ser usado pola familia dos señores, acabara por formar parte da portería, xardín e galiñeiro.

Na portería do pazo Ceffalia a todas horas había ir e vir de xente, parentes e amigos, case todos de familias ao servizo dos notables de Roccacolomba, que paraban para saudar e descansar antes de seguir o camiño, e para botar unha latricada. Desde a caída dos Borbóns, a oligarquía de Roccacolomba mantivérase unida e gozara dun longo período de estabilidade e benestar. Indirectamente, as familias que durante xeracións a servían como criados —cocheiros, cociñeiras, criadas, aias, porteiros— podían beneficiarse dunha posición tamén estable e non eran indixentes en absoluto, a pesar de viviren en condicións de pobreza. Ligados aos amos por una relación que viña de xeracións —unha mestura de respecto, resentimento e tamén afecto recíproco—, fixeran propios os valores destes e os seus modelos de comportamento. As familias que servían nas casas miraban por riba do ombro os outros pobres da vila que non tiñan amos e ían tirando na incerteza do pan de cada día; ademais sentíanse en certo modo protexidos, pero tamén ameazados, segundo a posición dos señores, pola outra gran compoñente da sociedade latifundista: a mafia, que daquela atravesaba unha fase de rápido ascenso e estaba pronta a penetrar nas provincias orientais.

O pai de don Vito Militello entrara de porteiro do barón Ceffalia, novo nobre emerxente na sociedade estratificada da vila: puxérao na portería máis suntuosa da praza, cun caseto de madeira traballada, e puxéralle unha bela divisa de cor azul escura, como fan os nobres da cidade. A portería acabara sendo un centro de visitas e lerias para a xente que servía cos ricos, fonte utilísima de información que despois chegaba aos señores por medio da muller do porteiro, de maneira máis veloz e precisa ca mediante as canles ortodoxas que constituían as conversas nas xuntanzas e nos salóns. Tal tránsito de xente producíase, pois, coa tácita aquiescencia do barón, a quen non lle molestaba que a portería do pazo Ceffalia brillase con luz reflectida.

A tarde do 23 de setembro don Vito estaba sentado no caseto desde onde controlaba ao mesmo tempo a entrada, o ir e vir da praza e as actividades da súa familia dentro da portería. Conversando agradablemente co cuñado, don Vito comentaba:

—Morreu comesta pola súa ambición e avidez, mira que era bruta e maleducada! Afastárase da xente do seu nivel (que en realidade do noso nivel non che era, eh?, que para iso nacera filla de xornaleiro) e colleu todos os aires dos Alfallipe; tíñase por un deles, e mais nunca o foi nin o podía ser. Os fillos do avogado non a podían ver diante e morreu soa coma un can, nin sequera os sobriños se deixaron ver.

Dona Enza escoitaba o marido desde dentro mentres lavaba as verduras para a cea, e defendíaa:

—Non é así. E ademais, non hai que falar mal dos mortos que aínda non foron enterrados. Traballaba arreo para eles e a señora Alfallipe queríalle moito, tanto que se foi meter á casa dela despois de faltar o avogado. E con quen máis ía ir? A Mennulara non a obrigou a facer traballo ningún e serviuna ata o final.

—E iso que ten que ver co que digo eu? Boa criada sería, pero por que se daba tantos aires connosco? Non paraba nunca na portería, respondía malamente ao saúdo coma se a insultasen e ademais, cando alguén lle facía un favor, e poucos favores recibía, nunca a oín dar as grazas. Antes de lle dar as grazas a un cristián habíalle caer a lingua da boca —respondeu don Vito sen mirar para ela, e dáballe á cabeza, sempre co ollo posto na portería.

Don Paolino Annunziata concordaba coa cuñada.

—A min sempre me respectaba, e iso que sei que era ela quen estaba detrás do meu despido, e nunca dixo nin unha palabra para me daren sequera unha pensioncińa, que o Señor a teña na Gloria. Foi difícil para ela e para nós, o servizo de casa Alfallipe, adaptármonos a mandar ela na casa e nas terras; era unha situación tan nova e estraña!

—Abofé que era estraña, unha cousa de tolos —interveu dona Mimma, que non pensaba igual ca a irmá—. Eu ándovos ao antigo e hai que deixar estar as cousas como sempre estiveron: estas novidades non traen máis ca males. Marchar unha muller soa ao campo, e andar inda por riba a darlle ordes á xente que coma ela depende dos mesmos señores, coma se o capital lle pertencese a ela... e iso de quedar a pasar a noite ela soa... é de tolos e a Mennulara perdeu así a reputación e montou un escándalo. Viva ou morta, foi unha desvergonzada, iso é o que foi a Mennulara.

—Eu nunca entendín ben como é que acabou por encargarse da facenda dos señores —preguntou dona Enza.

—Cóntallo ti, Paolino, que vés da casa dos Alfallipe —interveu don Vito. Esa vez xirouse a mirar para dentro e cravoulle a mirada, para reforzar a petición.

Don Paolino non se fixo de rogar e botouse a contar con gusto, cun vaso de viño na man e a mirada aguda:

—Logo da morte da señora Lilla, que desde que quedara viúva administraba todo con man de ferro (moito mellor ca o finado), os dous fillos, o avogado Orazio (que en paz descanse) e o irmán Vincenzo, capitán do exército que vivía fóra, non souberon administrar a facenda e puxéronse a gastar a eito. Tras a guerra os tempos eran difíciles, pero eles gastaban e gastaban, compraron coches bos e todo canto había para comprar. Tiñan que aforrar, e mais as débedas estábanos a comer vivos, tanto que mesmo tiveron que vender grandes propiedades e despedir algunha xente do servizo. Pasados algúns anos, e abofé que non sei como nin por que, a Mennulara comezou de súpeto a ocuparse das terras. Recordo coma se fose hoxe a primeira vez que a levei ao campo a ela soa. Díxome: "Don Paolino, prepare o coche para ir á dos Puleri". Eu baixei ao garaxe e fixen o tal. Cando chegou ela soa, eu pregunteille se tiña que agardar moito polos señores, e ela díxome que non había que levar a máis ninguén, e chantoume aqueles ollos que parecían ascuas, xa tiña a mirada da autoridade; despois meteuse no coche, ao lado do condutor, e díxome que me dese présa, e desde aquela nosoutros, o servizo da casa, comprendemos que as cousas cambiaran. E mais no campo si que lle foi difícil facerse respectar. O primeiro ano foi bo, chovera todo o inverno, pero a colleita era sempre escasa porque os labregos roubaban moito, máis do que é de lei —neste punto interrompeuse e botoulle unha mirada de reproche á muller—, pero ao ano seguinte a Mennulara mandou chamar polo garda dos terreos de Terre Rosse e cerrouse con el no despacho. Eu entendinlle as voces que lle daba, e mesmo collín medo de tanto que berraba. Era a época da reforma agraria, os xornaleiros andaban a lles protestar aos amos e houbo liortas nas vilas da comarca, a pouco máis non houbo mortos, e estando do lado dos señores ela arriscaba moito: malia ser muller, aquela xente non tiña reparos con ninguén e ben podía acabar morta.

Don Paolino fixo unha pausa para coller folgos e continuou:

—E non acabou aí a cousa. Na colleita daquel ano quedou instalada no campo, non perdeu ningunha colleita nin sega mentres a familia Alfallipe marchaba de visita ou de vacacións a pasalo ben. Aquela muller botábase a durmir pola noite enriba da colleita, aínda que fose sobre a gra ou sobre as améndoas, puña unha manta por riba e durmía alí, vestida, nin sequera un coxín para a cabeza levaba. A partir de entón levou toda a colleita e non lle roubaron nadiña, e así comezou a recadar a renda das fincas, segundo lle correspondía en xustiza aos Alfallipe, e en xustiza lles pagaba aos xornaleiros e aos labregos segundo o pactado e sen demoras.

Dona Mimma interveu de novo:

—Sorte tivo que non acabou morta a mans dalgún visto como se portaba... Fixérase moitos inimigos e seica incluso andaba a emprestar cartos.

Don Vito, sen apartar a vista da rúa, dixo:

—A verdade é que ter, tiña valor... Unha muller solteira que pasa toda a noite fóra a durmir ela soa, ao relento, baixo as estrelas...

A tía Carmelina Li Pira, tía solteira de dona Enza e dona Mimma, velliña e algo chocha, fora acollida na casa dos Militello. Os sobriños nunca sabían se daba ou non daba seguido a conversa; naquel instante interveu exclamando:

—E quen había de casar cunha muller que pasa toda a noite fóra!

—Tía Carmelí, de todas formas ninguén a había de levar co estrafalaria que era —dixo don Vito—. Non había home que quixese achegarse a ela.

—Non valía para casar, a Mennulara —comentou dona Mimma.

—A ela os homes non lle gustaban —engadiu dona Enza cun sorriso sabichón, consciente de saber máis ca o resto grazas ás indiscretas conversas da baronesa Ceffalia e das fillas que ela pescaba cando subía á planta nobre para axudar as señoras e para referir as novas que chegaban á portería.

Don Paolino deixara que falasen mentres enviaba a pequenos grolos o resto de viño que sobrara da comida; entón interveu mofándose:

—Non sei se será verdade que non lle gustasen os homes; cando ía ás colleitas no campo era ben espelida, e a xente non cambia.

Entrementres chegaran a curmá nova de dona Mimma, Lia Criscuolo, moza de casa Pecorilla, e don Luigi Speciale, en tempos chofer de casa Fatta e entón chofer de coches de alugueiro. Non era apropiado falar tan alegremente con descoñecidos dunha defunta aínda sen enterrar, de xeito que a conversa, que continuou co mesmo tema, pasou da morta á morte: canta xente aínda moza levara aquela nova doenza en Roccacolomba. Don Luigi decatouse de que interrompera unha suculenta leria. Tentou aguilloar a don Paolino, que aquel día estaba bastante rexoubeiro e aínda tiña o vaso de viño na man, para que cometese algunha indiscreción:

—Conta, Paolino, co avogado Alfallipe que é o que pasou?

Aquela pregunta directa e irrespectuosa non lle chistou a don Paolino: a fin de contas, el seguía a ser do servizo de casa Alfallipe e respondeu con tento:

—É certo que cando entrou a servir era xeitosa, e ao avogado Orazio, que daquela era un mozo, moito lle gustaban as mulleres. O que digo é o que sei: en casa Alfallipe non vin nada cos meus ollos e por iso non podo dicir nada. Antes de entrar a servir dicían que lle gustaba a un labrego, pero a cousa non foi ben e por iso foi que a Mennulara non volveu traballar no campo e a señora Lilla a colleu para o servizo. Pero ser, era guapa, tiña as carnes macizas e mesmo unha cara xeitosa, mais despois, ao medrar, estragouse.

Don Vito rosmou:

—O fel que criaba dentro e que facía criar nos demais fixo que se puxese fea: iso foi o que lle pasou.

Dona Mimma quixo cambiar de tema, que podía seguir un camiño escabroso, consciente da presenza de Lia, que aínda era señorita e que daquelas cousas non debía ter coñecemento, e meteuse na conversa:

—Soubestes que ao funeral non lle veñen os sobriños e que corre a conta dos señores?

—Quen che dixo? —don Paolino non daba creto.

Dona Enza terzou levantando a voz antes de a irmá poder abrir a boca:

—Paolino, sóubeno eu hoxe mesmo, no andar de arriba, diante de min; a señora Giovanna contáballe á baronesa que a señora Lilla Alfallipe, a que vive na península, tamén quedara coa boca aberta: a Mennulara deixara unha carta escrita do seu puño e letra, e nela dicía que non lles dixesen aos seus sobriños que finara, e moito menos que fosen ao funeral! Así que os Alfallipe van pagar todos os gastos.

A conversa dexenerou cara aos antigos rumores sobre a lendaria avaricia dos Alfallipe, ironizouse sobre o feito de estaren agora obrigados a pagar o funeral, elucubrouse sobre as razóns das pésimas relacións entre a Mennulara e os únicos sobriños que tiña, fillos da irmá defunta, volveuse analizar o seu carácter rabudo, tecéronse relacións sobre a identidade do namorado da Mennulara, e veladamente sobre o avogado Alfallipe e a mesma Mennulara.

Don Paolino seguía en silencio as conversas que se entretecían: ás veces falaban todos á par xesticulando, tal era a excitación. Por fin volveu tomar a palabra, desa vez cun ton solemne:

—Eu voulle ao enterro, primeiro porque a coñecía ben e traballei con ela moitos anos, despois porque me parece xusto que se lles faga entender aos Alfallipe que, da mesma maneira que eles respectan unha criada e lle pagan os gastos do funeral, nós apreciamos ese respecto que esperamos para nós cando chegue o momento.

Un por un, os outros foron calando. Estaban todos serios, cos ollos atentos apuntando a don Paolino mentres o escoitaban coa deferencia debida.

—É o xusto, Paolino —díxolle dona Enza ao cuñado toda contrita—. Os Alfallipe han de terlle cariño para facerlle o funeral, e eu tamén lle vou mañá.

Don Vito mirou para a muller con desaprobación, pero non tivo a coraxe para llo impedir:

—Eu teño que traballar na portería, e de estar libre tampouco non lle iría, pero ti fai como queiras.

Houbo unha pausa na conversa: sobre as rifas entre cónxuxes sempre cómpre sobrevoar, sen comentarios, malia que todos sabían que naquela casa quen mandaba era dona Enza.

Naquel momento disolveuse a reunión porque era hora de cerrar a portería.

Polo serán, no momento de despedirse, mentres don Paolino lle daba un bico na meixela á cuñada, dona Enza preguntoulle de súpeto:

—Quen era o namorado ese da Mennulara cando era moza?

Don Paolino fitouna e dixo:

—Nin sequera a ti cho podo contar... pero eu ben o sei —e chiscou arqueando as cellas ata case onde empeza o pelo, elevando as pálpebras rugosas e estartelando os ollos. Dona Enza comprendeu e calou.

6

O xantar en casa Fatta

A señora Fatta bordaba pensativa. Sabía que a Mennulara estaba cos pés na cova e andaba ansiosa por recibir novas da curmá Adriana Alfallipe, pero a súa proverbial discreción impedíalle telefonar por medo a molestar. Lucia anuncioulle que a comida estaba lista: xa fora chamar o presidente ao seu despacho. En casa Fatta, cando non había invitados, comíase en silencio. Pietro Fatta, presidente da Unión de Agricultores da Provincia, era home de poucas palabras. A muller, Margherita, respectáballe os silencios e aprendera a manter conversas consigo mesma cando tiña necesidade de compañía. Mais aquel día durante a comida os cónxuxes falaron.

O marido sentou á cabeceira da mesa e a muller á súa esquerda, coma sempre, e entón Pietro dixo:

—Chamoume por teléfono Mimmo Mendicò: esta mañá morreu a Mennulara, que lle pedira a el que me anunciase o seu pasamento, así talmente. Que petición máis estraña!

A Margherita non lle faltaron ganas de se lle queixar ao marido por non tela informado axiña do acontecemento, cousa que lle tería aforrado horas de preocupacións e angustias, mais abstívose sabiamente de facer comentarios sobre a acostumada falta de sensibilidade que el sempre mostraba.

—Díxoche algo da Adriana e os fillos? —limitouse a preguntar.

—Non, diso non falamos. O funeral vai ser mañá pola tarde, ás tres, e creo que non me dixo máis nada.

—Supoño que virán os sobriños de fóra —comentou a muller.

—Tamén eu supoño tal —dixo Pietro, e afundiuse nos seus pensamentos, levando á boca unha tallada de patacas fritidas.

Despois de comer tiñan por costume tomar o café na terraza, cando o tempo o permitía. Aquel día Lucia servíaos con especial celo: atentísima a pescarlles información sobre a morte da Mennulara, finxindo ter moito choio, ordenaba as cadeiras das outras mesas de ferro que ocupaban aquela ampla terraza, mudaba de sitio os cinceiros, quitáballes ás cadeiras as follas de glicinia que xa comezaban a caer da pérgola... O caso é que non sabía que outra continxencia inventar con tal de quedar a escoitar os señores.

A señora Fatta falaba dos Alfallipe.

—Estou preocupada por Adriana. Desde que foi vivir para a casa da Mennù, colleulle moito cariño e agora vaille encontrar a falta. Non sei se pensa volver ao pazo Alfallipe, pero terían que facerlle algúns arranxos: non hai calefacción central, ten tamén o problema do servizo... Precisará persoal de confianza, vivindo soa. A Mennù traballábache por tres mulleres, por non falar das outras habilidades que tiña... Pensa que Adriana mesmo lle encargaba a administración do seu patrimonio. Esta morte vai ser unha gran perda para ela, que agora vai ter que apoiarse nos fillos. Estou preocupada de verdade.

O marido escoitábaa atento.

—Sabes se os rapaces están coa Adriana? —preguntou.

—Están, por pura casualidade cadroulles estar a todos en Roccacolomba.

—Gustaríame axudalos: estes rapaces dos Alfallipe sonche uns incautos. Débollo á memoria de Orazio. Infórmate ben na vila: se oes dicir por aí que teñen necesidade de algo, ou se toman decisións desatinadas, cóntamo e tentarei guialos.

—Moi ben, como queiras —dixo a muller, agradecida polo interese do marido pola familia da curmá, a pesar de que a encarga que acababa de recibir lle fose particularmente incómoda. Era unha muller tímida e remisa a ir aos salóns da vila, caseira por natureza; desde que a nora, que vivía no piso de abaixo, lle dera dúas netas ben bonitas, encontraba toda clase de escusas para non ter que ir meter os fociños fóra da casa.

Considerando que xa era o momento oportuno de lle facer ao marido a petición que temía que non fose aceptada, engadiu con dúbida:

—E vas querer que mañá vaia eu ao funeral?

O presidente miraba para lonxe: xirouse na cadeira e fitouna en silencio. Deulle unha calada ao cigarro, aspirándoa con meditada lentitude. Volveu dirixir a mirada alén da balaustrada de pedra que daba á vila, despois volveu fitala nos ollos e reflexionou:

—Foi unha doméstica marabillosa, serviu honradamente e durante décadas, pero non quería pasar de aí, era unha muller de servir e como tal se comportaba. Que a Adriana, na súa incomprensible lóxica, decidise marchar á casa da súa asistenta non cambia a relación entre elas. Permitinche ila visitar á casa dela porque non vin motivo de interromper unha afectuosa relación entre curmás: mais tamén sei que outros parentes e amigos de Roccacolomba se coidaron moito de pór o pé na casa da Mennulara, e desde logo non comparto tal comportamento.

Continuaba a observar a muller mentres lle falaba: o elegante vestido verde claro, as mans pequenas e delicadas, a orde, a compostura dunha verdadeira señora.

—Pero ti, ti es a miña muller, tes unha posición social importante nesta vila e, dado que eu normalmente non lle iría ao funeral á criada dun parente nin de ninguén da miña posición, iso mesmo espero de ti. Unha visita si que lla podes facer á Adriana, iso por suposto, antes e tamén despois do funeral.

Intuía que no fondo Margherita compartía aquelas decisións: as aparencias había que respectalas, sobre todo no caso dos Alfallipe, que na vila non eran moi estimados e moito deran que falar por culpa da súa relación de familiaridade e dependencia da Mennulara. Porén, pensaba que se excedera. De súpeto tivo gana de estar só, e despediuse dela suxeríndolle que chamase a Adriana por teléfono. Despois achegouse á balaustrada de pedra.

O pazo Fatta estaba construído na parte máis alta de Roccacolomba, ao pé do mosteiro da Addolorata e respectuosamente cerca do impoñente pazo dos príncipes de Brogli, xa deshabitado. Quedábanlle intactos e maxestosos os muros externos, a grandiosa fachada barroca de balcóns arredondados, as persianas perennemente entornadas e o gran portón de ferro. O interior quedaba oculto ás miradas dos paisanos pero non ás dos Fatta, desde cuxa terraza se albiscaban os patios vizosos de plantas e arbustos bravos, as fiestras dos xardíns interiores azoutadas polo vento, os canteiros de flores medio desfeitos nun estado de abandono que facía presaxiar a próxima e acelerada metamorfose do magnífico pazo en ruínas.

O panorama que se vía desde a terraza constituía, calquera que fose a estación, motivo de sumo gozo para Pietro Fatta. Fincado sobre a balaustrada que sobresaía fóra dos muros, sentíase suspendido no aire, coma se estivese sobre o manancial dun axitado río de tellas que rebordase baixo os seus pés e correse por toda a ladeira meridional do monte. Os teitos de tella, diferentes uns dos outros polos matices de cor, medida, inclinación e dirección, parecían as teselas dun mosaico monocromo espalladas ao chou, en espléndida harmonía de tons e volumes. Aquí e alá, despuntaban entre os teitos os altos e delicados campanarios das igrexas, construídos coma o resto da vila en pedra gris-rosada, que co solpor semellaba un espello do ceo de tanto que absorbía os matices rosáceos do devalar. Sobresaía entre os tellados o da igrexa maior, de cor ocre escura interrompida por franxas de azulexos verdes e brancos. A carón da igrexa matriz albiscábase o tellado do Pazo de Correos, como lle chamaban pomposamente ao edificio redondo de dúas plantas, construído durante o fascismo e que tamén, co pasar dos anos, se integrara no corpo de Roccacolomba coma se estivese alí desde sempre. O tellado de cemento, pintado dun rosa noutrora brillante, adquirira unha vetustez precoz e, por mor daquela degradación, harmonizaba perfectamente cos outros tellados inclinados que o flanqueaban.

Roccacolomba Alta terminaba costa abaixo, na confusión das casopas de Roccacolomba Bassa, onde vivía a xente pobre. Despois estaba o río, atravesado pola ponte de pedra de tres arcos que unía a vila vella con Roccacolomba Nuova, un espanto sen identidade creado nos últimos trinta anos. Desde a posguerra, Roccacolomba estaba en fase de rápida expansión, grazas tamén á nova autovía que, pasado un longo túnel, enlazaba Roccacolomba coas outras localidades da provincia. Levantáranse decenas de edificios de formigón armado pintados con cores rechamantes, dentro da anárquica euforia construtora dos últimos anos, e Roccacolomba afirmárase como unha gran vila agrícola onde os terratenentes reaccionaran perante a crise do sistema de parcería investindo en máquinas e tecnoloxía, e gañando a fama de estaren "á vangarda". Alí onde a terra non rendía, ou rendía malamente, o sector inmobiliario fixera o resto. O benestar e o desenvolvemento de Roccacolomba quedaran asegurados, pero a beleza illada e nobre da vila, fundada no século XVII polos príncipes de Brogli, fora lixada e axiña había de quedar destruída; o seu tecido social había desaparecer en poucos anos e todo quedaría cambiado. Pietro Fatta consideraba positivas as mudanzas impostas polo progreso, mais tiña dificultade para adecuarse a elas. Desta incapacidade súa queixábase moito, e sentíaa como un presaxio de morte.

Pousou a mirada máis aló da poboación. Os montes estendíanse nunha ampla curva semicircular en cuxo seo se inserían desordenadamente alturas máis modestas, sobre unha das cales fora construída Roccacolomba Alta. Máis abaixo aparecían os outeiros dos latifundios, que se multiplicaban ata onde alcanzaba a vista. Desde o seu "palco da ópera" (así lle gustaba imaxinar a terraza), o presidente contemplaba o escenario de outeiros que deixaban espazo para os montes propiamente ditos, baixos e de cumio aplanado pola acción dos labregos; ás súas costas, cara ao norte, as montañas sucedíanse unha tras da outra, onduladas e maxestosas, cubertas de bosques maculados separados por outros picos, que ían morrer ao mar. Mirou para abaixo. Sobre as abas dos outeiros de fronte a Roccacolomba, da outra beira do río, os campos arados relucían baixo o sol. O río, afundido polo val abaixo, bordeaba os outeiros, desaparecía detrás dun para despois rexurdir atrás doutro, serpeando brillante e tranquilo. Era un panorama que moito lle pracía, que coñecía de memoria e sempre o confortaba. Gustaríalle ser pintor, pero o seu destino era ocuparse das terras da familia. Entrou outra vez na casa e foi para o despacho.

Non tiña gana de traballar. Sentou ao pé do fogar e volveu pensar na Mennulara. Se non fose porque morrera antes de tempo, aínda podería gozar dunha ben merecida e serena vellez, logo de anos ao servizo de Orazio Alfallipe e da súa familia. Persoa indefinible, devota e obediente aos desexos do seu señor, ao mesmo tempo prepotente e autoritaria no cumprimento das súas insólitas tarefas de administradora. Orazio chamáballe "o meu lar familiar". Sen dúbida ningunha, dera parado o devalo económico da familia tendo conta das rédeas da administración, pero causara desavinzas incurables entre os dous irmáns. Pietro pasara a infancia e a adolescencia cos irmáns Alfallipe, primeiro na vila e despois no internado, e aquel recordo sempre acababa por entristecelo. Colleu un libro e atopou conforto na lectura.

7

A proba do vestido da neta da señora Fatta

Angelina Salviato deulle os últimos toques ao vestidiño de festa de Rita, listo para a segunda e última proba. Estendeuno sobre a mesa, arranxándolle as pregaduras da saia, abrochoulle a camisiña bordada, axeitoulle as mangas; despois recuou un paso e admirou en solitario o efecto final, satisfeita. As mozas do servizo, Lucia e Marianna, entraron todas alegres e riseiras no cuarto de traballo, seguidas por Titina, a sobriña de Santa, que fora ata casa Fatta para levar emprestado o aspirador e pasalo en casa Alfallipe. As rapazas admiraban o vestido ante os ollos compracidos de Angelina, deixando caer de cando en cando algún comentario sobre a morte da Mennulara, que xa fora anunciada por Lucia na cociña á hora de comer.

—Pero entón, aínda a teñen morta na casa e xa andan a pensar en limpar o pazo Alfallipe? Quedoulles a cabeza descansada! Ía ser eu! Estaría tan anguriada que non podería pensar noutra cousa! —dicía Marianna—. Mira para aquí que precioso este bordado de diante... Que boa man tes, Angelina!

E Titina:

—A señora Alfallipe parece un sarxento, veña a dar ordes para arriba e para abaixo, hai que facerlle todo de contado, xa vos é unha forasteira, e fala moi fino, coma no cinema; ai, canto non valería este satén para a cintura, parece o vestido dunha princesa! —apalpaba o tecido brando, acariñaba a banda da cintura, para ela era un luxo inalcanzable—. Miña tía Santa ten que facer toda a limpeza en casa Alfallipe, só estamos eu e mais miña nai para axudala, e aínda por riba esa xente espera que lles sirvamos de todo; nin un mal café saben facer, séntense nacidas para mandar. Os tempos cambiaron e despois do funeral a tía ten que falar claro con eles.

—Eu, sendo túa tía, non quedaba a servir naquela casa; ela ben che sabe como son, que xa traballaba na deles antes da morte do avogado Alfallipe —Mariana non mordía a lingua, e por iso a señora Fatta a puxera a traballar na cociña: non servía na mesa nin no salón, tarefa reservada á discreta e tranquila Lucia—. Avaros e soberbios, abofé.

Lucia escoitábaa cos ollos fixos no vestido; teríalle gustado aprender a coser como Angelina, e engadiu:

—Dicía o presidente que a Mennulara se ocupaba do dote da señora Adriana; como é posible que se portase tan ben? Mira como vai cosida a dobra, con puntos pequeniños coma un bordado! A verdade é que ti, Angelina, es unha costureira moi habelenciosa, e habías de gañar moito diñeiro se marchases fóra a traballar.

—Angelina, mira unha cousa, e non era familia de túa nai a Mennulara? —preguntou Marianna con aire de finxida inocencia—. A maña levádela no sangue na vosa casa —e miraba para Angelina, en cuxas meixelas pálidas se podían ver as marcas vermellas da vergonza.

—Bah, eu nin sequera a coñecía, era parente de miña nai pero non se trataban, e eu, eu tampouco non son tan boa cosendo, fago o que podo —respondeu ela.

Lucia veulle en auxilio e cambiou de tema:

—Titina, conta, o home da señora Carmela foi visto pola casa da Mennulara?

—E vaia se foi! Díxome miña tía que ese esperaba que ela morrese para entrar alí, despois cerráronse todos no dormitorio da señora Adriana e escoitábanse voces que viñan daquel cuarto; o caso é que rifaban pola herdanza, coa coitada defunta na casa —Titina era unha mina de noticias, e seguía a fachendear—. Por comprar, non lle compraron nin unha mísera flor, e os fillos do avogado Alfallipe, os tres, a cada cal mellor, non queren nin pórse de loito para o funeral. A señora Lilla dixo que non tiña roupa negra; a señora Carmela dixo que ela, por respecto ao seu marido, non quere oír falar de loito; só o profesor Gianni pon a gravata negra, pero sen o brazalete de loito no brazo, di que agora xa non se leva, que o sabe el que vive en Catania!

—E a señora Alfallipe?

—Ai, moito che chora a pobriña; eran coma irmás, a Mennulara éralle coma unha nai, e iso que era moito máis nova ca ela —engadiu Marianna.

—Aos señores non lles gustaba que esas dúas se levasen ben —dixo Lucia, xirando os ollos para indicar os Fatta, coa cara de sabichona—. A boa xente coma nós xa se pode matar a traballar para os señores, que eles son ricos e collen e gastan, e despois déixante tirado coma un can, sempre o di meu tío Paolino.

Titina non comprendía:

—Como é iso que dis?

A Lucia non llo houbo que pedir dúas veces:

—O presidente díxolle á muller que ao funeral non debe ir, porque a Mennulara era criada, pero despois díxolle que fora a mesma Mennulara quen salvara o patrimonio dos Alfallipe... Que quere dicir iso? Eu collo unha tarde de permiso e vou ao funeral. Canto máis traballas, menos te respectan; así que acabe o enxoval eu caso e non penso volver servir —despois, a seguir, de cara a Angelina, preguntou—: Se puidese aprender a coser coma ti, faríalles os vestidos ás miñas fillas, mira que bonitos son os ollais, todos iguais e pequeniños. Angelí, apréndesme a coser coma ti, aínda que sexa aos poucos?

—Xa veremos, que agora teño que gobernar o cuarto.

Cauta e silenciosa por natureza, Angelina era respectuosa canto aos señores. Ademais, avergonzábase do parentesco coa Mennulara, unha curmá que renegara dos seus.

—É certo que a Mennulara ter, tiña que ter cartos —retomou Titina—, e só Deus sabe como os fixo, ou se cadra Noso Señor non o quere saber... Pagáballe á miña tía do seu peto e dáballes cartos aos fillos do avogado, boa tiña que ser, e dos seus cartos non puido gozar.

Lucia tiña as ideas claras sobre o asunto:

—Eu digo: os cartos están para gastar. Xa me diredes de que vale ser o máis rico do cemiterio!

Titina continuou:

—Seica os Alfallipe mesmo esperaban herdanza dela. Cando veñan os sobriños, que levan o seu sangue, quero ver eu os preitos que se van montar... Pero eles levan o seu sangue, e a eles lles corresponde a fortuna.

Calou de súpeto: a señora Fatta entraba coa nora e a pequena Rita e as tres criadas escapulíronse para a cociña.

Angelina comezou o delicado traballo da proba final e recibiu máis cumpridos por parte das señoras. Unha vez soa, continuou a ordenar as súas cousas e a limpar o cuarto para deixalo arranxado para o día seguinte.

Exercía a profesión de costureira da casa, traballando unicamente para unhas poucas familias de Roccacolomba, todas de boa posición e respectadas. A súa mestra da escola elemental animáraa á costura facendo que lle bordase os panos para o enxoval da filla, ademais de aprenderlle a ler e escribir ben, e Angelina e a súa familia estivéronlle moi agradecidos: desde a idade de dez anos non deixara de coser para fóra.

Angelina aforraba discretamente e asumira o papel de filla solteira que mantén e axuda os vellos. Satisfeita coa súa vida ordenada e serena, pasaba semanas e ás veces meses enteiros na casa dunha ou doutra familia. Nalgunhas destas casas mesmo lle ofrecían escoitar a radio, durante as longas horas de traballo solitario, o cal lle permitira coñecer a música ademais de aprender mellor o italiano. Trataba coas serventes durante a hora de comer e así gozaba da boa comida dos ricos. A miúdo gardábanlle doces e biscoitos, que moito lle gorentaban, e xa adquirira o aspecto groso da muller que leva unha vida sedentaria, o primeiro paso para o estado de solteirona manifesto e irrevogable.

Tras a proba do vestido, a señora Fatta foi á cociña coa escusa de preparar unhas lambetadas para o cesto do loito que quería enviarlle á curmá por medio da Titina. Aínda botando de contas que os fillos de Adriana non habían de estar tan transidos como para se esqueceren de darlle ordes a Santa para a cea, Margherita Fatta quería aterse ás sas tradicións do loito e mandarlle calquera cousa doce e gorentosa á pobre Adriana, como tácito recoñecemento da súa dor pola morte da Mennulara. Dedicou o tempo de preparar o cesto a latricar con Titina, coa esperanza de obter noticias, cumprindo a petición do marido. Titina alegrouse moito ante a idea e accedeu plenamente, naturalmente dándolle á señora Fatta a versión que cumpría, atenuada e branda, sen crítica ningunha respecto da familia Alfallipe, que é como se fai cando se fala cos señores; marchou do pazo Fatta levando con orgullo a gran caixa do aspirador e o cesto para o velorio, cheo de doces e biscoitos.

Abafada por culpa das escaleiras que tiña que subir dúas veces ao día para acompañar e recoller a Angelina do traballo, chegou Nuruzza Salviato. Lucia sempre lle ofrecía algunha larpeirada. Aquel día había unha cunca de leite de cabra con rosquillas frescas. Mentres sorbía o leite quente e azucrado, que moito lle sabía, Lucia contáballe o acontecido:

—A Mennulara faltou esta mañá e os Alfallipe están todos na casa dela. Agora a señora Alfallipe vai quedar desamparada, que con ela era unha santa do ben que a coidaba.

Nuruzza case afoga coa rabia ao escoitar tales gabanzas da detestada parente. Nin sequera deu enviada a cullerada de rosquilla enchoupada de leite doce, que xa era unha papa exquisita, ela que normalmente a tragaba nun santiamén. Lucia pensou que se lle cerrara o estómago coa dor pola morte da curmá e continuou a eloxiar as virtudes da defunta.

Entrementres, a señora Fatta volvera á cociña. Pareceulle oportuno parar a falar tamén con Nuruzza, deulle o pésame e despois preguntoulle:

—Dígame unha cousa, Nuruzza, como foi que Mennù entrou a traballar en casa Alfallipe? Seica a nai dela era do servizo da casa Minacapelli.

—A miña curmá Nuruzza Inzerillo estaba moi maliña e a defunta señora Lilla Alfallipe colleulle cariño á filla pequena, e así entrou na casa do avogado Alfallipe e alí quedou.

—A min dixéranme que a nai era unha doméstica moi boa na casa Minacapelli... Vostede que estaba alí naquel tempo, dígame: como era a nai? —insistiu a señora.

—A miña curmá éralle unha traballadora moi dedicada, pero quedou pouco a traballar porque tiña présa por casar —Nuruzza, non podendo fuxir da pregunta da señora, sabía responderlle oportunamente, dando respectuosamente a entender que da parte dela non ía saber máis nada.

8

Nuruzza Salviato cóntalle á filla

Camiñando coa nai, Angelina facíalle preguntas sobre a curmá.

—Disto non se fala por aí, despois che explico na casa quen era a nai da Mennulara e por que entrou aquela muller na casa Alfallipe —foi a seca resposta de Nuruzza, e as dúas mulleres seguiron o descenso ata Roccacolomba Bassa en silencio, sempre collidas de ganchete, a nai pequerrecha e fraca, a filla corpulenta e grosa.

Aquela tardiña, mentres preparaban xuntas a sopa para a cea, Nuruzza, fiel á súa promesa, contoulle a Angelina a historia da nai da Mennulara.

—Eramos primas carnais por parte de nai, tanto ela coma min, a segunda filla da casa, de maneira que levabamos o mesmo nome que a nosa defunta avoa, Nuruzza. Entramos xuntas no servizo da familia Minacapelli para sacarmos para o enxoval, pero a miña curmá Nuruzza tiña que aforrar tamén para o enxoval da Anna, a irmá, que tiña o pé equino: ninguén a quería na casa con aquel pé. Puxéronnos ás dúas a traballar na cociña e a facer limpeza xeral, total, o peor traballo, porque eramos mozas e acabadas de chegar. Pero ela era máis lista ca a fame e causaba boa impresión, conseguiu entrarlle polo ollo dereito á señorita Lilla, e acabou sendo a súa criada. Eu quedei soa a facer todos os traballos pesados.

Nuruzza estaba a quitar as pedriñas das lentellas, pero naquel momento púxose diante de Angelina cos brazos en asas e engadiu:

—Eu non sei o que a miña curmá pensaba que era co conto de que a señora a prefería a ela. A nós víñanos contar moitas cousas boas dela na cociña; amosábanos os presentes que lle daba para nos dar envexa: vestidos usados que parecían novos do trinque, cintas, bufandas, roupa interior de algodón finísimo coma un veo, zapatos... En fin, cousas que lle acabaron por subir os fumes —Angelina imaxinaba os marabillosos agasallos da señora Minacapelli, pois ela non recibira nunca nada dos señores, pero non abriu a boca; Nuruzza seguiu a limpar as lentellas e continuou a contar—: A señorita Lilla era boa, mesmo procuraba aprenderlle a ler, pero se a Nuruzza aprendeu de verdade ou non, non se sabe. Ela presumía diante de todos, facía coma quen lía nas follas dos xornais vellos que mandaban para a cociña para envolver a froita que se gardaba na despensa para o inverno, para quitarlle a graxa ás frituras, para cubrir a mesa cando se trasfegaba o aceite, cando se lavaba a verdura, pero non para que as lésemos xente coma nós.

—E logo que ten de malo ler o xornal? —preguntou Angelina, que lía todos os titulares do periódico cando o tiña a man.

—A cociñeira, que esa si que sabía ler de verdade e tiña un libriño cheo de receitas de cociña, dicía con razón que nos xornais escribían porcalladas, e que nós que eramos mozas non debiamos saber daquelas cousas. Pero a miña curmá parecía devecer por coñecelas —dixo Nuruzza, pensando que a filla, a máis nova dos catro, aínda con corenta anos era inocente coma unha rapariga.

»E así, co conto dos agasallos da señorita Lilla, fixo ela o enxoval antes ca as outras; no canto de darllo á Anna, como era o seu deber, quixo casar con Luigi Inzerillo, un mineiro; ela andáballe a pór ollos amorosos, porque os mineiros gañaban moito. A ela non lle tocaba casar, non era a súa vez, pero tanto lle tivo, e meteu a señorita Lilla no asunto. Esta señora, que pola súa parte se prometera co avogado Ciccio Alfallipe e había de casar ben, convenceu a nai, a señora Carmela, de que chamase o pai da Nuruzza e o persuadise para a consentir aquel casamento, prometéndolle que collerían a Anna para o servizo, coxa como era, no lugar dela. A miña tía púxose rabiosa pero tivo que contentar os señores; porén, ela e o marido non llo perdoaron xamais á Nuruzza e sempre estiveron a mal cos Inzerillo.

—E ti seguiches a ser amiga da curmá logo do casamento? —preguntou Angelina, fascinada coa historia de amor da tía.

—Viña onda min cando o necesitaba, pero amigas non eramos, certas cousas non se perdoan. Aquela coitada da irmá, Anna, rebentábase a traballar nunha casa grande coma a dos Minacapelli e quedou de pinche na cociña mentres non casou —respondeu a nai, e despois engadiu—: Cóntoche o que fixo cando lle morreu o marido, para que vexas que o Señor castiga a quen non fai o que debe. Desgrazas e doenzas tivo moitas a Nuruzza, pero a soberbia nunca lle baixou. Tras a morte do marido, o irmán del, Giovanni Inzerillo, ofreceuse a levala para a súa casa coas dúas fillas, como lle corresponde a un cuñado; e non por gusto, a verdade, porque a muller del non estaba contenta, que tres bocas son moitas bocas que alimentar, e ademais ela e Addoloratina estaban doentes. Non quedaron máis ca uns poucos días na casa do cuñado: no canto de estarlles agradecida, a Nuruzza non quería saber nada de vivir alí, e aínda peor, soltáballe malas palabras. Era o irmán máis vello do seu marido e ela faltoulle diante de todos. Giovanni Inzerillo zumboulle con toda a razón, e fixo ben: a Nuruzza non respectaba nin o cabeza de familia. Desde entón nin sequera a familia do marido a tratou. Era soberbia a Nuruzza e nunca tivo axuda nin lla pediu aos Inzerillo.

—E por que non quería vivir co cuñado? —Angelina escoitaba arroubada o relato da nai; a vida da tía parecía unha telenovela.

—Porque era orgullosa coma ela soa. Quedou soa coas fillas a traballar de lavandeira para os Alfallipe, pero sempre foi soberbia: dicía que as fillas lle habían de casar ben e que os netos chegarían a empregados e mesmo profesionais coma os señores, e mira como lle acabaron —dixo Nuruzza con satisfacción—. Precisamente a min me veu pedir axuda, só cando xa non lle quedaba outra. Mandou chamar por min; estaba tan mal que non daba un paso, e eu funlle correndo á casa polo noso parentesco. Queríame dicir que estaba para morrer e que eu levase para casa as súas fillas, pois que me darían unha boa vellez e non deixarían que me faltase nadiña. Eu xa tiña dúas fillas guapas e boas. Como!, dixen para min, eu xa teño catro fillos, e ademais dous deles son homes, e esta vai e dime que teño que levar os fillos doutro para contar con eles de vella! Como se atrevía a desprezar os meus fillos e afirmar que as súas fillas serían a miña fortuna? Ai, por Deus e pola Virxe, e porque as nosas nais eran irmás, que non lle respondín como merecía e só lle dixen que falaría daquilo co meu home, aínda que non tiña que esperar moito. O día seguinte volvín para dicirlle que non podiamos meter na casa as súas fillas; leveille pan, froita e un anaco de queixo. Ela respondeume que non precisaba da nosa axuda: a señora Alfallipe íalle meter a filla Addoloratina nun internado e levaríaa a curar; a pequena ía collela de doncela, e daquela maneira asegurárase de que as fillas haberían de ter unha vida digna.

—E logo que pasou?

—Pasou o que pasou! A Addoloratina casou e morreu nova; a outra quedou ao servizo dos Alfallipe e acabou sendo peor ca a nai, arrogante e prepotente, e mira agora onde vai xa: o Señor castiga a uns e outros polos seus pecados. Ti ben sabes o que lle fixo a teu pai... Ala, vai botar a auga á pía das galiñas e despois pon a ola ao lume.

9

Nuruzza Salviato e o seu marido maldín a Mennulara

Logo de cear, Nuruzza e Vanni Salviato quedaron sós, mentres Angelina lavaba a louza tras a cortina suxeita por un arame. Era unha vivenda moi modesta que Angelina embelecera con aquela cortina de flores que illaba a cociña da zona en que a familia vivía e durmía.

—Non cho dixen antes de comer para que non se che atragoase a sopa —díxolle Nuruzza ao marido—, pero hoxe morreu a Mennulara.

Venni Salviato cuspiu ao chan e dixo:

—Pois mesmo parece que o aire que respiro é fresco e puro agora que esa non o apesta máis co seu bafo —quedaron en silencio e despois Vanni engadiu—: Perdín a saúde e o ánimo para traballar, moi mala foi comigo esa mala muller, e aínda por riba sendo curmá túa.

—Que culpa che teño eu? Ou é que non fun eu a primeira en dicirlles aos nosos fillos que ela era coma se estivese morta e que, de atopala pola rúa, ningún dos Salviato debía de saudala, e mesmo torcerlle a cara para non vela? —Nuruzza non aceptaba as críticas facilmente, moito menos do marido—. Non é que nos encontrásemos a miúdo en Roccacolomba Bassa, que ela por aquí non viña. Ela víase coma se fose unha dos señores, pero serva naceu e serva morreu. Mais eu vou coa cabeza alta diante de todos e teño unha familia respectada e honrada. Canto non había de tirarse dos pelos a nai con esta filla traidora á súa xente e desvergonzada, de estar viva!

—Desvergonzada era, abofé: das aduanadas que facía en casa Alfallipe non quero saber nada, chégame con lembrar como se portou comigo— dixo Vanni.

Nuruzza engadiu:

—A Lucia Indelicato, hoxe en casa Fatta, chamáballe "santa". Non lle respondín porque notei un aquel así nas tripas e vin que non me había de conter. Así que cheguei a casa, conteille á Angelina as falcatrúas da nai, para que esta filla nosa, que esta si que é santa de verdade, aprenda a coñecer a xente.

Ao pensar en Angelina, Vanni suavizouse e chamou por ela. Angelina achegouse a el, obediente coma sempre: o pai fíxolle aceno de sentar ao seu carón.

—Angelina, todo iso que a parente de túa nai nos fixo a todos nós recórdao ben, porque cando eu falte, ti debes contárllelo a todos os Salviato nacidos e por nacer, e eles haberán de contárllelo palabra por palabra a todos os que na vila falan ben desa desvergonzada. Resulta que eu gustaba de andar a vender froita e verdura polas casas, subía todas as escaleiras ata Roccacolomba Alta, ás veces tiña que puxar eu mesmo polo burro, cargado de cestos, pero a xente comprábame e respectábame. Paraba baixo o pazo Alfallipe e pregoaba a mercancía. Un día tiña uns albaricoques preciosos, doces e maduros. Ela asomouse, acordamos o prezo e baixou o cesto desde o balcón co diñeiro contado; eu collinlle os cartos e enchinlle o cesto de albaricoques. Ela subiunos e despedímonos. Quedei ao pé de casa Alfallipe a venderlle á xente, que eran bos os albaricoques, e levábanme moitos. E non volve aquela lurpia ao balcón e se pon a berrar en contra de min? Que se lle dera uns albaricoques pasados, que o avogado Alfallipe non llos quería... E ala a chamarme falso e estafador, a berrar coma unha tola, e mandoume os albaricoques de volta no cesto pretendendo que llos collese. Quería que lle devolvese os cartos, e non se calmou mentres non acabou de contalos, que non se fiaba de min. A xente saía ás fiestras, os que andaban pola rúa paraban a escoitar de fortes que eran os berros, da boca saíanlle calumnias coma serpes por entre aqueles dentes que tiña para fóra, puxérase coma unha ameixa vermella. Nunca me trataran así, e que fose unha muller quen o facía, e aínda por riba a filla da curmá da miña muller, era aínda máis ofensa.

Vanni continuou a falar, en voz baixa, coa mirada triste:

—Aínda non sei hoxe como dei vendido aquel día despois daquilo. Os albaricoques estaban ben, non había un podre, e aínda que os houbese, que culpa tiña eu? Tivera que pagar por eles como bos e tiña que vendelos todos, e era mellor venderlles aos ricos que poden tirar coa metade deles sen pasar fame. Eu tiña máis de cincuenta anos e estaba doente... E porque tiña a necesidade de traballar para manter a familia, que se non, non volvía máis a Roccacolomba Alta. Cando pasaba pola casa dos Alfallipe, notaba que me tremían as pernas, nin o burro me quería subir as escaleiras que daban a aquela casa.

Mirou para Angelina e acariñoulle o queixo con agarimo, e despois dixo en voz alta:

—Ti, filliña querida, es boa e asisada; lembra que ningún dos meus fillos e netos debe esquecer que esa mala parente de túa nai foi criada e puta do avogado Alfallipe.

Angelina e a nai regalaron os ollos; consternadas, non souberon dicir nada. Vanni, sorprendido pola propia ousadía e satisfeito coa reacción delas, fincouse cos brazos e tentou erguerse só, rexeitando o bastón que lle ofrecía Nuruzza. Deuse levantado e dirixiuse á porta da casa, camiñando sobre as pernas tortas sen vacilar, coma se finalmente recuperase a axilidade dos movementos xunta aquela dignidade que a Mennulara lle tirara vinte anos atrás. Quedou en pé na soleira e, lentamente, ergueu a vista: Roccacolomba Alta perfilábase maxestosa.

As luces das casas da montaña creaban a ilusión dun presebe iluminado, ao pé do cal quedaban esmagadas as casopas de Roccacolomba Bassa. Vanni dirixiuse á muller, que o seguira, e dixo:

—Nuruzza, alá arriba está a casa da puta filla de túa curmá. Lembra que eu, Salviato Vanni, a maldigo mesmo de morta!

MARTES, 24 DE SETEMBRO DE 1963

10

Ao topógrafo Bommarito non lle serven o seu café matutino

Aquel martes 24 de setembro de 1963, o topógrafo Bommarito subía pola praza lambéndose xa ao pensar no café quentiño que agardaba por el na casa. Eran as oito da mañá e xa levara a termo unha das tarefas da xornada: a tradicional visita ao barbeiro logo das vacacións. O aire da mañá picáballe as meixelas frescas e rasuradas, e o topógrafo sentíase, e con razón, satisfeito de si mesmo. O barbeiro atopárao en plena forma e cumprimentárao. Entretivérao ben aquela mañá, don Biagio, coas novidades da vila, aquelas que unicamente se recollen na barbería: sobre a bela forasteira que se aloxaba no bordel de onda o camposanto, que tiña moita fama (enténdase por que) e que para comer precisaba dun rancho para ela soa; sobre as aventuras de Totò Riesi, que nunha desas había de partir a cabeza se non deixaba de visitar o dormitorio da boticaria, en plena noite, andando polos tellados, mentres o marido gañaba o pan na farmacia durante a garda nocturna.

Diminuíu o paso no cruzamento coa rúa Bara, onde nos muros lisos do Pazo Aruta se colocaban as notas necrolóxicas. Notou que había dous novos.

—A ver quen morreu —dixo para si—. Matilde Cacopardo, mestra, aos oitenta e un anos de idade —dicía o primeiro: leu as típicas frases dese tipo de anuncios e memorizou o horario do funeral para despois mandar a muller. O outro anuncio mencionaba unha tal Maria Rosalia Inzerillo, de cincuenta e cinco anos de idade—. Non sei quen era —comentou—. Pobriña, tiña a miña idade— pensou, e continuou o seu camiño.

Tocou o timbre. Contrariamente ao que esperaba, non lle abriron a porta de contado. Tocou outra vez, en van. Tirou a chave do peto, algo molesto coa demora tanto da muller coma da doméstica en irlle abrir, unha falta de coidado por parte das mulleres da casa. Tampouco non as viu na entrada, e dirixiuse á cociña, xa saboreando o café, aínda de bo humor. Atopounas alí, asomadas na fiestra. Antonia, a asistenta, de costas sobre o peitoril, parecía a pique de caer, os pés apenas tocando o piso, o vestido subido no traseiro que lle descubría as robustas pernas. O cu da forasteira do bordel ofrecería unha visión ben distinta, dixo para si, compracido por manter a sensación de benestar que o acompañaba desde a mañanciña.

Dixo en voz alta:

—Xa volvín.

A doméstica non se molestou, de tan atenta que estaba a escoitar o que berraban as mulleres do andar de abaixo. A muller xirouse e dixo:

—Ai, Menico, xa volviches, oíches que morreu a Mennulara?

Desa vez o topógrafo Bommarito irritouse de verdade, malia o café que lle ofrecía a muller, e respondeu:

—Ai, Mimuzza: e quen mo había de dicir, o barbeiro?

—E logo non o liches na esquina da rúa Bara? Puxérono por todas as paredes, os Alfallipe —respondeu a muller excitada, e finalmente ofreceulle o café.

Deleitándose coa bebida quente e xa non contrariado, mesmo gozando do fermoso aspecto da muller, tamén ela fresca de perruquería e maquillada para ir á escola, o topógrafo Bommarito por fin deu comprendido a excitación das mulleres da casa.

—Nunca se vira que a unha criada lle puxesen a necrolóxica os señores, ou os empresarios, como din agora. A Mennulara tenche dous sobriños, fillos da irmá. O anuncio da morte vén nada menos que de toda a familia Alfallipe! Tes que ver as palabras que lle escribiron, vaimas ler e logo cóntasme; cando volviches, a señora Cutrano estábamas a repetir. Di que lle dan moitas voltas, como se non soubese todo o mundo que ela era unha bruxa. Eu íache á escola coa Carmela e ben o sei —contaba Mimì Bommarito, e batía enfaticamente o peito coa man dereita, repetindo—: Ben o sei eu, non o vou saber eu —para facer máis incisivas as súas palabras. Abríuselle a bata de casa, revelando os senos louzáns. O pensamento do marido volveu á forasteira, aínda que desa volta apostaría que a tal puta non tiña uns peitos tan impoñentes coma os da súa procaz e nova esposa.

E foi que o topógrafo Bommarito non tivo o ánimo para se resistir ás doces insistencias da súa Mimì e tivo que volver lixeiro á esquina da rúa Bara, onde xa había formada unha multitude a ler a necrolóxica da Inzerillo, para lle repetir á muller palabra por palabra o que estaba escrito:

ONTE FALECEU INESPERADAMENTE

MARIA ROSALIA INZERILLO

Á IDADE DE 55 ANOS

DO SERVIZO DE CASA ALFALLIPE

DAN O TRISTE ANUNCIO A SEÑORA ADRIANA MANGIARACINA, VIÚVA DO AVOGADO ORAZIO ALFALLIPE; OS FILLOS GIANNI, LILLA E CARMELA; FILLOS POLÍTICOS ANNA CHIOVARO, O DOUTOR GIAN MARIA BOLLA E MASSIMO LEONE. DESDE A IDADE DE 13 ANOS VIVIU EN CASA ALFALLIPE E SERVIU CON AFECTO A FAMILIA QUE CON DOR CHORA POR ELA. O FUNERAL TERÁ LUGAR HOXE ÁS TRES DA TARDE NA IGREXA DA ADDOLORATA. O FÉRETRO SERÁ CONDUCIDO AO CEMITERIO DE ROCCACOLOMBA PARA A SÚA INHUMACIÓN NO PANTEÓN FAMILIAR.

A veciña de enfronte e outras dúas veciñas estaban na súa casa á espera del. Non lle deron tempo a repetir a necrolóxica enteira: todas eran a interromper ao mesmo tempo cos seus comentarios:

—"Con dor chora por ela", haiche que oír cada unha... Se a Carmela non a podía ver, e a Lilla por culpa dela non veu máis de vacacións a Roccacolomba!

—É que afecto, naquela casa, non o tiñan nin por un gato.

—No panteón familiar vai tamén o servizo, ala, aquí agora somos todos irmáns!

—Se o avogado Alfallipe vivise, abofé que non permitía cousa semellante!

—E aqueles sobriños tan guapos de quen tanto presumía, por que non aparecen na morte da tía, eh?

Finalmente e con dificultade, o topógrafo deuse zafado das mulleres e marchou para o traballo, e alí quedaron de leria. Pola rúa viu varios paisanos que paraban a ler as necrolóxicas e quedaban diante a latricar entre eles. A necrolóxica da Mennulara fora colgada en todos os sitios permitidos polo concello: moitos cartos lle debía ter feitos a Mennulara á avarísima familia Alfallipe para merecer tanto gasto. Decidiu que, por moito que proclamar aos catros ventos a morte dunha criada fose outra innovación dos tempos modernos e democráticos, como dicía o outro, el endexamais gastaría unha lira pola necrolóxica dunha doméstica, e aínda máis: daquela tarde non pasaba sen falarlle diso á muller, antes de que lle dese por facerlle promesas e encherlle a cabeza de paxaros á súa Antonia. Despois volveu á agradable historia de don Biagio sobre a forasteira, en quen si pagaba a pena gastar os cartos, e non na defunta Mennulara, que de bela nunca tivera cousa, e que de praceres carnais non gozara na vida.

Así que chegou ao despacho decatouse de que esquecera informar a muller da morte da señora Cacopardo; aquela si que tiña a súa importancia, sendo como era a sogra do director da escola de secundaria onde Mimì facía substitucións á espera de praza fixa. E maldiciu a Mennulara.

11

Maricchia Pitarresi coñece na Mercería Moderna a noticia da morte da Mennulara e maldí dela

Pola mañanciña, Maricchia Pitarresi subira á praza para comprar algodón de bordar na Mercería Moderna.

Atopouna ateigada de xente: as señoritas Aruta, que eran as propietarias, non atendían no mostrador, senón que estaban a charlar nun italiano moi fino cunhas señoras, deixando que a dependente se ocupase das clientes. Maricchia quedou apartada, consciente da propia posición social, mentres as outras mulleres se apertaban contra o mostrador, estendéndose nas compras, aparentemente coa intención de escolleren a mercancía, mais, en realidade, todas coa orella posta para escoitar a animada conversa das propietarias. Tamén Maricchia tentaba pescar cal era o obxecto daquel diálogo, e por fin deuno pillado con moitos traballos: morrera a Mennulara. Aguzou aínda máis o oído, pero xusto naquel momento a dependente foille preguntar que era o que quería.

No camiño de volta decidiu pasar pola portería de don Vito Militello para se informar dos particulares daquela repentina morte. Non tivo tempo para facer preguntas porque, así que entrou na portería, dona Enza xa a convidou, ofrecéndolle unha cadeira e chiscándolle os ollos cun sorriso:

—Maricchia, só faltabas ti! Conta aí como era a Mennulara cando traballabades as dúas na casa Alfallipe, moito has de saber ti!

A Maricchia non lle chistaba lembrar aquel breve e infeliz período; aceptaba ter que contar algo a cambio de información, pero quixo tomar algo de tempo:

—Primeiro habías de traerme un vaso de auga, que estou baldada —dixo mentres pasaba a man pola fronte, fincándose no encosto de madeira da cadeira e simulando un forte cansazo. Namentres, escoitaba a conversa.

Don Paolino Annunziata, os pés apoiados na barra da cadeira sobre a cal se empoleirara, os xeonllos separados, tiña as mans sobre o pomo do bastón, perpendicular entre as dúas pernas, e contaba con vitalismo:

—Eu estaba alí o primeiro día que a Mennulara entrou a servir a señora Lilla. Víase que estaba afeita ao campo, de verdade que vos era media bravú. Viñera á cociña á hora de comer. Non quixo sentar á mesa co resto do servizo, púxose na fiestra a mirar para o patio, coma se fose un paxariño na gaiola.

—Si, ho, un paxariño, agora saíunos poeta! Unha loba é o que era aquela, dígocho eu! —comentou don Vito.

—Que non, que talmente parecía un paxariño, pequerrecha e asombrada, un animaliño bravo na gaiola, fóra a alma —precisaba don Paolino—. Aínda a estou vendo, non quixo sentar connosco a comer, e iso que debía de ter moita fame, era fraca coma un fuso. Pina Vassallo, a cociñeira, fíxolle un prato de pasta e levoullo á fiestra. Engulía coas mans, co garfo, tanta era a fame, enzoufouse toda coa salsa, non sabía comer coma as persoas. Despois a Pina deulle unha costeleta e ela apañouna coas mans e devorouna esmiuzándoa cos dentes, case sen a mastigar. Non lle deu as grazas á Pina, nin lle sorriu, e nós quedamos de pedra. Desde aquela seguiu a comer ela soa, lonxe de nós, e se tiña que sentar á mesa por obriga, púñase a enviar sen falar e axiña se erguía para pórse a traballar. Medio animaliña era e medio animaliña quedou: se lle facías unha pregunta collía medo, respondía fungando, botaba unha ollada coma un can a defenderse, tiña os ollos negros coma carbón en ascua para queimar a quen lle dirixía a palabra.

Don Vito engadiu:

—E así seguiu. Era mala persoa; acórdame unha mañá que baixaba eu para lle facer a compra á baronesa e cruceime con ela polas escaleiras; ela volvía para a casa Alfallipe cargada de cousas do mercado, que ía sempre a primeira hora da mañanciña para escoller o mellor. Vin que tropezaba: caeu nas escaleiras, as cestas escapáronlle das mans e ala, toda a froita, a verdura e mesmo as cazolas de louza, xa en anacos, todo ciscado a rodar polas escaleiras abaixo. Fun correndo a axudala e ela púxoseme a berrar, coma se eu a quixese ir molestar: "Larga de aquí, larga, non necesito ninguén!". Apañou todo nun alustro, froita, louza, papeis, meteu todo nas cestas e seguiu para arriba, sen me dar os bos días sequera. A pouca xente que se decatara quedou parada de pé, a mirar para nós. Só Deus sabe o que pensarían. Nunca me sentín tan humillado; de aí para adiante seguín a saudala, porque o saúdo non se lle nega a ninguén, pero non lle dirixín máis a palabra.

—E cando é o funeral? —preguntou Maricchia, que quería marchar decontado nada máis obter aquela información.

—Logo non viches o anuncio pola rúa? Os Alfallipe mandárono colocar por todas partes, coma cando foi do defunto avogado —díxolle dona Enza, e engadiu—: Maricchia, non marches, conta como era a Mennulara co avogado Alfallipe, que ti has de saber.

Maricchia veuse obrigada a falar:

—Como era el non volo sei, pero sei como era ela. Eu entrei a servir en casa Alfallipe cando ela xa levaba alí uns cinco anos, xa era a doncela persoal da señora Lilla.

Pero cando o fillo Orazio viña de Catania de vacacións, ela estaba sempre pendente de atendelo, que puxera os ollos nel, a desvergonzada, pero el nin miraba para ela —Maricchia fixo unha pausa para verificar a reacción perante as súas palabras e coller folgos. Don Paolino xirouse para a porta que daba á tenda do porteiro e fixo un xesto cos labios, coas comisuras da boca para abaixo e as cellas en arco. Maricchia seguiu a contar—: Unha coma ela debía ir coa cabeza baixa logo daquilo que fixera cando andaba ás améndoas, pero esta xente é descarada de seu. A señora Lilla queríalle ben e críalle as mentiras que lle contaba, menos mal que eu deixei o traballo para casar! —Maricchia xa falara dabondo e, antes de se ver obrigada a responder a máis preguntas, ergueuse para volver á casa.

Andando pola rúa pasáballe por diante dos ollos aquel infausto período que vivira na casa Alfallipe. Estaba prometida a un curmán de quen estaba namorada e con quen quería casar axiña: decidira entrar a servir para facer o enxoval rapidiño. Orazio, aínda estudante, fixárase nela e sentírase atraído. Maricchia sabía que era guapa, tiña o pelo ondulado e brillante e un corpo xeitoso, pero era unha rapaza honesta e quería conservarse pura para o curmán. Orazio non a deixaba en paz: chamaba por ela para que lle levase un vaso de auga, pedíalle que o fose atender ao dormitorio, e ela tiña que obedecer, mesmo sabendo que el a despía coa mirada; tremía cando quedaba soa con el, mais deulle a entender con tacto que non tiña nada que facer.

A Mennulara dérase de conta das atencións de Orazio. Encargáballe a Maricchia os traballos máis desagradables e duros, na cociña e na bodega, para tela lonxe dos ollos do señorito. Non era por protexela, senón porque estaba celosa: a pesar de seren case da mesma idade, nunca amosou amizade nin cortesía na súa relación con ela. Un día, a señora Alfallipe mandouna chamar e díxolle que faltaban uns panos bordados que Maricchia colocara nos caixóns.

—Eu non lle roubei nada; se non os encontra será que llos colleu outro —respondeulle Maricchia, ofendida por aquela insinuación. Desde entón sentiuse observada pola Mennulara e pola señora.

Pasados uns días a señora Alfallipe preguntoulle se sabía onde ían unhas mantas de la moi bonitas que ela lavara recentemente. Maricchia pescou a indirecta e rogoulle á nai que a quitase daquela casa. E así foi. Cando estaba a piques de deixar casa Alfallipe, a Mennulara, que só lle dirixía a palabra para lle dar ordes, acercóuselle e deulle un sobre.

—De parte da señora Lilla, que non lle fales a ninguén disto e menos aínda que llo vaias agradecer, é un regalo para o teu enxoval.

Eran cartos, en total dous soldos, unha cifra enorme que lle viña ben, e Maricchia non tivo coraxe para rexeitala.

—Que triste é ser pobre —dixo Maricchia en voz alta, convencida de que aqueles cartos lle foran dados pola Mennulara para gañar o perdón pola súa perfidia. A Mennulara nunca chamou a atención do avogado Orazio; pola contra, tocáralle servir a toda a súa familia e mesmo levar para a casa a súa viúva, confirmando que Deus castiga a xente ruín. "Como recompensa, os Alfallipe agora páganlle o funeral", pensou Maricchia rindo para si.

Nin Maricchia Pitarresi nin a súa familia foron ao funeral da Mennulara.

12

Don Giovannino Pinzimonio evoca recordos no Circolo della Conversazione

O tío Peppino Coniglio perdera o tempo no forno. Folguexaba polas empinadas escaleiras que subían á praza; chegaba tarde ao Circolo della Conversazione e tiña medo de que algún outro socio lle collese o exemplar de *La Sicilia*, negándolle o pracer de ser o primeiro en ler o xornal.

Tal foi a sorpresa ao atopar os amigos de sempre nunha conversa tan animada coma inusual, que nin lle pasou pola cabeza botar man do xornal, pousado nunha cadeira, aínda intacto, agardando por el. Pola contra, quedou de pé a escoitar, termando entre os brazos do cesto de onde fuxía unha flagrancia de pan quentiño, esquecendo o reumatismo das pernas.

Don Giovannino Pinzimonio, de oitenta e tres anos, daba audiencia aquela mañá. Os outros socios estaban sentados arredor del intervindo de cando en vez e engadíndolle detalles á historia que el contaba con vivacidade: botaban risadas coma os cativos. Ao principio o tío Peppino non entendeu de que estaban a falar.

—Subía ás árbores coma unha mona, un pé aquí, unha man alá, púñase ás carranchas nas gallas, chimpaba dunha a outra, agarrábase ás que estaban cargadas de olivas e batía nelas chimpando, coma se bailase enriba da galla de abaixo, para arriba e para abaixo —don Giovannino ergueuse e púxose a imitar os movementos, coas pernas estiradas, dobrando os xeonllos—, rubía descalza, non sentía a aspereza da codia dos troncos nos pés, apenas os rozaba de tan áxil e lixeira que era; en sesenta anos de traballo nunca vin outra coma ela. As olivas caían a cachón e os mozos miraban para ela desde o chan coa boca aberta, e tentaban achegarse baixo a oliveira, pero a gardiá non os deixaba achegarse.

—Querían mirarlle as coxas máis ca apañar olivas! —exclamou Mario Lo Garbo, os ollos brillantes co recordo de praceres case esquecidos. Os outros rían. Cada un engadía a súa.

—Que pernas!

—Era xeitosa!

—Pequerrecha, mais co corpo de muller!

—E que vas saber ti, tocácheslo algunha vez?

O tío Peppino preguntaba "Quen?", pero os socios non lle facían caso, absortos e contentos como estaban co recordo picante, divertidos coas bromas chistosas para as cales xa non se vían capaces.

Don Giovannino finalmente dirixiulle a palabra:

—Acórdache a ti a Mennulara de rapariga, cando traballaba nas terras do barón Putresca?

—Acórdame —dixo o tío Peppino, decepcionado porque pensaba que estaba xusto no medio dunha leria recente sobre unha persoa máis interesante ca a doméstica dos Alfallipe—, pero por que falades diso?

Mario Lo Garbo, aínda coas lágrimas nos ollos de tanta risada, dixo:

—E logo non liches o anuncio na rúa? Morreu onte.

—Que bonito, falar dos mortos aínda quentes, e rir deles; espero que non mo fagades a min cando marche ao outro mundo —respondeu o tío Peppino, anoxado por ter perdida a oportunidade de botar unhas risas cos outros, e decidido a estragarlles a alegría, de infeliz que era o vello.

—Só sabes falar de malos augurios! —espetoulle Mario Lo Garbo, e os outros riron: o tío Peppino tiña aquel corte ben merecido.

Don Giovannino, porén, sentiuse xustamente reprobado pero, aínda invadido polas lembranzas, quería continuar, e dixo:

—Peppino, é verdade que a Mennulara, que en paz descanse, morreu aínda onte, pero aquí non se fala mal dela, ao contrario, gábase a súa beleza.

Gaspare Ponte engadiu:

—Eu digo que se a defunta soubese que aínda a admiramos, estaría contenta. Cando era noviña sabía que era guapa, vaia se sabía, e gustáballe que mirasen para ela!

Os socios puxéronse outra vez a falar da Mennulara, nun ton máis contido ao principio, mais despois caeron de novo na rexouba. Gaspare Ponte dicía mentres ría con sorna:

—Mallaba en todo aquel que estiraba a man para axudala, e mallaba forte!

—Ai si, así que ti recibiches daquela? —preguntou don Giovannino.

—Non ho, quen se atrevía? Os palabróns que botaba por aquela boca cando se cabreaba... cantos sabía!

—E que berros daba!

—Tiña a voz máis forte de todas; cando había que chamar por alguén de lonxe a gardiá miraba para ela, parecía unha cantante.

—Mágoa foi que non se dedicase ao canto, que moito me gustaba cando cantaban as mulleres e os mozos, a súa voz subía moi melodiosa, e mesmo facía o xesto coas mans en asa, e se abaneaba toda! —engadiu Mario Lo Garbo erguéndose; imitou o xesto da Mennulara, pondo as mans nas cadeiras e xirando torpemente sobre as pernas fracas e tortas.

Riron aínda máis, de puro gusto. O tío Peppino, que se rendera e acabara rindo con eles, quixo contribuír á chuvia de recordos:

—Cando se pesaban os sacos da colleita da xornada, botábaos na balanza coma se estivesen cheos de plumas, era de ferro.

—De ferro e mais de lume —dixo don Giovannino moi serio. Non lle perdoara ao tío Peppino o reproche de antes, malia que xustificado—. Despois aquel lume apagouse, pobriña —engadiu, decidido a facerlle sentir culpa por participar na leria.

Aos poucos os socios foron acalmándose, mais non calaron. O sangue rexuvenecido polos recordos da Mennulara continuaba a decorrer veloz polas cansas veas dos vellos. Dominados polas reminiscencias do pasado, seguiron a falar con nostalxia da vida no campo; por unha vez, os socios do Circolo della Conversazione fixéronlle honor ao nome e o xornal quedou intacto e morto de risa sobre a cadeira.

Contra o mediodía, os socios preparábanse para volver á casa para comer. Os menos anciáns habían de atoparse outra vez pola tarde. Don Giovannino suxeriu:

—Con todo o que nos fixo rir, paréceme de xustiza irlle ao funeral, que dicides?

Daquel xeito, renunciando ao repouso da tarde, en sinal de gratitude polas risas e lixeiramente avergonzados pola falta de respecto pola finada, en numerosa delegación os socios do Circolo della Conversazione participaron no funeral da Mennulara, causando bastante sorpresa e curiosidade nos demais asistentes.

13

Gaspare Risico, funcionario de Correos ademais de secretario da sección de Roccacolomba do Partido Comunista italiano, e a súa muller Elvira

A librería Pecorilla cerrara media hora antes aquela mañá do 24 de setembro, para a propietaria, Rosalia Mangiaracina Pecorilla, poder facer a comida e ir ao funeral da Mennulara. Elvira Risico, a dependente, aproveitou a ocasión para ir á peixeira por sardiñas frescas para o marido, que era amante do peixe, e non só os venres.

Elvira estaba na cociña pendente de frixir as sardiñas, abertas e limpas, ben enfariñadas, cando o marido entrou de súpeto e a colleu polas cadeiras nun tenro abrazo. Levaban oito meses de casados e a xente dicía con razón que estaban tolos o un polo outro. Bicándolle o pescozo, suorento pola calor do aceite a ferver, Gaspare preguntoulle como fora que volvera á casa tan cedo.

—Non me distraias, Gaspariño, non ves que estou a cociñar? Pónseme brandas se non as boto a frixir axiña

—dicíalle a Elvira sen convicción, porque se intensificaran as caricias do marido, que xa a estaba a apalpar polo peito, polas coxas e entre as pernas, e ela sentíase toda húmida e docemente salivada—, morreu a doméstica da familia Alfallipe, que son parentes da señora Pecorilla, e cerrou a librería antes de tempo para ir ao funeral.

A aperta atenuouse por un momento, pero seguiu despois. O home, colléndoa polos lados e apertándose contra ela, dixo:

—Será a Inzerillo; entrevina na oficina a semana pasada, parecía cansa —logo dunha pausa engadiu—: Era unha muller mala, unha desas coas que hai que ter coidado.

Elvira tiña cada día novos motivos para admirar aquel marido intelectual que sabía de todo e de todos, reflexionaba antes de emitir un xuízo e tiña pensamentos fondos e sabios, e engadiu:

—Pois mira que a señora Pecorilla, pola contra, me contaba que era unha muller boa, que sempre quixo a familia Alfallipe coma se fose a súa e que serviu para eles toda a vida... —interrompeuse, arrepentida de usar o termo burgués "servir", avergonzada pola propia ignorancia. Gaspare seguiu a peniscarlle o lóbulo da orella.

Na mesa charlaban contentos, devorando as sardiñas quentiñas e crocantes.

—Pero por que a familia Alfallipe lle pon a necrolóxica pola rúa e lle organiza o funeral? Non sería cousa dos da morta? —preguntou Elvira, que viña da parte de Siracusa e por tanto estaba desexosa de inserirse na vila do marido, onde había de vivir toda a vida, a non ser que a carreira política do seu Gaspare os levase a algunha cidade grande.

—Esa xentalla ten que aprender a tratar os traballadores e os empregados con respecto cando están vivos, e non de mortos. A Inzerillo é un noxento exemplo de proletaria que se deixa dominar polos capitalistas e trata os demais coma cans. Seino porque a tiven que pór no seu sitio moitas veces na oficina de correos. Dábase aires de baronesa... Baronesa do carallo é o que era!

Non engadiu máis nada. Non lle había gustar contar que en realidade fora a Mennulara quen lle chamara a atención, máis dunha vez, porque non se atopaba na oficina para ter conta das reclamacións durante o horario de traballo: escapulírase para ir á sede do partido a ler *L'Unità*, como facía todos os días, cousa que por outra banda era tolerada polo director, cuñado dunha súa tía que o colocara alí. A Mennulara botáralle unha pauliña coma se fose un rapaz da escola, ela que malamente sabía escribir; fixéralle saber que estaba ao corrente das súas habituais ausencias do traballo e que tiña que dar bo exemplo se se quería facer respectar polos traballadores.

O efecto da invectiva do Gaspare, brevísima en comparación coas prédicas que normalmente lle botaba á muller para formar nela a conciencia política, foi sorprendente e inesperado. Elvira, sorrindo amorosa, pousoulle unha man no ombro e acariciándolle o colo díxolle:

—Hoxe teño unha sorpresa para ti —mentres coa outra man desabotoaba lentamente a bata de casa, facendo emerxer os senos exuberantes: estaba totalmente espida.

Non acabaron de comer as catro sardiñas que quedaban, e Elvira tivo que agradecer que o compromiso político do marido lle prohibise coller unha asistenta, aínda que fose por horas, porque así aquel martes 24 de setembro Gaspare Risico amou a súa muller sobre a mesa do comedor, con toda a louza que nela había a choquelear alegremente con cada golpe de ancas. Alén do pensamento marxista, aprendéralle á muller unhas transgresións marabillosas. Logo do primeiro coito, Gaspare erguérase e afastárase da mesa onde Elvira xacía, saciada e belísima, para mirala mellor; botou man dun vaso de viño e bebeu un grolo. Ocorréuselle verter o resto no buraco do embigo da Elvira, pequeno e perfecto, e de alí o viño empezou a baixarlle polo ventre tenro e latexante ata penetrarlle polas partes íntimas e pingarlle polas coxas abertas. Así foi como Elvira coñeceu o gozo do cunnilingus.

Gaspere Risico esqueceuse aquela tarde de lles advertir aos compañeiros de que non se lles ocorrese ir ao funeral da Inzerillo, "traidora á clase obreira". Non foi preciso, porque o de ir a un funeral ás tres da tarde non lle pasou pola cabeza a ningún membro do Partido Comunista de Roccacolomba; o cal non lle impediu ao Risico presumir nos días seguintes de ter evitado, co seu sagaz sentido da oportunidade, que o partido quedase desacreditado perante os ollos dos cidadáns.

14

O funeral

O doutor Mendicò, de ganchete coa irmá, a señora Concetta Di Prima, dirixíase á igrexa da Addolorata para asistir ao funeral da Mennulara. Estaba silencioso, absorto nos seus pensamentos. Como adoitaba facer desde que avellentara, dixo de súpeto en voz alta:

—Non me convence esta morte, debeuno deixar polo menos ata o Nadal! Tiña présa por marchar e desta vez conseguiuno.

—Que dis, Mimmo, acouga —tentou tranquilizalo a señora Di Prima. Naquel momento achegáronse uns coñecidos, tamén de camiño ao funeral, e entraron xuntos na igrexa.

O doutor Mendicò e a irmá sentaron na primeira fila. O doutor gustaba de admirar o altar barroco de mármores polícromos, a estatua da Virxe das Dolores coa súa mirada melodramática, ao estilo manierista da provincia, as decoracións de cupidos e coroas de flores e froitas que cubrían a ábsida, xeneroso don do príncipe de Brogli, se cadra para acalmar a conciencia: o certo era que obrigara a facerse monxa por motivos dinásticos a filla máis vella, que despois chegara a abadesa do convento. O médico pousou a ollada no féretro e observou que a Mennulara escollera inconscientemente a igrexa apropiada para o seu funeral: as dúas eran mulleres sacrificadas pola familia, por prestixio unha e por supervivencia a outra.

—A nobreza e os pobres téñenche moito en común, pero non o saben —bisboulle o doutor Mendicò á irmá. A señora Di Prima abaixou a cabeza nun vago asenso, pensando que, coa vellez, as reflexións do irmán resultaban cada vez máis extravagantes.

O padre Arena, asistido polo párroco noviño, estaba a vestirse para oficiar o funeral na sancristía da igrexa onde fora párroco por moitos anos. Desde que se retirara, case se esquecera de ser cura e vivía serenamente na casiña de campo do afillado, a coidar da horta e a cultivar o xardinciño da casa. Na práctica traballaba de labrego, el que era fillo dun parceiro do príncipe de Brogli, escollido e destinado polos pais, coa axuda do príncipe, para unha vida diferente e mellor ca a do campo.

No maio anterior a Mennulara retomara o contacto con el e víranse varias veces, recuperando a súa fermosa amizade. Sen revelar emoción ningunha, ela comunicáralle que había de morrer antes do inverno; pedíralle axuda para escribir unhas cartas, como se facía en tempos, e expresáralle o desexo de ser el quen oficiase o funeral. Á Mennulara non se lle podía dicir que non.

O padre Arena estaba a pór os paramentos de cor violeta e ouro para a misa; o encaixe do sobrepeliz de liño branco do novo párroco apenas lle chegaba por debaixo dos xeonllos. Quen sabe que é o que faría con aquelas fermosas túnicas longas, confeccionadas polas monxas do convento para el, que era de estatura alta, cousa desacostumada entre os labregos e a xente pobre de onde procedía o clero. O padre Arena era en efecto moi alto, delgado e delicado de saúde, e tíñase preguntado moitas veces se a benevolencia do príncipe de Brogli non tería que ver coa súa nai, que se dicía que fora belísima de moza; el era diferente dos irmáns, baixos e chaparros, e fora enviado ao seminario a unha tenra idade, non por ter manifestada unha vocación precoz, que en realidade non sentiu nunca, senón para non crear incomodidade coa súa presenza. Como a Mennulara, conformárase con aquilo que se lle ofrecía e podía dicir que levara unha vida simple á par que pracenteira.

Dicir misa sempre o aterrorizara, cousa que se manifestaba nun tatexo que dera controlado cun estrataxema ao cal debía a súa popularidade: aprendera a recitar as oracións e mesmo a predicar a unha gran velocidade, e as súas misas remataban nun cuarto de hora, unha verdadeira marca. As familias ricas da vila, en parte pola protección concedida polo príncipe, en parte pola rapidez e o bo carácter, pelexábanse por el para vodas, bautizos, primeiras comuñóns e funerais, ademais de misas familiares celebradas nas casas ou nas capelas do campo. Daquel xeito tivera a oportunidade de frecuentar xente de boa posición e, sobre todo, de sentar ás súas mesas: aprendera a apreciar a boa cociña e era declaradamente lambón, pero sen sentido de culpa, porque a todas aquelas bendicións de Deus podía acceder grazas ao seu traballo de sacerdote.

O padre Arena pensara moito na homilía fúnebre que ía dar pola Mennulara. Mesmo escribira un papeliño con notas, mais non o daba atopado.

—Ala, que vaia como vaia —dixo compondo os paramentos, e entrou na igrexa ás tres en punto, seguido polo párroco.

Sorprendeuno ver tanta xente. Na primeira fila estaban os Alfallipe, unicamente a señora Adriana ía vestida de loito. No banco seguinte apertábanse Santa e outras mulleriñas, vestidas de negro e coa cabeza cuberta. Tamén estaban algunhas amigas da señora Alfallipe, cousa que o animou, pois habían de mirar por ela e confortala mesmo nos días seguintes, e despois persoas que serviran en casa Alfallipe, e bastantes paisanos, xente pobre, froiteiros, porteiros dos pazos de Roccacolomba Alta, pequenos comerciantes, coñecidos da Mennulara. O padre Arena miraba para o resto da congregación, non esperaba toda aquela xente: había varios notables da vila, o notario Vazzano, o doutor Mendicò e a irmá, o agrónomo Masculo e a muller, a Madre Superiora do convento, mestres da escola, mesmo un grupo dos anciáns socios do Circolo della Conversazione. E non remataba alí, incluso viñeran algúns labregos das propiedades que noutrora pertenceran aos Alfallipe; eran moitos e ocupaban catro ou cinco filas, no fondo, formando un grupo compacto, pucha na man e mirada reverente coma a dun rapaz de escola, e mais outros homes, xente de mediana idade que parecía forasteira, quizais podadores ou xente do agro. Perplexo e confuso, xirouse en dirección ao féretro. Coitada Mennulara, quen ía imaxinar que había de ser el, moito máis vello ca ela, quen lle celebrase o funeral, e perante tanta xente... Quen sabe de onde sairían!

Comezou a misa, coma sempre rapidísimo. Ao chegar a homilía aproximouse ao púlpito e falou improvisando, sen dificultade:

—É sempre difícil falar dos mortos. Ás veces procuro dicir palabras que o finado agradecería, as veces as que a familia querería escoitar... Poucas veces me decido a pronunciar o que quero eu. Por Maria Rosalia Inzerillo hei dicir o que sinto, porque a coñecía desde que tiña doce anos e a quería coma a unha filla. Segundo creceu resultou ser unha verdadeira amiga; coñecíaa ben eu, a Mennulara, como lle chamaban os paisanos por ofender, Mennù na casa Alfallipe. Traballou toda a vida coma un boi. Non coñecía o repouso, criatura inquieta en corpo e alma, sempre tentaba facer máis e mellor. De carácter era difícil e arisca; ría pouco pero tiña un sentido do humor moi seu. Dedicou a vida aos Alfallipe e fixo por eles o que consideraba xusto. Tiña poucos amigos, aínda que agora vexo moita xente aquí, e se cadra tiña máis dos que pensaba. Tamén tiña inimigos: non perdoaba facilmente e era testana coma ninguén. Estas faltas ha de perdoarllas o Señor, porque sufriu moitísimo desde que era pequena, cando ía apañar améndoas polo campo...

Chegado aquel punto o padre Arena sentiuse espetado por dous raios penetrantes e terribles que o guiaban inexorablemente cara a don Vincenzo Ancona. Enfocou a inconfundible figura, ao fondo da igrexa, diante dunha columna da entrada, de pernas abertas e brazos cruzados; o gabán botado sobre os ombreiros fortes e vigorosos parecía o manto do poder, creáballe unha auréola arredor do corpo.

O padre Arena enmudeceu e quedou inmóbil coma unha estatua. Cun desmesurado esforzo deu continuado. Deixando de lado todo o que quería dicir, concluíu a correr:

—E sufriu tamén ao morrer aínda nova. Dígovos que era unha muller digna de admiración e que co tempo se aprenderá a quererlle, porque sempre mantivo a palabra e foi unha doméstica e amiga leal. Doulle o meu pésame aos sobriños e ao cuñado, que lamentablemente non están presentes, e á familia Alfallipe.

Nese momento o padre Arena conseguiu por fin afastar a mirada da de don Vincenzo, e dirixiulla á señora Alfallipe. Pensou que se desmaiaba e fincouse no púlpito. Levantou a vista aínda á procura dos ollos de don Vincenzo, coma un cordeiriño que necesita a aprobación materna. Mais don Vincenzo Ancona xa non estaba. Desaparecera coma se fose unha visión, nin o ruído dun paso nin o renxido dos gonzos da porta: desaparecera cos seus homes.

15

Don Paolino Annunziata mexa por el por segunda vez na súa vida, e outra vez por culpa da Mennulara

Don Paolino non era relixioso. Ía a misa unicamente nos funerais, bautizos e vodas, e dona Mimma desgustábase moito a pesar de o marido ter un motivo válido para a súa escasa observancia: sufría de artrite e non daba entrado nin saído ben dos bancos de madeira, invento infernal con repousapés en que se lle atrancaban as pernas, reclinatorios de quita e pon onde lle batían os xeonllos, pequenos andeis para os misais que sobresaían e lle impedían os movementos. Unha vez, na voda dunha sobriña, tres homes víronse negros para desencaixalo do banco onde caera e quedara atrancado. Na igrexa da Addolorata preferiu deixar que a muller e a sobriña Lucía se puxesen ben á vista nos primeiros bancos, na nave central, mentres que el atopara por sorte unha cadeira cerca da porta de entrada, onde se acomodou para saír entre os primeiros logo da cerimonia.

Observaba benevolamente o padre Arena, a quen tantas veces acompañara co coche á casa de campo do avogado, nos tempos da señora Lilla, cando aínda tiña por costume celebrar a misa na capela. Boa persoa, o padre Arena; resultáballe simpático. A fin de contas moi "cura" non era, que deixara encinta a súa ama, dona Maricchia, viúva e máis vella ca el, e fixéralle un fermoso fillo cuspidiño a el. O padre Arena non ocultaba "a cousa", como fan moitos cregos, e durante os traxectos en automóbil os dous homes falaban moitas veces dos respectivos fillos.

Escoitar unha misa oficiada por el era un alivio dada a brevidade garantida. Don Paolino comparábaa cunha viaxe no coche: arrancaba bufando e tropezando, collía velocidade comendo as palabras, saltando frases, para chegar nun alustro ao "ite missa est". Un Alfa Romeo. Seguro de que mesmo a homilía ía ser breve, don Paolino escoitaba as palabras do cura con atención. "Moi ben, padre Arena", dixo para si, notando que falaba con claridade e sen tatexos, "vese que coa vellez mellorou", e mirábao con afecto.

Mais de súpeto, tras as primeiras frases, o padre Arena interrompérase. Pareceulle a don Paolino coma se lle tivese chantada a mirada a el, mais non era así: a mirada do crego discorría alén da súa persoa. "Non debín ilusionarme pensando que se librara do tatexo, aí lle volve outra vez. Non quere tatexar e non dá continuado", pensou don Paolino, calmado e confiando en que o padre Arena axiña se poría outra vez a falar. Pero o sacerdote seguía parado e mudo, semellaba petrificado por un terror indescifrable, a mirada fixa sobre o ombro dereito de don Paolino, coma unha lebre cegada polo faro dun cazador nocturno, vítima impotente á espera de que a enchan de postas. Don Paolino comezou a sentir un estraño desacougo, coma se aquela situación tamén o atinxise a el, coma se de detrás das súas costas saíse un perverso feixe de luz que fulminaba e inmobilizaba o padre Arena.

Obrigándose a dolorosas contorsións, don Paolino, que non perdera a súa proverbial curiosidade, conseguiu xirarse e mirar para atrás: apoiado na porta da igrexa estaba don Vincenzo Ancona, o vello rostro vermello de pel lisa, brillante e case sen engurras irradiaba enerxía e poder, coa mirada fixa no padre Arena. Tiña arredor catro homes vestidos de escuro, cos ollos a correr dunha punta a outra da igrexa. Don Paolino foi percibido axiña. Dun deles caeulle enriba unha ollada de advertencia que lle transmitía a clara mensaxe: "Ti vai ao teu e recorda que non viches nada". Con milagrosa velocidade e sen dor ningunha nos ósos, don Paolino volveu xirarse ata a posición de antes e abaixou a cabeza coma quen fai penitencia. Vía desenfocado e tremía de medo. Notaba unha lenta sensación de calor no seu interior que baixando polas coxas se lle difundía polas pernas e lle subía ata as nádegas: don Paolino Annunziata estaba a mexar por el.

A misa rematara e a xente dispúñase lentamente a saír da igrexa. Don Paolino quedou pegado á cadeira, avergonzado ante a idea de que a xente se decatase de que tiña os pantalóns enchoupados. Díxolle á muller que quería saudar o padre Arena e que ía agardar por el na igrexa. A vista volvía tela nítida e comezaba a sentirse mellor, pero estaba pingando, e os ouriños, arrefriándose, causábanlle unha sensación moi molesta. Ergueuse con cautela e dirixiuse á sancristía, coidando de camiñar cerca das paredes, na escuridade.

O padre Arena estaba só. Quitara os paramentos e estaba de pé ante o retrato da beata Carmela di Brogli, primeira abadesa do convento, de ollos escuros e duros, coma se lle implorase a intercesión perante o Señor. Don Paolino achegóuselle: comprendeu que o crego lle estaba a pedir valor a aquela monxa, quizais devanceira del, e agardou un momento. Despois tocoulle suavemente o hábito para chamar a súa atención. O cura asombrouse:

—Ai, es ti, Paolino, déchesme un susto.

—Eu tamén o vin, padre, e mesmo mexei por min.

O padre Arena díxolle cun medio sorriso:

—Non tes que preocuparte, nin por min nin por ti. Colle, usa isto.

Ofreceulle un pano de liño e axudoulle torpemente a secarse.

Pouco despois os dous vellos, un alto e teso, hierático coa súa sotana negra a revoar, o outro pequerrecho e coas pernas a abanear máis do acostumado, dobrado sobre o bastón, apareceron xuntos polo adro, onde a xente se deixaba estar de leria, á espera do padre Arena.

—Xa nos veremos despois —díxolle a don Paolino, e chegou lixeiro ata o cortexo fúnebre que agardaba por el. Púxose á cabeza, ao carón de Gianni Alfallipe, e o coche fúnebre arrancou.

Don Paolino aínda se deixou estar diante da igrexa, esperando que a airexa o secase. Para gardar as aparencias, seguiu con mirada respectuosa o cortexo que, coma unha lenta miñoca coa cabeza estirada, esvaraba pola estrada retorta que baixaba ata o camposanto. Cando a latriqueira e ondulante cola desapareceu da súa vista, marchou amorriñado para a casa. Explicoulle a dona Mimma que as sardiñas do xantar lle produciran acidez e botouse na cama, coa esperanza de que os pantalóns lle secasen sen deixar traza da súa vergonza.

Aquela tarde durmiu coma un bendito. Acordou xa polo serán, no aire o doce aroma da cebola sofrita para a cea, e sentiuse protexido. "A Mennulara non tiña que facerme isto a min", dixo para si rindo del mesmo, "con dúas veces xa abonda; xa irá para quince anos da outra mexada, e tamén con ela por medio".

Era un escuro serán de decembro, cando cae a noite ás catro da tarde, e os dous volvían do campo no coche. A Mennulara ía sentada ao lado, como adoitaba facer cando viaxaban sós, pois con el non se daba aires de señora. Había pouco que collera as rédeas da administración dos Alfallipe e era unha época de conflito entre ela e os parceiros, remisos a aceptaren a súa autoridade. Eran os tempos do bandido Giuliano, das protestas dos braceiros, da loita entre a vella orde e unha mafia en profunda transformación, unha mafia cada vez máis agresiva e consciente do papel que ía desempeñar no conflito político e de clase da Italia democristiá. Cada visita ao campo era unha aventura e un novo choque. Para don Paolino, amante da vida tranquila, o mellor momento era o de marcharen do casarío cargados de víveres e produtos da horta.

Aquel día o coche cheiraba á verdura acabada de apañar e ao aroma das primeiras laranxas do ano. Don Paolino conducía con tento, saboreando anticipadamente a verdura cocida cunha pinga de aceite novo e un chisco de limón que había de comer na cea. Guiaba lentamente e con atención pola estrada chea de pozas e pedras traizoeiras. Virara con prudencia na longa curva que continuaba polo cumio do monte, cortada a pico á beira dunha barranca chea de broza e seixos. Xusto entón, tras a curva, chegou a parada. Tres homes bloqueaban a estrada: estábanlles á espera.

Un estaba no medio da estrada, os outros aos lados, coa escopeta recortada xa apuntando; unicamente se lles vían os ollos, apertados entre a gorra e a bufanda que lles cubría o rostro. A reacción da Mennulara foi inmediata: púxolle a man sobre a coxa, sen vergonza, e díxolle:

—Cando eu che mande arrancar, mete primeira e arranca lixeiro, oíches? Agora para e fai o que digan.

O home do medio da estrada berrou:

—Apaga as luces!

Don Paolino obedeceu e quedaron ás escuras. A Mennulara, entrementres, baixara a xanela e, sen agardar a que se achegase o que estaba no lado, dixo en voz alta e segura, sacando a cabeza por fóra:

—Que queredes?

O home moveuse lentamente, apuntando aínda coa recortada e, sen deixar de mirarlle directamente á cara, preguntoulle:

—Este é o coche do avogado Alfallipe?

Mentres, o compañeiro observaba o interior do coche polas xanelas, para asegurarse de non haber outros pasaxeiros.

A Mennulara respondeu:

—Ben sabedes que este coche lle pertence ao avogado Alfallipe e que eu son a Mennulara, Maria Rosalia Inzerillo, e que este que vai ao volante é don Paolino Annunziata, chofer do avogado. Teño que volver á vila para traballar na casa Alfallipe, así que xa me estades dicindo o que me teñades que dicir.

Entón volveu meter a cabeza dentro e sentou coas costas ben dereitiñas contra o encosto do asento, o pescozo xirado a un lado, os ollos fixos nos daquel home que tiña alí pegado e ameazante. Este fixo esvarar a recortada polo flanco e pousou lentamente o brazo esquerdo sobre a xanela baixada; despois, acomodándose con largura, falou:

—Señorita, isto é unha advertencia para vostede: andar polo campo non lle senta ben, o aire da vila é máis saudable, e éralle mellor quedar de camareira na casa do avogado Alfallipe e non botar conta de cousas que á señorita non lle importan.

A tensión era enorme. Don Paolino miraba para adiante: apuntada contra el tiña a boca da recortada do fulano que estaba coas pernas abertas no medio e medio da estrada, coma un xigante de pedra. Tivo a sensación dun vacilante tremor na man da Mennulara, aínda pesadamente pegada á súa coxa; notaba a presión das uñas no pano dos pantalóns. Tamén ela tiña medo e viuse perdido.

A voz atronadora dela asustouno. Berraba cuspiñando por todas as partes, pero as palabras eran claras e simples:

—A min ninguén me fala así, pero comprendo que non é culpa súa nin dos señores que o acompañan hoxe; non lles explicaron ben como está a situación e non é cousa miña explicárllela agora. Fágame o favor de irlle contar a don Vincenzo Ancona que a Mennulara lle manda os seus saúdos e que o chamarei axiña, que non se moleste en pórse en contacto comigo, que xa lle mandarei eu recado cando estea lista para falarlle, e que non se preocupe: muller de honor son e sigo a selo. Confío en que lle dea esta mensaxe canto máis rápido, e dígalle tamén que non estou ofendida por este encontro con vostedes e que non o tomo a mal, que a fin de contas non vai haber máis encontros, e pouco me atrasou a volta á vila. Agora teño que marchar, porque don Vincenzo ben sabe que son serva e criada da familia Alfallipe. El sábeo porque é así, el sábeo todo, e tamén sabe que agora teño que botar conta das propiedades do avogado. Ao campo teño que vir por obriga, e o aire do campo faime ademais moito ben. Cando precise axuda, non terei reparo en chamar por el, el sabe que o respecto. Mais polo de agora, boas festas e bo Nadal teñan vostedes, e agora aparten do medio que chego tarde.

Falaba xesticulando, e apartara a man da perna de don Paolino, pero naquel momento volveuna pousar pesadamente. Con voz forte e segura a Mennulara deu a orde:

—Don Paolino, vamos —e xirouse para mirar a estrada que tiña por diante sen se dignar a botarlle unha ollada ao individuo que acababa de apostrofar. Despedírase deles. Don Paolino puxo en marcha o automóbil e avanzou amodo; o home que estaba chantado diante do coche seguía inmóbil, a recortada apuntada contra el. A man da Mennulara obrigábao a continuar. Don Paolino pensou que igual desa lle chegara a súa hora: ou morto a golpe de escopeta, ou esnafrado pola barranca para abaixo; unicamente aquela man, pesada coma unha pedra a premerlle na coxa, lle daba a forza para conducir coma un autómata. Lentamente, mantendo a súa presenza prepotente, o home comezaba a apartarse para o lado do monte, deixándolle vía libre ao coche, coa escopeta aínda apuntada contra don Paolino. O coche avanzaba devagar.

A Mennulara asomou pola xanela e dixo:

—Saúdos, váianlle contar o que lles dixen a don Vincenzo Ancona; non quero que teñan problemas, que non os merecen por tan pouca cousa.

Agarrou a coxa de don Paolino, atenazándoa. El acendeu as luces e pisou o acelerador, e o coche arrancou levantando unha nube de po. Deuse de conta entón de estar nunha poza de líquido frío. Mexara por el.

Fixeron a viaxe de volta en silencio. Unha vez chegados a casa Alfallipe, a Mennulara díxolle:

—Suba á cociña, que lle vou dar un par de pantalóns do avogado e lávolle os seus. Á muller dígalle que os manchou de aceite, e faga o favor de non lle dicir a ninguén nin unha palabra disto.

Don Paolino non falou do sucedido e a partir daquela as cousas foron como a seda no campo para a Mennulara.

16

Logo do funeral, o doutor Mendicò dálle o correspondente pésame a Santa e conversa co notario Angelo Vazzano

Logo do funeral, o doutor Mendicò deulle outra vez o pésame á familia Alfallipe. Pensou que tamén era obrigado darllo a Santa. Tentou localizala entre a xente; atopouna ao pé da igrexa, rodeada dun grupo de mulleres, ruidosas condolentes a competiren nos discursos enfáticos do loito. O doutor agardaba pacientemente unha pausa para se introducir entre elas e chamar a atención de Santa; entrementres escoitaba.

Santa estaba a vivir o seu momento de gloria, exaltaba as habilidades culinarias e domésticas da Mennulara, sen esquecerse de puntualizar a alta consideración en que a Mennulara sempre a tivera a ela e as súas propias virtudes. As mulleres estaban pendentes das súas palabras.

—Aprendeume moitas cousas de cociña, e iso que eu sabía cociñar e ben: doces, biscoitos, xeados, empanadas de carne, croquetas de arroz, e mesmo merengues e profiterois... Deixaba todo limpo na cociña, nunca quixo que eu lle lavase as olas nin as pratas. Nunca me deixou a comer soa. Preparaba a mesa para a señora Adriana e servíaa ela mesma, e pensar que a casa era dela, dela en propiedade... Tratábaa coma se fose a señora para todo.

As ruidosas interrupcións de admiración e sorpresa das condolentes cubriron as palabras de Santa, que rexurdiron cando esta se puxo a cantar a derradeira xesta da heroína:

—A semana antes de morrer quixo facer os biscoitos de améndoas e pasta real. Tiña fariña de améndoas, pero non lle gustaban, dicía que cumpría ter améndoas amargas, ela sabíavos de todo. Pediulle á señora Carmela que llas fose comprar, e despois meteuse na cociña a preparar os doces. Levantouse da cama para amasar, víase que tiña dores e que estaba mal —Santa botouse outra vez a chorar, mergullada no dó coral das mulleres: "Que boa era!", "Mira que era santa!", "Que ides facer sen ela!".

Esporeada, Santa seguía a contar—. Para que vexades como me respectaba, só vos digo isto. Fixo dúas fornadas de biscoitos; unha saíulle queimada, a outra quedoulle moi rica e crocante. Díxome: "Nin se che ocorra comer dos biscoitos queimados, que quedaron amargos e ti e mais a señora Adriana tendes que coller dos que quedaron douradiños, que están doces". E levou aqueles biscoitos todos queimados para o cuarto dela, e comíaos ela soa, porque de tirar non quería oír falar.

Abrírase unha pasaxe entre o círculo e Santa viu o doutor. Botoulle os brazos ao pescozo e non o soltou durante un anaco, orgullosa de mostrarlle ás comadres que o médico da Mennulara a consideraba persoa da familia, digna de recibir o seu pésame en público, sinal definitivo da importancia que adquirira ela naquel día. Finalmente, o doutor deu coa maneira de zafarse daquela aperta e marchou.

Polo camiño, o notario Vazzano achegárase ao doutor Mendicò e percorreron un cacho xuntos.

—Era unha personaxe única. Para os negocios tiña un olfacto que xa quería eu para min... Pensa que conseguiu minimizar os danos da expropiación das terras dos Alfallipe e cederlles aos pobres terras cheas de pedras e broza. Coñecía as propiedades mellor ca os gardas dos lugares, dígocho eu, que tiña relación con todo aquilo como profesional. Con todo o seu mal carácter, era unha boa muller e foi fiel á casa Alfallipe —concluíu o notario. O doutor coincidiu con el.

—Quítame unha curiosidade, Mimmo, ti que eras o seu médico... Hai testamento?

—Non sei.

—Pregúntoche porque xa hai un tempo que me mandou facer a doazón da súa casa á señora Alfallipe, e pensaba que tería feito tamén un testamento, pero seica non, e sorprendeume. Pensaba que de min se fiaba. E un testamento hológrafo non faría: escribía con dificultade, todos o sabemos, e mais bens había de telos. Non tiña ingresos declarados, que os impostos ninguén os quere pagar, pero cando facían falta os cartos, a Mennulara atopábaos, e sempre me preguntei de onde os tiraría.

Ao doutor Mendicò nunca lle caera ben Angelo Vazzano, e aquela pregunta irritouno:

—Iso tiñas que sabelo ti mellor ca min, que eu non son máis ca un médico. E sobre o diñeiro, eu a ela nunca lle cobrei nada.

—Se cadra non tivo tempo de facelo; a fin de contas parecía estar ben hai unhas semanas. Mesmo creo que saíu de vacacións en agosto. Non esperaba morrer tan axiña... Ti que dis? —engadiu o notario, á espera dunha resposta máis detallada. Obtivo pouco máis ca un monosílabo.

—Ela si, eu non —o notario comprendeu que Mimmo Mendicò non ía dicir máis nada e despediuse.

Estando só, o doutor Mendicò meditaba sobre as palabras de Santa e sobre as observacións do notario. A Mennulara seguramente morrera antes de tempo. Diagnosticáralle un tumor en maio e aconselláralle que fixese unhas análises e procurase a opinión dun especialista: pero ela dixera que non. El advertíralle que aquela insensata negativa probablemente lle había de acurtar a vida, e como única resposta a Mennulara preguntáralle se daría vivido ata o outono. Dixéralle que era posible, e a Mennulara respondéralle:

—Chégame con morrer a finais de setembro.

Porén, o empeoramento repentino da semana anterior collérao de sorpresa; a pesar das fortes dores de estómago, a Mennulara negárase outra vez a ingresar no hospital para facer probas; e a finais de setembro morrera, como tiña decidido. O doutor Mendicò sacudiu a cabeza e dixo para si, con moita tristura: "Vai sendo hora de deixar de exercer: xa non sirvo, teño que admitilo".

17

Don Giovannino Pinzimonio observa o paseo e recorda a Mennulara

Despois do funeral, don Giovannino Pinzimonio sentiuse moi canso. Parou no círculo para facer un descansiño antes de continuar a subida ata a casa. As cadeiras foran postas fóra, na beirarrúa, aliñadas contra a parede exterior. Don Giovannino deixouse caer nunha calquera, sen tentar de localizar a súa preferida. Aparentemente, as cadeiras de palla do Circolo della Conversazione eran todas semellantes, pero cada un dos socios tiña escollida unha, e ai de quen lla collese: no pasado tiña habido grandes litixios por culpa diso.

O sol aínda batía con forza nas pedras da estrada. A luminosidade era cegadora, don Giovannino malamente daba aguantado os ollos abertos e adormeceu. Acordou co balbordo das persoas que andaban pola praza: comezara o paseo. No canto de volver para a casa, como era case de costume, pediulle ao camareiro un café para manterse esperto e púxose a mirar.

O edificio do Circolo della Conversazione estaba moi estragado; tiña unha gran sala do XVIII na planta baixa, con cadeiras e mesas, e catro cuartos no primeiro andar, desertos de habitantes e cheos de montes de vellos mobles case inservibles, cuartos dos que se dicía que foran utilizados, antigamente, para manter conversas íntimas e pecaminosas con mulleres introducidas alí clandestinamente. Un vello camareiro atendía todas as necesidades do círculo: home da limpeza, ensarillador, ás veces tamén secretario e administrador. A rica burguesía en ascenso da vila frecuentárao ata 1860, cando marchara para o novo Circolo dell'Unità d'Italia. Desde aquela comezara a decadencia do Circolo della Conversazione. Os seus socios pertencían á pequenísima burguesía, moitos eran pensionistas, e o edificio estaba en avanzado estado de degradación. Con todo e con iso, don Giovannino e os outros socios estaban moi orgullosos del e presumían de teren a mellor sede da provincia pola súa situación. De feito, estaba situada nun largo da praza, é dicir, na rúa principal de Roccacolomba, preto da igrexa matriz e das tendas máis elegantes, fronte ao café máis selecto, e era indiscutiblemente o lugar máis cómodo para observar o paseo.

Coa fresca a xente invadía a praza para o paseo, todas as tardes e nas festas de gardar. Era esta unha actividade social amena, saudable e importantísima, que tamén don Giovannino exercitara de mozo para buscar muller, atopar clientes e coidar as relacións sociais, para amosarlle á xente as súas fermosas e boas fillas casadeiras e para pasar o tempo. Don Giovannino observaba que, malia as mudanzas dos últimos anos e a chegada da televisión, había moitos roccacolombeses a pasear pola praza, ricos e pobres, mais todos vestidos con gran coidado. Os domingos, as mozas de servizo das familias ricas tamén facían o paseo, pero a Mennulara nunca fora vista entre elas. Mozas había moitas, eran a maioría dos paseantes. Fixouse en tres o catro rapazas, todas de ganchete, que pasaban para un lado e para outro por diante del. Latricaban todas á par, rindo e mirando para os lados. Diante do café, o territorio dos homes, diminuían o paso.

Os homes serios paseaban pouco, xeralmente en compañía das mulleres, ben vestidas e descansadas logo da sesta da tarde. Os homes preferían reunirse no café, o seu territorio, a mirar o paseo das mulleres e dos mullereiros que andaban a mocear. Orazio Alfallipe era un deses, e facía o paseo el só, seguindo a estela dos cimbrantes traseiros femininos.

O mesmo grupiño de mozas volveu pasar por diante de don Giovannino. Unha delas, pequerrecha de estatura e feíña de cara, dirixiulle unha fogosa mirada a un mozo que estaba fincado languidamente no mostrador do café. As miradas de ambos entrecruzábanse fugazmente cada vez que as mozas pasaban por diante; despois ela xiraba a cabeza para outra parte e continuaba o paseo, acentuando o movemento das cadeiras.

Todos os asentos, aliñados contra o muro, estaban xa ocupados polos socios do círculo, silandeiros, á espreita do tremer dun seo, o movemento dun bo pandeiro, a espiren as poucas mulleres louzás que ousaban levar vestidos axustados, do brazo do marido-pai-irmán. Os pensamentos de don Giovannino volveron ao corpo mozo e firme da Mennulara. Apenas tiña os ollos abertos, as pálpebras rebordantes e rugosas tapábanlle as pupilas, a vista escurecéuselle. Pasaron ante si as imaxes do pasado, coma se estivese no cinema.

18

Don Giovannino recorda

Don Giovannino era un honrado e apreciado taxador de produtos agrícolas. O seu traballo levábao dacabalo polos campos e podía presumir de coñecer ben todos os terreos da provincia.

Deixaba a vila ao amencer e non volvía ata o solpor. Vía ante os seus ollos a rapaciña de catro ou cinco anos a camiñar canda o pai, pola estrada adiante, baixo a pálida luz da alba, ergueita e orgullosa. Luigi Inzerillo era un pobre desgraciado que, logo de perder o traballo de mineiro por culpa dunha doenza, e mesmo sabendo que tiña os pulmóns desfeitos, se vira obrigado a ir de xornaleiro para manter a familia. Levaba con el a filla pequena porque a muller tamén estaba doente.

Mentres o pai traballaba, ela apañaba caracois, alcaparras, froita brava, garabullos... Calquera cousiña que atopase para levar á boca e acender o lume. No camiño de volta para a vila, Luigi arrastraba os pés, derreado, mentres a rapaza camiñaba ao seu lado moi estirada malia a pesada alforxa da súa colleita. Ás veces mesmo cargaba coa aixada do pai. Don Giovannino contíñase para non ofrecerlle á mociña subir á súa egua porque temía que, sen ela ao lado, o Luigi había de caer esboroado no camiño.

Aos seis anos, a cativa comezara a ir ás améndoas nas cuadrillas. Era das máis noviñas, pero ningunha tiña tanta maña coma ela: traballaba con concentración e teimosía, sempre disposta a axudar as outras e a aprender. Os seus dediños non deixaban pasar unha améndoa, unha oliva, un pistacho, coma se tivese ollos nos papos dos dedos. Daba con eles entre os duros terróns, no medio das pedras, nas silveiras. Por onde pasaban aqueles dediños pequerrechos non quedaba baga nin froito sen apañar, nin no chan nin nas gallas. Rubía ás árbores altas sen medo ningún para tirar as améndoas máis malas, as que non queren caer cos golpes das varas.

Tras a morte do pai, á idade de oito anos, era ela quen mantiña a nai e a irmá. Non había traballo que non aceptase, onde queira que fose e por calquera xornal, sempre que lle permitise volver á vila no serán. Os dedos dela parecían patas de araña, de tan fraquiños e ocupados que andaban a apañar améndoas, coma se tecesen unha rede sobre o chan. Foi daquela cando lle puxeron o alcume de "a Mennulara", a que anda ás améndoas, que xa lle quedou para sempre.

Traballaba case con gozo. Don Giovannino lembrábaa axeonllada, absorta, mais atenta a todo: xa de lonxe o sentía chegar dacabalo e era a primeira a saudalo cun estridente "Deus lle dea saúde, don Giovannino!". Viuna medrar ata converterse nunha rapaza ben proporcionada, de corpo fraco pola fame que levaba dentro, pero harmonioso, co rostro ovalado, ollos vivísimos con longas pestanas e un bonito sorriso que deixaba ver uns dentes irregulares e saíntes. Cantaba con voz sedutora: cando as rapazas respondían aos cantos dos mozos, ela puña todo o sentimento e a paixón da mocidade. Cos rapazolos chanceaba, cos homes non se intimidaba. Collera a fala forte e vulgar dos homes, que empregaba coma unha fera se lle daba por pensar que unha compañeira lle faltaba ou se se vía vítima dun abuso. Sabía comportarse cos superiores e cando o capataz ou a gardiá eran inxustos con ela, calaba, enfurruñada.

Xa desde pequena tivera un forte sentido da propia dignidade, incompatible coa súa posición social e económica: miraba dereito aos ollos, facía preguntas sen malicia nin descaro e agardaba pola resposta, que certamente recibía. Á escola non ía: coñecía o seu deber, que era manter a familia. Cando arriaban para xantar, afastábase coa súa ración de pan e compango, gardando unha boa parte para levar á casa. Gardaba no peto codias de pan duro, froita seca, anacos de queixo que apañaba aquí e acolá e ía comendo neles cando lle pegaba a fame, reservando a mellor comida para as doentes que tiña na casa. Cando remataba a xeira, se aínda lle quedaba tempo volvía soa outra vez polo campo ao rebusco de froita, hortalizas, verduras que lles quedaban aos labregos tras a colleita. Metía todo na alforxa e volvía á vila. Non tiña medo nin dos perigos do camiño nin da longa andaina.

Cando fixo trece anos deixou de ser vista polos campos. Dicían que tivera un amor con un e que acabara mal. Non se falou daquel asunto porque o rapaz pertencía a unha familia ben. Don Giovannino, que polo seu oficio vía moito e falaba pouco, non fixo preguntas. Canto menos se saiba, mellor. Contáronlle pouco despois que entrara a servir na casa Alfallipe.

Volveuna ver pasados case vinte anos. Oíra dicir que, morta a nai do avogado, era ela a que gobernaba a facenda. Ela mandara chamar por el para que lle taxase a colleita de améndoas.

Encontráronse no casarío, onde ela se comportaba coma se fose a señora. Xa non era atractiva, parecía retraída e distante. Don Giovannino saíra dacabalo para o amendoal. Absorto como estaba sempre que traballaba, non se dera de conta de que ela o seguía a pé: unha vez alí, non o deixou nin un momento. Paraba cando el paraba a observar a floración dunha árbore, a podadura das gallas; non lle sacaba os ollos de enriba, sen dicir nin unha palabra. Don Giovannino sentíase incómodo.

De volta no casarío, a Mennulara retirouse aos cuartos da administración e tívoo agardando un bo cacho. Por fin saíu, cun caderno na man. Cos circunloquios propios do oficio, don Giovannino puxérase a falar da colleita, das chuvias, das sachas feitas e por facer, para chegar ao momento fatídico e agardado da valoración. A Mennulara escoitábao, en pé diante del, muda. Don Giovannino sentíase incómodo co seu silencio, suaba frío, non comprendía o comportamento daquela criada que pasara a mandar: sería por figurar, ou por deixarlle claro que os papeis se inverteran, ou quen sabe que outra falcatruada lle pasaría pola cabeza. Dunha cousa estaba seguro: non vía a hora de despedirse e volver á vila. Tentou rematar axiña.

Estaba para pronunciar o veredicto, a cifra da taxación, cando ela o parou estirando o brazo dereito, a palma da man aberta, e dixo:

—Antes de falar, don Giovannino, lea aquí a taxación que fixen eu, a ver se lle parece xusta —e achegoulle o caderniño.

Aínda tremía don Giovannino ao lembrar aquel momento. Alí estaba escrita exactamente a cantidade que el calculara. Estupefacto, quixo saber como o dera feito. E non lle lería o pensamento? Ela explicoulle con sinxeleza as observacións que a levaran ata as súas mesmas conclusións.

—Como fixeches para aprender tanto? —preguntoulle, admirado.

—A min sempre me gustou traballar no campo, non se acorda? —foi a lacónica resposta. Don Giovannino estivo por xurar que vira a Mennulara medio esbagullando. Desde aquela, os seus servizos non volveron ser requiridos e nas propiedades dos Alfallipe non se volveu ver taxador ningún.

Era tan diferente de todos os demais! A quen se parecía? De onde lle viñan aquela mente e aquela presenza? Do pai seguro que non, dicíase don Giovannino, que aquel non era moi intelixente, nin demasiado amante de traballar... De quen máis podería ser? De súpeto pareceulle albiscar na igrexa unha figura que lle recordaba a don Vincenzo Ancona. Estremeceuse ante o pensamento que lle atravesaba a mente. Turbado, dixo para si: "Certas cousas non hai nin que pensalas sequera". Abriu ben os ollos, colocouse mellor na cadeira e volveu observar o paseo.

19

Pola vila no serán do funeral

Antes do funeral, en Roccacolomba fora moi comentada a decisión dos Alfallipe de organizar as exequias pola doméstica. Tamén se falara da defunta, como era obrigado, pero pouco houbera que dicir alén do que todos xa sabían. Os comentarios sobre a súa vida privada eran por outro lado moi limitados dado que, traballando como traballara sempre ao servizo da mesma familia, non dera pé a murmuracións ferintes; tamén era certo que nas familias que frecuentaban os Alfallipe nunca faltaron as alusións ás aventuras galantes de Orazio e que se especulaba sempre entre risas, e non sen certa incredulidade, se entre as súas conquistas non estaría tamén a criada. Tal posibilidade quedaba logo descartada, pois que eran coñecidas as preferencias de Orazio polas mulleres casadas, macizas e cultas.

Os poucos roccacolombeses podentes que se molestaron en ir ao funeral da Mennulara ás tres da tarde do martes 24 de setembro, non por dó, nin moito menos por respecto aos Alfallipe, senón aguilloados pola curiosidade ante tal inusitado acontecemento, non quedaran decepcionados. Viran cos propios ollos o escaso pesar que nos fillos dos Alfallipe inspiraba a morte da doméstica que os criara, demostrado pola miserable coroa de flores e o modesto funeral que lle organizaran, sen orfas nin música; tentaran calcular o valor da grandiosa coroa enviada polos sobriños da Mennulara e quedaran aínda máis marabillados de que faltasen ao funeral da súa única tía materna. A non ser que fosen expresamente excluídos polos Alfallipe.

Os asistentes tiveron así a oportunidade de observaren os outros presentes no funeral e repetiren na casa, no círculo, nos salóns, a súa versión do acontecido, adornándoa con autoridade. Que congregación houbera na Addolorata! Fóra os comunistas, ausentes en bloque, todas as clases sociais e todas as correntes da vila estiveran representadas. Seica mesmo don Vincenzo Ancona honrara o funeral coa súa presenza. Por desgraza non o viran cara a cara. Fora percibido por poucos, pero a voz correra pola vila; ademais, a rapazada que naquel momento xogaba ao balón no adro dixera que viran chegar á praza un Alfa Romeo Giulietta todo negro e brillante, cando a misa xa comezara, e que parara xusto diante da porta principal: catro homes baixaran del xunta un vello alto e gordo, entraran na igrexa e saíran de alí a un pouco, mentres o cura aínda dicía a misa, e volveran entrar no coche, que saíra a gran velocidade e desaparecera nun alustro.

A partir da tarde daquel martes falouse da Mennulara con cautela e certo respecto, malia que a súa vida foi esmiuzada ata o máis mínimo detalle, dado que sobre ela pouco había que dicir. O medo que infundía o nome de Ancona era tal que en Roccacolomba se falaba del en voz baixa e sen amentalo en público, nin sequera nas tendas nin nas xuntanzas da praza. Sabíase que incluso as paredes das casas e as pedras da estrada tiñan ollos e oídos e que lle contaban todo ao interesado: de sabios era que tal cousa non sucedese.

Moito se marabillaban tamén da extraordinaria carreira da Mennulara, que de criada chegara a muller de negocios e administrara os bens da familia Alfallipe salvándoos da quebra e permitíndolle a toda a familia continuar a vivir coma señores, mentres que ela se contentaba con seguir co traballo de doméstica para todo. Certo era que tiveran que aceptar que fixese de padroa e interferise nos asuntos deles, e probablemente que quedase con diñeiro para ela, mais a fin de contas era fiel á familia e metera na propia casa a viúva do avogado, quitándolles tamén aos fillos esa preocupación.

A opinión xeral era que se trataba dunha muller ignorante pero intelixente e capaz, desagradable e déspota, cuxa vida fora dedicada ao servizo dos Alfallipe. Os ricos censurábanos por lle ter permitido interferir nas decisións da familia de maneira indecorosa e intolerable para a xente normal, pero os Alfallipe eran diferentes dos demais tamén niso: con tal de iren ao seu aire e non teren preocupacións, ben lle vendían a alma ao diabo. Os pobres criticaban a Mennulara porque se puxera do lado dos señores e fuxira da súa xente, mesmo dos sobriños, para recibir despois como compensación un modesto funeral. En todo caso, quedaba sen explicación o xesto de respecto de don Vincenzo Ancona, mais o populacho e a clase media preferiron sabiamente pasar por riba dese tema.

Unicamente no salón da baronesa Ceffalia, en presenza de poucos íntimos, se ousou falar desas cuestións máis libremente, para demostrar o desprezo que as clases altas sentían pola mafia. Había xente de Catania que se hospedaban na casa para asistir á inminente voda de casa

Vazzano, e outra vez se deu conta das infidelidades conxugais de Orazio, a vulgaridade de Massimo Leone, a soberbia de Lilla e a timidez de Gianni.

Falouse da situación financeira dos Alfallipe, que lle permitiran á doméstica facer de administradora, precisamente eles, que no século anterior se fixeran ricos administrando as terras do príncipe de Brogli. Afortunados foran, porque a Mennulara non os emulara no que respecta á cobiza: co diñeiro deles só comprara para si unha modesta casa. Houbera moitísimos casos similares de administradores que fixeran fortuna á custa dos nobres e ineptos señores; por iso, e ben mirado, case sería xusto, cando menos non estraño, que pola súa parte desen cunha sorte similar chegados á súa decadencia. Pero cunha muller nunca tal pasara, e moito menos cunha criada.

Esa historia dos Alfallipe era extraordinaria polo vínculo de dependencia entre señores e serva, e incrible polo feito de que, a pesar de a nova xeración parecer contraria á continuación de tal relación malsá, en realidade perpetuáraa, demostrando que consideraban a Mennulara parte da familia: por ben dicir fixérano público pondo as necrolóxicas e organizando as exequias coma se fose parente directa deles.

Por outra parte, había algo por debaixo que non se entendía, como quedara demostrado coa presenza no funeral de don Vincenzo Ancona, o recoñecido capo da mafia da provincia, así como pai dunha importante personaxe que vivía fóra, home de honor moderno que apoiaba o goberno. Aquel era un acontecemento abraiante e preocupante, digno de consideración. Logo de acendidas discusións, quedaron en pé dúas teorías, ambas e dúas estrañas e pouco plausibles: que aquel home fose o pai da Mennulara, á cal lle transmitira a astucia, ou que fose o seu amante secreto da xuventude. Foi así que don Vincenzo Ancona, home de honor que tiña asasinado para a mafia sen piedade e sen vacilación, que mesmo condenara a morte un cuñado a quen "se lle fora a lingua", pai de catro fillos e católico practicante, foi descrito como persoa sexualmente indiscreta e mesmo romántica, vítima das emocións.

Na portería do pazo Ceffalia conversouse, obviamente, tan só do funeral. Ninguén caeu na parvada nin na libertinaxe dos señores atrevéndose a pensar que Nuruzza Inzerillo ou a filla puidesen ter sido amantes de don Vincenzo Ancona. Coa sabedoría do pobo, barralláronse dúas hipóteses concretas: que a Mennulara fose unha muller da mafia (algo totalmente excepcional por ser muller e por ser pobre) ou que lle fixese a don Vincenzo un favor tal que merecese un recoñecemento póstumo. En todo caso, medrou entre os presentes o respecto pola Mennulara, malia que don Vito Militello quixese puntualizar que, así e todo, seguía a ser unha defunta desagradable, que nunca lle dera confianzas a ninguén e que pasara para o bando dos señores a por de empurrar e tripar a xente coma el.

MÉRCORES, 25 DE SETEMBRO DE 1963

20

Contrariamente ás previsións, aínda se fala da Mennulara e Gaspare Risico víngase dos seus abusos maltratando a Carmela Leone

Na mañá do mércores 25 de setembro, as murmuracións sobre o funeral da Mennulara fóronlles repetidas na vila aos poucos que aínda non estaban ao corrente, ampliadas e adornadas logo dunha boa noite de sono, mais sempre con cautela. Os roccacolombeses, tanto das clases nobres coma das porterías, concordaban en non haber xa máis nada que discutir, criticar, analizar, lembrar sobre a Mennulara, e os Alfallipe e todos estaban fartos de falar daquilo: o tema estaba esgotado e desde o día seguinte habería pasar páxina. A inminente voda da filla do rico notario Vazzano ía ocupar o lugar que lle correspondía nas rexoubas de Roccacolomba. Porén, nada aconteceu como estaba previsto.

Coa alma nun fío, Carmela Leone aceptara a decisión dos familiares pola cal lle tocaba a ela presentarse na oficina de correos para recoller a correspondencia dirixida á Mennulara, sendo a única Alfallipe que quedara na vila e, polo tanto, persoa coñecida e respectada.

Debatera co marido os máis mínimos detalles daquela expedición ata ben entrada a noite: Como me visto?

E se me acusan dalgún delito, porque é delito coller as cartas dirixidas a unha estraña, e ademais defunta, que fago? Vou cunha amiga? Ao final quedou en pasar por correos a última hora da mañá, ben vestida, explicar que de súpeto se lle ocorrera coller o correo da nai, a señora Alfallipe, quen, por comodidade, facía que llo dirixisen a nome da fiel doméstica.

Carmela andaba moi preocupada e polo camiño sentíase observada. Tremíanlle as pernas, e non precisamente por levar zapatos altos, e ía pisando malamente sobre o empedrado, toda suada, e víase desesperada. Conseguiu controlarse ostentando o aire de superioridade característico da súa familia e finalmente chegou á oficina de correos.

Todos deran por feito que o empregado da xanela estaría ao corrente da morte da Mennulara. Mais resultou que había unha funcionaria nova. Á Carmela esqueceulle o discursiño que levaba case aprendido de memoria e fixo todo ao revés. Coa voz quebrada preguntou se había correo para a señorita Maria Rosalia Inzerillo. Unha señora elegante e cargada de xoias coma ela, claramente muller casada, de ningunha maneira podía ser a "señorita" Inzerillo. A funcionaria axiña se deu de conta e preguntoulle sen sospeitas se quería recoller o correo a nome doutra persoa. Tal pregunta non significaba unha negativa, porque era costume que os familiares pasasen pola oficina para coller as cartas que chegaban a nome dos cónxuxes, pais, tíos, fillos, sen unha autorización escrita, unicamente de palabra.

Carmela, non obstante, quedara apampada e non soubera darlle unha resposta a aquela simplísima pregunta. Instintivamente recuperou a soberbia ancestral e montou unha escena que a pouco máis non acabou en liorta, de tan altos que eran os berros e as ameazas contra a coitada da empregada, que se sentía responsable pola reacción da cliente. Carmela acusábaa de ser impertinente, de non saber con quen estaba falando, ela, que era filla do avogado Orazio Alfallipe. Ordenoulle entón entregarlle todo o correo da Inzerillo sen perder máis tempo, que ela tiña máis que facer que estar alí á espera diante da xanela, e aínda por riba cando se formara unha fileira de persoas á espera.

En resposta á pregunta da empregada de se era parente da Inzerillo, Carmela dixo que a Inzerillo era do servizo da familia Alfallipe e que ela tiña dereito a saber se había correo normal ou gardado na lista, e tamén a retiralo, pois que toda a correspondencia da Inzerillo lles pertencía aos Alfallipe, e que o deber da empregada era estar ao corrente daquilo. Caso de non entregarlla, ela, Carmela Alfallipe de Leone, habíalle reclamar ao director, que o coñecía en persoa.

Fronte á tallante negativa da empregada, Carmela decidiu contar a verdade. Fora alí a petición dos seus familiares. A nai, a señora Adriana Alfallipe, vivía coa Inzerillo, que era a súa doméstica, na vivenda da mencionada Inzerillo, morta de cancro había dous días. A señora Alfallipe estaba moi afectada e non podía de maneira ningunha ir en persoa a recoller o correo, que chegaba a nome da Inzerillo pero que en realidade era dos Alfallipe. Era unha explicación simple, e ela tiña que ir onda a nai, co correo, aquela mesma mañá.

Carmela non obtivo o efecto desexado: o seu relato, máis ou menos verdadeiro, pareceulle inverosímil á empregada, que se puxo suspicaz e teimou na súa posición inicial: mesmo se negou a fornecerlle información sobre a correspondencia da defunta señorita Inzerillo. Carmela insistía, continuaba a repetir as mesmas cousas, e mentres tanto ía levantando a voz cada vez máis. Acabou por pedir histericamente que a empregada lle dixese polo menos se na lista tiñan algo para a Inzerillo, a berrar que ela non marchaba da xanela mentres non obtivese aquela información.

A empregada pediulle que marchase, que tiña unha chea de xente que atender. Entón Carmela pasou a ameazala, afirmando que pouco importaba se a Inzerillo estaba doente ou sa, viva ou morta, que había asuntos familiares que esixían unha rápida resolución, que ela lle tiña que dicir se había ou non correo e que se non llo dicía ía haber problemas para todos. A empregada, que aínda estaba verde, non sabía xa o que facer. Pediulle auxilio a un compañeiro. Carmela púxose toda vermella e case apopléctica, non pensaba marchar de alí e seguía aferrada ao mostrador da xanela. Empregados e clientes escoitaban apampados, contrariados pola temporal suspensión do servizo, pero tamén divertidos. Os que coñecían a Carmela Alfallipe limitábanse a gozar do espectáculo e non perdían palabra de todo aquilo.

Os empregados de correos conviñeron en que a única solución era levarlle a cliente ao señor Risico, o compañeiro que por propia vontade escollera ocuparse das reclamacións do público, e así fixeron. Cumpriron dúas empregadas para convencer a Carmela de afastarse da xanela; colléndoa cada unha dun brazo, mentres ela seguía a desvariar, escoltárona ata as oficinas.

Cun educadísimo "Que desexaba a señora?", Gaspare Risico convidara a Carmela Leone a sentar ante a súa mesa. As dúas compañeiras esfumáranse, cunha chiscadela de ollos e botando un risiño: apreciaban o modo de actuar do Risico, capaz e solidario compañeiro, amais de guapo. Gaspare, entrementres, equipárase de papel e lapis e escribira a data con xeito. Carmela estaba sentada fronte a el, moi tesa na cadeira, as pernas nerviosamente dobradas, preparada para pórse de pé nun chimpo. Por fin calara. Risico, en ton exquisito, íalle pedindo os datos de identidade á señora Leone, dispóndose a redactar a acta da entrevista. Tal comportamento alarmou a Carmela, que con aire soberbio lle deu orde de non escribir nada: el tiña que escoitala e estar calmo e educado como estaba ela, a filla do avogado Alfallipe. Non quería máis ca levar o correo da doméstica e engadiu que coñecía persoalmente o director da oficina e esperaba que o asunto se resolvese rapidiño, polo ben de todos, incluído o do señor Risico.

Ao oír o nome Alfallipe, Gaspare Risico non deu crédito á propia fortuna. Poucos minutos antes estaba a ler *La Sicilia* e moito se cabreara cando as colegas lle trouxeran aquela demente ao despacho. E de repente encontrábase co gusto de poderlle dar unha lección a unha dos Alfallipe, que tiña alí diante, baixo a súa autoridade.

O Risico tiña a habilidade innata de deixar que os interlocutores se sentisen a gusto, de facelos falar libremente para despois atacalos no momento en que se sentían máis seguros, ata levalos a un punto en que lle daban a razón a el, gratos pola súa cortesía, aínda que derrotados. Eran moi poucas as reclamacións que non resolvese e, aínda por riba, aos reclamantes quedáballes a impresión de que había alguén que os tomaba en serio e apreciaba a súa contribución ao bo funcionamento dos correos. O feito de ser un home atractivo non lle viña mal.

Decidiu finxir que non coñecía os asuntos dos Alfallipe. Fixo que Carmela lle contase todo o que lle pasara na xanela, concordando en que os usuarios dun servizo do estado merecen respecto. Facéndolle preguntas doadas e aguilloantes, empregando a dialéctica dos xestos, mans abertas coas palmas apuntando cara a ela, paradas sobre a mesa, labios entreabertos a medio sorrir, Gaspare Risico conseguira conducir a Carmela Leone ata o punto desexado. Aquela coitada estaba a desvelarlle, aos poucos e confusamente, o verdadeiro motivo da súa petición. Risico mirábaa aos ollos, para despois abaixar as pálpebras, aflixido perante as acusacións dirixidas contra a compañeira, dáballe á cabeza asentindo, animábaa respectuosamente a falar. Finalmente, a pobre de Carmela admitiu que agardaban cartas importantes dirixidas á Mennulara, que probablemente contiñan diñeiro, e que ela falsificaría incluso a sinatura da Inzerillo con tal de telas inmediatamente. Carmela engadiu que, se o Risico a axudaba, habíallo ter en conta, e ademais habíalle falar ben del ao director.

O estimulante silencio de Gaspare Risico animábaa a dicir aínda máis, pero xa falara abondo. El exaltouse silenciosamente para si: "Aquí te quería eu!", e endereitouse na cadeira. Brandindo o lapis coma se fose unha lanza apuntada contra Carmela, increpouna duramente, acusándoa de: furto, suplantación de personalidade, falsificación de sinatura, estafa, falso testemuño, declaración falsa a un funcionario público sobre a identidade ou estado propios ou alleos, ameazas e tentativa de suborno por acto contrario aos deberes do cargo. E ademais ousara reclamar e queixarse das funcionarias da xanela, que non sospeitaran nada da súa trama para tecer unha estafa en detrimento dos herdeiros lexítimos da defunta Inzerillo.

Erguérase con orgullosa dignidade e pasara a anunciarlle solemnemente que ía redactar a acta e entregarlle o documento ao director, por dous motivos que lle ía explicar detalladamente. Nese punto fixo unha pausa para observar a reacción de Carmela, que estaba enmudecida. Grandes lágrimas lle regaban o rostro redondo.

Gaspare Risico sentou outra vez para lle espetar eses dous motivos. Apuntando contra ela co índice dereito, dixo:

—O primeiro, que a min me paga o estado para servir o público: vostede veu onda min insatisfeita polo noso servizo para presentar unha queixa, se se pode definir así, e ten dereito a esixir que sexa considerada seriamente. O segundo é que vostede me falou de ter relación de amizade co noso director. Ha de ter algún motivo para dicir tal cousa. Non creo que sexa para acusar o director de corrupción ou incompetencia, porque el é honrado e respectado. Se cadra era para ameazarme, e nese caso cómpre que eu me dirixa ao director e que sexa el quen tome a decisión final: se ten vostede a razón e resulta que somos nós os que lle negamos a información e un correo que vostede ten dereito a retirar, ou se pola contra é vostede unha ladroa ou unha estafadora e pretende obter algo que lle pertence á defunta Maria Rosalia Inzerillo. Polo que a min respecta, vostede non ten dereito ningún a levar o correo doutro cidadán sen un poder ou unha autorización escrita de acordo coa lei e o regulamento postal, e moito menos a recibir información sobre asuntos dun cidadán defunto.

O fermoso rostro de Carmela sufrira unha grotesca metamorfose: desfixéraselle o floco do pelo, apegáranselle os pelos á fronte, húmida pola suor, en mechas desaxeitadas, a sombra dos ollos corríaselle polas meixelas abaixo e a pintura dos labios (que tivera trabados cos dentes para non romper a chorar) derretéraselle formando un borranchón arredor da boca. Carmela Alfallipe agarrábase, no momento de supremo perigo, á propia soberbia e vaidade: aguantou a chorada e púxose a implorarlle ao Risico que a deixase marchar, que seica se explicara mal, que non era así como el o entendera, que falaba de máis porque estaba doída pola morte da Mennulara. Cun "Faga como que nunca nos coñecemos, aínda que me parece vostede moi cortés e sería un pracer atopalo noutras circunstancias...", tentou mesmo amosarlle un sorriso garatuxeiro, cos labios inflados e descoloridos.

Gaspare Risico respondeulle severamente, como máis tarde lle repetiu compracido á súa muller, aquela tarde:

—Señora, vostede representa o pobo italiano sometido aos abusos de poder por parte dos órganos do estado, que existen unicamente a fin de servir os cidadáns. Reclamou valéndose dos seus dereitos de cidadá. Vaise facer xustiza e eu penso cumprir co meu deber.

Dito isto, recolleu os apuntamentos e cun educadísimo "Con permiso" marchou de alí deixando a Carmela sen palabras. Mais non por moito tempo.

21

Massimo Leone castiga a muller por parva

Cóntase na oficina de correos de Roccacolomba que aquel mércores mesmo a empregada que obtivera o certificado para dar primeiros auxilios tivera que ser chamada para acalmar a Carmela Leone, atacada por un ataque de histeria dos bos, e que nin ela dera feito.

O subdirector da oficina, que acabou metido no asunto, viuse obrigado a chamar o marido, Massimo Leone, para soltala dos seus pés. O home xa parecía que contaba con que o chamasen; foi co coche, aparcou diante da entrada principal do edificio e meteuse rápido nas oficinas, seguido polos empregados que agardaban por el impacientes. Así que viu a Carmela, colleuna polos brazos e fíxolle deles unha presa ás costas, ben agarrados, e despois obrigouna a erguerse da cadeira que se negaba a soltar.

A forza de empurróns, Massimo fixo andar a muller polos corredores da oficina, termándolle dos brazos apertados nas costas, tan forte que a carne se lle puña vermella; empurrouna por atrás cos xeonllos, ela toda a tremer e chorar, ata chegaren á entrada e saíren pola porta principal. As únicas palabras que Massimo lle dirixiu á Carmela, segundo conta a multitude de empregados e de xente que se formara arredor deles, eran "Anda!" e "Vamos!", coma se fose unha burra. Segundo a xente, botouna para dentro do seu magnífico coche deportivo; unha vez sentada, Carmela inclinouse para adiante e pola boca saíulle un río de vómito amarelo.

Massimo acababa de abrir a porta de entrada do piso e xa estaba o teléfono a soar. Sostiña a Carmela por un brazo, por baixo da axila; apertou máis forte mentres botaba man do teléfono. Era Lilla, ansiosa por escoitar como fora o de correos. Massimo contoulle que correo non había, que Carmela tiña xaqueca e que estaba para meterse na cama. Fíxolle un aceno á Mimma, a asistenta, que acudira a contestar o teléfono, para que marchase; despois levou a Carmela ata o dormitorio e entornou a porta. Mazouna en silencio a patadas e puñadas nas coxas, nas cadeiras, no ventre, nas virillas, no peito, nas costas. As mazaduras non llas ía ver ninguén, que el sabía facer ben as cousas. Non era necesario cerrar a porta do cuarto, pois a Mimma non había oír berros nin prantos, unicamente o bafexar de Massimo e os rítmicos golpes a caer na Carmela, desmaiada sobre a alfombra do chan.

Massimo lavou as mans e peiteouse; despois sentou á mesa, servido pola Mimma, criada dos Leone que seguro que non lle ía contar nada a ninguén. Despois de comer saíu sen volver pasar polo dormitorio. Non quixo coller o coche, necesitaba desafogarse camiñando. Estaba horrorizado co comportamento da muller. Non só lle emporcara o coche novo por dentro, senón que lle montara unha escena que ía ser un escándalo na vila, e quen sabe que outros problemas. Lamentaba furiosamente ter casado con ela, cousa que fixera polo gusto de vencer a oposición da familia, fomentada pola Mennulara, e non pola esperanza dun bo dote, como dicían na vila. E acabara tendo que apandar con aquela muller que non servía para nada. Seguiu a camiñar con pasos longos polas rúas desertas da vila e despois polo campo. Quería estar só. Mantivo o paso sostido, a suar baixo o fulgor aínda esmagador do sol de outono.

Sen darse de conta viuse outra vez no camiño do cemiterio, o mesmo que percorrera a pasos lentos o día anterior, tras o féretro da Mennulara. Veulle un desexo irresistible de entrar e estragar o panteón familiar que aquela muller levantara xusto fronte á capela privada dos Alfallipe. A cancela do camposanto estaba fechada. Quedou coas mans agarradas ás barras de ferro forxado, baixo o sol. A rabia mesturábaselle coa calor. Sentíase mal e decidiu volver á vila.

Polo camiño de volta notou que as persianas do bordel estaban abertas. Entrou e quedou alí ata a tardiña. Saíu exhausto, mais sen a sensación de benestar acostumada. A madame preguntoulle se fora do seu agrado a forasteira; logo de recibir os cartos, insinuou un tímido pésame pola morte da Mennulara. Massimo maldiciu e engadiu:

—Mesmo fodía cos mafiosos; e agora de morta déixana quedar de puta.

22

O padre Arena fai a visita de loito á señora Alfallipe e reprende a Lilla Alfallipe por lle facer propostas indecentes

O padre Arena sentía afecto pola señora Alfallipe. A muller soportara con silenciosa dignidade as traizóns do avogado Orazio, que herdara os mesmos instintos carnais do pai, mais que no canto de divertirse con putas prefería inducir á tentación e ao pecado mortal as mulleres de boa familia da vila e da provincia. Ela fóralle esposa fiel e resignada, a diferenza da sogra, que abertamente desprezaba o marido, e orientara as súas poucas enerxías cara ás diversións que lle estaban permitidas a unha señora da súa posición social —visitas vespertinas entre amigas e partidas de cartas—, gustosa de deixarlle o coidado da casa á Mennulara, que a servira coa mesma abnegación demostrada para coa sogra. Non facía mal a ninguén, pero ben tampouco non facía.

Dela só se dicía que gastaba moito en vestidos: ao padre Arena iso parecíalle un pecado venial, e ademais, de moza, a súa beleza fixera gozar a moitos homes, incluído el, sen inducilos a pecar, por outra parte. En fin, que era unha muller boa coma tantas outras, que unicamente se amosara sorprendentemente inconformista unha vez, de maneira chocante, cando ao morrerlle o marido deixara o pazo da familia para marchar a vivir ao piso da Mennulara.

Aínda cedo, como lle corresponde á visita de loito dun sacerdote, soou o timbre do portal de casa Alfallipe. Ata había un tempo, antes da morte de Orazio, sempre houbera alguén na portería do pazo. O padre Arena tivo tristes presentimentos sobre o futuro da señora Adriana naquela especie de segunda viuvez; confiaba en que non lle fose demasiado penosa e se dese adaptado a vivir soa, naquela casa grande e triste, e que os fillos non a abandonasen e se encargasen dela.

Lilla abriulle o portal escusándose por facelo agardar, e acompañouno polas escaleiras arriba ata a planta nobre. Eran unhas escaleiras de pedra vermella que conducían a un relanzo iluminado por unha gran vidreira polícroma que daba ao patio interior. Un segundo tramo de escaleira chegaba á planta nobre, onde se abrían dúas portas de madeira de nogueira maciza: unha era a entrada principal da vivenda familiar, a outra daba paso ás oficinas do avogado, tres cuartos grandes e impoñentes luxosamente decorados, como se esperaba do administrador dos príncipes de Brogli.

Lilla precedía o crego polas escaleiras; parou diante da vidreira para esperalo. Os raios de sol filtrábanse a través dos vidros e iluminábanlle o cabelo claro: parecíase moito á nai de moza e o padre Arena tranquilizouse ante o recordo da fermosa e delicada Adriana, tal e como a recordaba pouco despois de casar.

—Padre, quería falarlle un momento eu soa —dixo Lilla—. Sei que vostede ten estado coa Mennù nos últimos meses. Meu pai, como sabe, concedéralle moitas liberdades e ao final ela tiña da súa man a administración do noso patrimonio. Á súa morte non se repartiu todo entre nós os fillos e por respecto á nosa nai, que sempre tivo debilidade pola Mennù, nós tolerámolo.

O padre Arena seguía a mirar para ela, e ante aquel ton duro e decidido deuse de conta de que só se parecía á nai en aparencia. Pero tentaba comprender que era o que ela quería del, un pobre crego.

—Teño que volver logo para Roma, así que hai que descubrir sen máis tardar que é o que fixo co patrimonio que nos corresponde e onde o agochou. Penso que vostede ha de ter información; vostede antes escribíalle as cartas e acabou sendo o seu pai espiritual —engadiu Lilla, revelándolle finalmente as propias intencións.

O padre Arena quedou de pé a mirar para ela, indignado con aquela petición inesperada. Consciente de que o incomodara, Lilla deuse de conta de que escollera unha mala estratexia e corrixiuse:

—Sobra dicir que, se vostede nos quere axudar, lle habemos estar todos moi agradecidos e habémolo ter en consideración cando a situación se resolva, iso asegúrollo eu persoalmente —despois, perplexa ante o longo silencio do cura, engadiu—: Trátase de grandes cantidades que lle virían ben agora que esta xubilado.

O padre Arena respondeu con vehemencia, nun italiano refinado:

—Vostede vive fóra desde hai moitos anos e se cadra esqueceu moitas cousas, mais é imposible esquecer que un sacerdote non traizoa o segredo de confesión en parte ningunha do mundo católico. A Mennulara honroume coa súa amizade e é ben coñecido que eu lle escribía as cartas. Preparеille o esbozo daquela que lles deixou e informei os sobriños sobre a súa morte: se quere doulle o enderezo deles. Non teño máis que dicirlle. Canto á oferta de diñeiro, se a entendo ben, agradézolla, pero non son indixente ata o punto de vender a miña integridade. E vostede debería avergonzarse do seu comportamento, que non é digno dunha Alfallipe, señora Lilla —apartou a mirada e seguiu subindo polas escaleiras, engadindo—: Agora subamos xa: eu vin para visitar a súa nai.

A señora Alfallipe recibiu o padre Arena coa afabilidade de sempre e deulle as grazas por estar canda a Mennulara nos últimos días. Ambos se deixaron levar polas lembranzas do pasado.

—Que teimuda era, padre! Acórdase da cantidade de veces que a animou a aprender a escribir? E mais ela xamais quixo intentalo. No entanto, a miña sogra sempre me dicía que fora vostede quen lle aprendera a ler —dicía a señora. E dirixíndose a Lilla, engadiu—: Ti igual non o sabías, pero foi a avoa quen quixo tal. Contábame que tras a morte da nai, a Mennù sufrira moitísimo e case non falaba. Por iso, coa esperanza de que atopase conforto na lectura das oracións, quixo que o padre Arena lle aprendese a ler e escribir.

—Eu era novo —engadiu o padre Arena, acendido co recordo—, e a señora Lilla tíñame cariño. Eu viña oficiar a misa do venres e confesar a xente do servizo. Quedaba a comer e pola tarde dáballe leccións á Mennulara. Aprendía rápido e lía ben, pero non sabía o italiano. Regaleille un dicionario italiano-siciliano que lle abriu as portas do mundo da lectura. Libros relixiosos non creo que lese nunca, pero dos outros lía moitísimos. O avogado Orazio déralle permiso para usar a súa biblioteca e ela, ás veces, con autorización do avogado, emprestábame a min libros de literatura moderna. Así fun recompensado amplamente polas poucas leccións de hai tantos anos.

Chegado este punto Adriana Alfallipe, nun rapto de xenerosidade, fíxolle unha proposta que foi ben aceptada.

—Padre, permítame que lle ofreza como presente algún libro; haille aí moitos e ninguén os le. Escóllaos vostede. Se fose por min teríallos dado despois da morte do Orazio, mais temía que á Mennù lle molestase; encerrábase todos os días nesa biblioteca, e era moi coidadosa con todas as trapalladas que o Orazio coleccionaba, ben o sabe vostede.

—Padre —dixo Lilla decatándose do embarazo do cura—, se se fía vostede da miña escolma, logo vou coller algúns que lle poidan interesar.

—Grazas, señora —dixo el—, están todos en orde alfabética por autor. Organizounos a Mennù tras a morte de seu pai.

Lilla desapareceu de alí, deixando os dous vellos en agradable conversa. Volveu pouco despois cunha bolsa chea. O padre Arena contívose para non abrila, pero no seu interior estaba exultante: vírase obrigado a mercar libros de segunda man de tantos que devoraba. Coa promesa doutra visita deixou a señora Alfallipe animada e contenta.

—Que boa persoa, o padre Arena —comentou a nai cando Lilla chegou de volta ao salón, logo de acompañar o crego ata a porta.

—Non sei como podes dicir iso ti precisamente —dixo Lilla chea de resentimento—; ben sabes que foi el quen lle axudou a escribir a carta e darlles parte da morte aos sobriños.

—E que problema hai, acaso non debía facer tal? —respondeu a nai—. Que libros lle deches?

—Os primeiros que vin, todo de D'Annunzio, que mira por onde a Mennù colocara baixo a letra A. Xa ves o ben que lle aprendeu o alfabeto o padre Arena! —respondeu Lilla con mala intención.

A reacción da señora Alfallipe foi sorprendente.

—Ai, a desfeita que organizaches! Eses libros deixáraos teu pai para Pietro Fatta! Pensaba darllos eu hoxe mesmo! Era un desexo del, repetiuno moitas veces antes de faltar, pero a Mennù opúxose e díxome que llos había levar ela máis adiante. Esqueceríao, e xusto a semana pasada encargoume que llos mandase a Pietro. Como che pasou pola cabeza darlle libros de D'Annunzio a un cura? Pero ti non ves que eses libros están no Índice? —a señora Alfallipe choromicaba coma unha rapariga e seguía a repetir, comendo as mans cos nervios—: E agora? Ai, que traxedia!

Naquel punto Lilla perdeu o control. Arrepúxoselle á nai, veña a berrar que xa non aguantaba máis nada de ninguén e que xa lle tardaba o momento de volver a Roma. A señora afundiuse nun pranto desesperado. Pero xa estaba próxima a hora das visitas e nai e filla tiveron que recomporse e recibilas.

Foi así como a familia Lodato Ceffalia, en visita de loito, puido constatar que Adriana Alfallipe estaba inmersa nun mar de lágrimas desde o principio da visita, ela que nin sequera pola morte do marido se mostrara tan transida. Despois da visita, a baronesa Ceffalia e as dúas fillas dedicáronse a facer os seus comentarios sobre os Alfallipe: Adriana estaba a piques dun ataque de nervios, aflixidísima; a Lilla non lle daba consolo ningún e evitaba a nai coa mirada, coma se estivese anoxada con ela; malamente ocultaba a manía que tiña con marchar e falaba da defunta sen afecto, coñecíase que quería dar a entender por aí que estaba á procura de información sobre a situación financeira da Mennulara e había quedar na vila para iso.

23

O mércores 25 de setembro é unha tarde de encontros desagradables para Pietro Fatta

O descanso vespertino de Pietro Fatta fora interrompido polas visitas de Girolamo Meli e Lilla Alfallipe.

O director da oficina de correos, orixinario de Ragusa, telefonárao antes de comer solicitándolle unha reunión urxente. Coñecíanse pouco e Pietro quedara algo sorprendido; decidiu recibilo formalmente no despacho. Meli era branco coma o leite e falaba a correr, erguéndose continuamente da butaca. Camiñaba polo cuarto evitando achegarse ao balcón aberto, coma quen teme ser seguido. Faloulle da acta levantada polo seu empregado Risico, un mozo válido pero por desgraza comunista, e aínda por riba dos idealistas e honrados, que suxería involucrar a policía no asunto, dado que sospeitaba que había algo escuro nas accións de Carmela Leone. Segundo lle parecía, había elementos delituosos. Ao ter que tomar a decisión final, o director Meli conducira con discreción algunhas pescudas sobre a correspondencia da Inzerillo. Esta recibía na lista de correos paquetes e cartas certificadas, amais de copiosa correspondencia, aparentemente revistas e libros de Italia e do estranxeiro. Pensábase que aqueles últimos chegaban ao seu nome por comodidade de Orazio Alfallipe; aínda seguía a chegar algún, quizais eran subscricións en vigor ou ofertas promocionais. Logo da morte do avogado, nos últimos anos, recibía correo dun banco de Lombardía, sucursal ou filial dalgún banco de Zürich, deses que teñen certo tipo de clientela. O director estaba seguro de que contiñan cartos. Aquelas cartas chegaban puntualmente o 25 de cada mes, agás aquel setembro, coma se a muller tivese o presentimento da súa morte e tivese avisado...

Pero aínda había máis. O director xuraría que ninguén se decatara das súas investigacións, mais estaba equivocado. Un empregado colocado alí pola mafia, un intocable, presentáraselle no despacho para aconsellarlle que deixase estar o correo da Inzerillo, que non ía chegar máis. Era a primeira advertencia que o director recibía desde que traballaba en Roccacolomba, e colleu medo.

Quixo tamén tratar sobre outra cuestión delicada. Dáballe que o Massimo Leone estaba cheo de débedas e tiña relación coa xente da mafia. Ademais era violento e andara metido en liortas. As empregadas de correos estaban preocupadas pola integridade de Carmela Leone e temían que o marido, nun acceso da ira que controlara pero que non agochara aquela mañá, a agredise. Consideraba un deber informar a Pietro Fatta e pedirlle consello, en calidade de amigo e emparentado cos Alfallipe, e persoa de superlativa integridade, respectada pola súa sabedoría en toda Roccacolomba.

O presidente Fatta non o decepcionou. Suxeriu que non fixese nada e se limitase a agardar. Confirmoulle total confianza no seu labor e agradeceulle vivamente terse dirixido a el. Coa promesa de mantérense reciprocamente informados sobre vindeiros acontecementos ("A non ser que este coitado solicite un cambio de destino, vese que se está a ciscar por el co medo," pensaba o presidente), despedíronse.

Volvera ao despacho coa esperanza de poder descansar finalmente cando entrou a muller, coa cara estrañada, para lle anunciar que Lilla Alfallipe estaba no salón, con algo urxente que lle dicir. Non a vía desde había case un ano. Era a mellor dos tres irmáns, intelixente, decidida e elegante. Lilla faloulle sumariamente das disposicións funerarias da Mennulara, mais estaba claro que non era aquel o obxecto da súa visita. Pietro Fatta axiña lle pediu que fose ao miolo da cuestión. Mesurada coma sempre, Lilla explicou os feitos omitindo os detalles que consideraba embarazosos.

—Ao faltar papa, a Mennù quería continuar a administrar o herdo. Nós negámonos. Creo que foi entón cando decidiu, para nos amolar, deixar o emprego e forzar a miña nai a aceptar a indecorosa convivencia con ela, no seu piso. Estaba claro que mantivera o control sobre outros bens que non formaban parte da sucesión, quizais para evitar pagar impostos. Imaxino que serían investimentos en efectivo ou accións. Non nos quixo pór ao corrente nin das contas bancarias nin das persoas que controlaban aqueles investimentos. Pagábanos os intereses xerados en efectivo, o 25 de cada mes, puntualmente. Chegaban por correo.

»Esperabamos recibir algunha información por medio do notario Vazzano, como aconteceu para a sucesión do noso pai, ou por outro profesional ou persoa de confianza da Mennù, para tomarmos posesión dos fondos, pero ninguén sabe nada. Carmela tentou saber algo e foi a correos, pero seica os empregados se negaron a darlle o correo a nome da Mennù. Sei que logo da morte do papá ela se dirixía a ti para recibir consello. Sabes algo que nos poida ser útil? Tamén sei que o padre Arena lle axudou a escribir unhas cartas, pero el pouca cousa me dixo. Contigo igual falaba con máis liberdade. Ti que suxires?

Pietro Fatta incorporouse. Temera que a Lilla lle contase o da violencia de Massimo Leone con Carmela. Aquel coitado do director Meli esaxerara. Aconselloulle a ir onda outros profesionais da provincia, que el apreciaba e con quen a Mennulara tivera relación de negocios, e engadiu:

—Sorpréndesme coa historia esta dos cartos dos Alfallipe baixo o control da Mennulara... Eu pensaba que vos puxera ao corrente de todo. Era moi meticulosa e honrada. Eu no voso lugar cumpriría escrupulosamente as súas disposicións.

Cun fondo suspiro, os ollos claros apesarados, Lilla dixo:

—E aínda teremos que obedecer as súas ordes? —e ergueuse para volver á casa.

—Un momento: onde vai a Carmela?

Con aquela pregunta Lilla detívose e deu a resposta que preparara previamente:

—Díxome o Massimo que ten xaqueca e quedou na casa.

—Pois permíteme que che dea outro consello: vai ver como está e pregúntalle exactamente que é o que lle dixeron en correos —dixo Pietro Fatta con ton de autoridade.

Lilla comprendeu e volveu sentar. Faloulle da violencia de Massimo e dos problemas económicos que tiñan. Desde xaneiro, a Mennulara viña pagándolles directamente aos provedores de Carmela, pois obviamente tamén ela coñecía a súa situación financeira. Lilla non sabía que facer para protexer a irmá.

—Gianni non ten valor para falar nin cunha mosca, quen vai falar co Massimo?

Pietro Fatta ofreceulle a mesma suxestión que lle dera ao director de correos: agardar e ter os ollos abertos.

24

O presidente Fatta medita

O que quedaba da tarde, o matrimonio Fatta pasouno en mutua compañía no salón da señora, acontecemento que sorprendeu a Lucia cando entrou alí.

Margherita quedara confundida coas revelacións de Lilla, temía pola integridade de Carmela e seguía a bordar entre suspiros. Pietro, sentado na butaca ao seu carón, pensaba. A cada pouco intercambiaban palabras densas con significado unicamente para aqueles que pasaron toda a vida xuntos: "Boh!", "Pois si señor", "Que vida esta", "Dígocho eu, que vida!", "É outro mundo", "Cousa de tolos".

O deles era un matrimonio tranquilo e afectuoso, mais o Pietro nunca estivera namorado da súa boa muller. Fóralle fiel por medo a perder a reputación de home probo, o cal lle importaba tanto como lle importaba a harmonía interna da casa. Respectábanse e criaran xuntos unha boa familia, cousa pola cal lle estaba inmensamente agradecido. Margherita estaba a chorar en silencio. Pietro animouna coa promesa de que todo se resolvería da mellor maneira e a afirmación de que as fillas de Orazio eran unhas teatreiras. A muller recuperouse e fíxolle un aloumiño no rostro, antes de deixalo para ir visitar Adriana. Pietro colleulle a man e deulle un longo bico nela, seguro de que á súa propia morte as cousas serían doutro xeito.

Finalmente só, recompúxose, tomou un café, o último do día, e refuxiouse no seu despacho. Alí custodiaba unha escolma consoladora e secreta de libros antigos e modernos de temas eróticos e pornográficos, agochados nos estantes dobres que deseñara xunto con Orazio. Aqueles libros eran o seu solitario e silencioso desafogo; aventuras reais tivera máis ben poucas, de mozo, e ningunha despois do matrimonio.

O seu queridísimo amigo Orazio, case un irmán, non tivera eses problemas. A pesar de que fora obrigado polos pais a escoller a profesión de avogado, exercitábaa tan ocasionalmente e con tanto desinterese que, cando decidiu pór fin á actividade forense, poucos na vila se decataron. Aceptara casar con Adriana Mangiaracina para contentar os pais, como por outra parte tamén fixera Pietro ao casar coa prima, mais non abandonara nin diminuíra o seu activo interese polas mulleres, que el chamaba a súa actividade venatoria. Tiña un agudo sentido do humor e sostiña que as súas enerxías estaban concentradas no incremento demográfico dos cornudos e na recuperación xenética dos roccacolombeses, entre os cales predominaba o matrimonio entre consanguíneos. Nesas situacións, Orazio sabía como comportarse. Non era unicamente un amante discreto e considerado, senón que tamén soubo manter relacións de afectuosa conivencia coa maior parte das mulleres casadas con quen tivera aventuras galantes.

Entre ambos os amigos non había segredos. Orazio faláballe a Pietro das súas mulleres e xuntos argallaban a conquista delas, desde o cortexo ata a sedución. Pietro contribuía coa súa refinada e vasta erudición; era coma se el tamén vivise as historias de Orazio, tal era a identificación mutua e a abundancia de detalles e sensacións que o amigo lle dedicaba.

Orazio tamén era home de cultura e intereses varios. Consentido pola nai, estaba afeito a satisfacer todos os caprichos e a ser o centro de atención. Grazas á relación cos príncipes de Brogli, no verán os Alfallipe frecuentaban a nobreza que pasaba as vacacións no campo: Orazio era requirido e apreciado pola súa brillante conversa e ecléctica cultura. Ademais amaba a música, sobre todo a ópera, e tiña carácter de coleccionista. Dedicábase, durante breves e intensos períodos, a coleccionar todo aquilo que o entusiasmaba para despois abandonalo por un novo obxecto de interese, como facía tamén coas mulleres, dilapidando o patrimonio. Non se preocupaba polos seus bens nin moito menos pola familia: de non ser pola sisuda administración da nai primeiro e da Mennulara despois, estarían todos na miseria, coma tantos outros.

Coa morte da Mennulara semellaba que a familia estivese a desintegrarse, sacando á luz definitivamente a necidade dos seus membros. Pietro Fatta colleu un libro e esqueceuse de Roccacolomba e do mundo enteiro.

25

Massimo Leone reconcíliase coa muller, recibe unha advertencia e a familia Alfallipe toma decisións importantes

A primeira hora da tarde do mércores 25 de setembro de 1963, Carmela Leone estaba deitada na cama, dorida, mais confortada coa visita inesperada da irmá. Moi intrigada por oír a historia da visita á oficina de correos, nada máis comer, mentres a nai descansaba, Lilla correra ata casa Leone, onde atopara a Carmela polo chan, aínda medio inconsciente. Chamara inmediatamente o doutor Mendicò, quen lle atopara unhas posibles fracturas de costela e equimoses varias. Prescribiu repouso durante unha semana polo menos. Unha vez soas, as irmás choraron xuntas e falaron moito. Por máis penosa que fose, aquela conversa pareceu que volvía achegalas. Desde o casamento de Lilla, as súas relacións volvéranse infrecuentes e formais, os respectivos maridos eran moi distintos o un do outro e Lilla avergonzábase dos trazos aldeáns que Carmela adquirira ou simplemente mantivera. Por primeira vez, Carmela falou abertamente con Lilla da desastrosa situación financeira de Massimo e da súa agresividade, pero engadindo que o amaba e o necesitaba a pesar de todo. Quería quedar na casa e que ninguén, nin sequera Gianni, fose posto ao corrente do acontecido.

Despois quedou durmida, esgotada. Espertouna o marido. Fora informado pola asistenta das visitas da tarde, e entrou dubidoso. Carmela fíxolle o aceno de sentar no bordo da cama e desculpouse por non lle poder ocultar o sucedido a Lilla.

—Veu sen avisar —murmurou chorando.

Massimo abaixou a cabeza e cubriuna cos brazos, os cóbados subidos ata a cara, o queixo chantado na parte baixa do pescozo, as mans agarradas na caluga, e chorou el tamén.

—Que vai pasar agora? —preguntou despois, rompendo o silencio.

Carmela trazara un plano no entresoño. Se a nai facía preguntas, diríanlle que tiveran unha liorta, pero que todo estaba resolto, que non fora nada. O seu mal aspecto había que atribuírllo ao desgusto pola morte da Mennulara. Non falaron do sucedido na oficina de correos e decidiron cear en casa Alfallipe, para non espertar sospeitas. Massimo axudou a Carmela a lavarse e a vestirse, moi cariñoso e atento.

Cando xa estaban preparados, el foi coller o coche, que estaba aparcado onde sempre. De lonxe pareceulle que estaba máis baixo do normal, e mais pensou que el tamén estaba canso e que lle comezaba a fraquear a vista. Achegouse máis. Aparcara contra o muro, na canella de detrás da casa, pola tarde despois de levar o coche a lavar, e o vehículo estaba en perfectas condicións: pero as rodas estaban desinchadas, os pneumáticos lañados con cortes longos e profundos. Rodeou o coche en silencio e con medo. Un vello, que vivía nun baixo da canella de enfronte, observábao, sentado diante da porta da casa, co rostro acartonado, sen expresión, inmóbil. Non era cousa de preguntarlle nada. Massimo abriu a porta e colleu a folla que había pousada no asento. "Falade pouco e dedicádevos ao voso", estaba escrito en maiúsculas.

Carmela, sorprendentemente, non se alterou coa noticia. Limitouse a dicir:

—Estannos a observar —e foron rápido para a casa da nai co utilitario dela.

Cearon todos xuntos no comedor grande. Massimo comera poucas veces na casa dos sogros para evitar encontros coa Mennulara. Os lúgubres e sólidos aparadores pegados ás paredes semellaban xigantescas e ameazantes figuras á espreita, os servizos de pratos e copas dispostos nas vitrinas repenicaban só con pasarlles cerca, a frouxa luz das lampadiñas de baixa voltaxe creaba unha atmosfera de ruína chea de sombras amorfas. Ao nariz chegaba o cheiro rancio dos cuartos deshabitados, coma se a casa tivese unha alma ofendida que tamén os quixese castigar e advertir. Comeron pouco e sen gana.

Durante a cea falaron da situación. Gianni estaba abatido e falto de iniciativa. A nai, concentrada unicamente nos seus alifafes: as visitas da tarde cansárana e nin sequera se deu de conta de que Carmela camiñaba malamente. Lilla sentíase desmoralizada, pero algo tiñan que decidir. A advertencia dada a Massimo, a dicir de todos, viña pola visita de Carmela á oficina de correos, sobre cuxos detalles todos pasaron por alto de común acordo. Estaba claro que a Mennù tiña relacións con xente da mafia, era probable que tivese deixado ordes para os humillar posteriormente. Era a vinganza que se cobraba por non lle permitiren continuar a administrar o patrimonio tras a morte do pai. Os tres fillos estaban convencidos, pero ningún, na súa soberbia, ousaba suxerir que se fixese o que era obvio: obedecer as súas ordes e reescribir a necrolóxica.

Massimo comezou a falar:

—A min tanto me ten se a xente se burla de nós: o que non quero é que vos aparezan os coches coas rodas desfeitas, ou algo peor. Non nos queda outra que corrixir os anuncios e pór o texto preparado por ela, como o escribiu ela, e rápido.

Todos estiveron de acordo.

26

En casa Risico analízase a situación

Despois de cear, Elvira Risico quitou a cunca de café das mans do marido e preguntou:

—Que é o que pode haber tan importante no correo dunha doméstica? —quería coñecer os feitos.

—O Massimo Leone éche mala xente, lacazán e mullereiro —comezou Gaspare, e seguiu dicindo que mesmo se contaba del un acto de luxuria perpetrado na xuventude contra unha lavandeira. Único fillo varón dun pequeno comerciante de madeiras, en poucos anos levara a empresa familiar ao bordo da quebra. A empresa colléraa o cuñado, que lle dera un emprego ficticio. O matrimonio con Carmela Alfallipe fora un gran golpe de sorte; andaba na boca da xente que a Inzerillo o consideraba indigno de Carmela e que nunca o quixera coñecer. De feito, casaran no verán, mentres ela estaba de vacacións na casa dos sobriños. Massimo enganaba a Carmela regularmente, e aínda por riba mallaba nela.

—Non hai que mallar nas mulleres —dixo, turbado, corrixindo o ton didáctico con que normalmente se diri-xía a Elvira—. Dise que o pai andaba a paus con el, pero iso non ten que ver con el zumbarlle á muller... —e quedou alí, desarmado, coma se non lle entrase na cabeza.

Elvira, pola súa parte, tiña unhas novas espectacula-res: pola tarde, a señorita Aruta entrara na librería para lle contar á señora Pecorilla que unha cliente contara que lle rebentaran os pneumáticos ao coche novo do Leone. Ademais, aquela mañá a señorita Pecorilla falara co padre Arena, sen deixar moi solta a lingua, sobre unha persoa importante que aparecera no funeral; ela non se atrevera a dicir o nome e o cura abaixara a mira-da asentindo. Elvira aventurou unha hipótese:

—E andará a mafia polo medio?

Gaspare non quería oír falar de cregos, nin tampouco de mafia.

—Analicemos a situación loxicamente —dixo recupe-rando o seu ton normal—. De todo o que che expliquei, ata o momento da morte da Inzerillo non había nada sos-peitoso no comportamento dos Alfallipe nin do Leone, por estraña que fose a situación. Os acontecementos de hoxe teñen algo raro que non comprendo. A Inzerillo re-cibía paquetes, revistas e cartas na lista de correos. Isto explicaríase coas súas atribucións e coa preguiza dos Al-fallipe, que nin se molestaban en ir pola súa correspon-dencia. Pero o correo continuaba a chegar tras a morte do avogado Alfallipe, e iso é o que non me explico. Era material carísimo, pornografía, arte e arqueoloxía. Quen o lería? Exclúese a Inzerillo, que era media analfabeta; é moi improbable que fose a señora Alfallipe, sendo como é burguesa frívola e de intelixencia limitada, segundo os que a coñecen, e desde logo non interesada nas antigüidades... Así que, quen o lía? Que as subscricións seguisen por inercia e o correo quedase cerrado nos sobres? Dubídoo, dada a avaricia dos Alfallipe.

—E se as dúas mulleres lían xuntas os libros eses, en voz alta, como facemos nós? A fin de contas vivían na mesma casa, no inverno os seráns fanse longos —suxeriu Elvira, encolléndose baixo o brazo do home.

—Unha relación lésbica... —murmurou Gaspare, acariñándolle o pelo.

—Pero que dis, Gaspare, aquelas dúas vellas! —protestou ela.

Gaspare tiráballe subrepticiamente dunha guedella do pelo:

—A historia pega unha nova reviravolta coa visita a correos de Carmela Leone. A Inzerillo recibía correo certificado o día 25 de cada mes. Lembro que unha vez puxera unha reclamación por unha demora de apenas un día; eu tomara nota do remitente, que era un banco; estou á espera da verificación dun colega.

—Pero hoxe a carta non chegou. Alguén a espera e a necesita. Por iso Carmela Leone soltou as ameazas e anda asustada. Que haberá nesas cartas? De quen ten medo a Alfallipe? E por que?

Elvira levantouse, liberando a cabeza da man do marido, e ergueu os ombros como dicindo que non sabía responder.

—E o elemento mafioso? Como encaixa? Eu xa non che entendo nadiña. Elvira, vamos para a cama e xa veremos que pasa mañá —díxolle Gaspare.

—Se cadra a carta chega con demora —murmurou ela mentres apagaba a luz.

27

O matrimonio Fatta conversa

En casa Fatta era sabido que ao presidente non lle gustaba ser molestado cando se encerraba no despacho. Era unha especie de regra que en realidade era violada a miúdo pola neta Rita, a quen o avó llo permitía todo. Margherita Fatta cumpría escrupulosamente os ríxidos costumes do marido, pero aquela tardiña, de volta da visita de loito a Adriana Alfallipe, dirixiuse con intención segura ao despacho, petou na porta sen dubidar e foi sentar a carón do lar, nunha butaca fronte a onde el lía, escoitando música clásica.

—Que foi, Margherita? —preguntou Pietro, levantando a mirada do libro e cerrándoo lentamente. Era unha novela erótica, a última que lle entregara a Mennulara, inocente destinataria das publicacións dunha editorial particular que ela lle levaba a casa, cumpridora e fiel ás ordes de Orazio mesmo despois da súa morte.

—Quería falarche dunha petición da Adriana e da visita a casa Alfallipe, como me pediras —dixo a muller cohibida—. Había moita xente, moitos a cheirar para despois falar por aí, pero Adriana quere compañía, está tan soa... A Carmela non estaba, e a Lilla acaba coa nai. Adriana encóntrase mal por culpa dela, atópalle a falta ao piso da Mennù, que xa se afixera a el e tiña alí todas as comodidades. Despois levoume ao dormitorio para me dicir unha cousa en privado. Non mo vas crer, pero todo o que me tiña que contar era que esta mañá o padre Arena estivera alí para a visita de loito e que Lilla lle regalara uns libros que lle pertencían ao Orazio.

Pietro arqueou as cellas, como facía cando sentía curiosidade: tratábase de libros. A muller continuaba a contar:

—Adriana díxome que a Lilla fora ao despacho do Orazio, collera todos os libros de D'Annunzio, metéraos nunha bolsa e regalárallos ao padre. Choraba, a pobre Adriana, parecíame incluso desmaiada. O caso é que seica o Orazio lle encargara darchos todos a ti, logo da morte, e a Mennù non o permitira, que quería manter intacta a biblioteca. Coma sempre, a Adriana obedecía. Seica fora o derradeiro desexo do Orazio, ti sabíalo?

—Non, non —respondeu Pietro, perplexo—, non agardaba un presente da súa parte, en vida xa fora bastante xeneroso comigo.

—A Adriana fíxome prometer que che diría que ela quere que llos pidas ao padre, e que ela lle vai permitir levar outros libros, dos que lle gusten, pero que aqueles eran para ti.

—Teño que lembrarme de falar co padre Arena cando o vexa —dixo o marido.

—Non, Adriana insistiume moito: quere que ti fales con el xa mesmo. O padre Arena vive no campo e anda pouco pola vila... Fai favor, fai como di ela, coitada, que xa ten preocupacións abondas.

Pietro Fatta quixo cambiar de tema, porque a muller xa empezaba a alporizalo, e preguntou:

—E que máis se di?

—Disque don Vincenzo Ancona foi ao funeral; poucos o viron, pero corre a voz por aí.

A nova de que o potente e vello xefe da mafia presenciara as exequias dunha doméstica era unha murmuración que non lle interesaba nada a Pietro Fatta.

—Se cadra a Mennulara tivera relación con el, pero o certo é que non entendo por que se molestaría en irlle ao funeral. Será un sinal de respecto aos Alfallipe —dixo.

—Pero ao funeral do Orazio non foi —fíxolle notar Margherita. O marido non lle respondeu, aínda máis anoxado pola súa insistencia. Consciente da misión que lle confiara, ela continuou a contar o que secoitara por aí—: Na mercería Moderna as señoritas Aruta falaban de Carmela e Massimo. Todos saben o que pasou, a xente fala moito. Ademais din que as rodas do coche de Massimo apareceron desfeitas por descoñecidos, ese rapaz abofé que ten malas amizades. Maria José Sillitto, que como boa filla da baronesa Ceffalia anda a rexoubar sempre, contábame que esta tarde, despois de martirizar a coitada Carmela, o home marchara por aí, en fin, a unha casa de mala vida desas —Pietro sorriu, a muller puxérase toda vermella e avergonzada, incapaz de pronunciar palabras como "bordel"—. E díxolles a todos que a Mennulara era unha daquelas —Pietro volveu sorrir; a palabra "puta" se cadra non a coñecía Margherita, na súa inocencia—. E tamén que era posible que andase cos mafiosos. Non preguntei máis nada, parecíame mal; pero dime, Pietro, quen lle daría esa información á Maria José?

—Non che sei —respondeu el, paciente e resignado ante a inxenuidade da muller, que rozaba a estupidez: os hábitos do enxeñeiro Salvatore Sillitto, marido infiel e pouco discreto, certamente eran coñecidos por todos—. Grazas, de verdade, sei que preferías quedar na casa a xogar coas cativas mellor que andares por aí a escoitar esas lerias, pero era necesario; agora quero acabar de ler. Vémonos na cea.

Pietro Fatta abaixou os ollos para o libro que tiña pousado nos xeonllos, mentres Margherita se erguía da butaca: por fin a sacara de encima.

28

Rita Parrino Scotti pensa no pasado

Rita Parrino Scotti, filla única do notario Parrino, viúva aínda nova do insigne profesor Scotti, catedrático de literatura italiana da Universidade de Palermo, volvera a Roccacolomba para vivir na casa dos pais. Muller valente e atractiva, por decisión persoal non volvera casar e dedicábase ás artes, particularmente á música. Tivera varias relacións, levadas con discreción, todas con homes casados, entre eles Orazio Alfallipe. Non pretendía roubarlle o marido ás mulleres e estaba convencida de que facía unha feliz contribución á vida conxugal dos seus amantes. Aquilo víñalle confirmado pola continua amizade demostrada polas esposas traizoadas que, case agradecidas, frecuentaban asiduamente os seus seráns musicais.

Rita desprezaba a Adriana Alfallipe e á Mennulara, a quen consideraba responsables do precoz final do seu amor con Orazio, sen dúbida o máis intenso e satisfactorio dos seus anos maduros.

Fora doado para eles gozar da mutua compañía sen ter que recorrer aos típicos subterfuxios, sempre que non se dese escándalo: víanse frecuentemente na casa que Rita tiña no campo, coa escusa de Orazio profesar un notable interese pola botánica e ir de bo grado ao precioso xardín dos Parrino. Amante extravagante e xeneroso, Orazio faláballe pouco da familia. E ademais, Adriana parecía aceptar as frecuentes infidelidades do home case con alivio.

Rita tiña curiosidade pola figura de serva-señora da Mennulara; ao principio sospeitara se estaría secretamente namorada del e se sería aquel o motivo da súa devoción. Baixo a dirección de Orazio identificaba fragmentos, reconstruía pezas de cerámica escachadas e axudábao na catalogación dos anacos. Orazio botáraselle a rir ante aquela hipótese: explicoulle que coñecía a Mennulara desde que entrara a servir en casa Alfallipe á idade de trece anos e que nunca fora celosa, nin aspirara a aquilo que sabía que era inalcanzable: pertencía ao servizo de casa Alfallipe e como tal era debidamente devota a el e a toda a familia; cumpría co seu deber e punto.

Aquilo quedoulle confirmado a Rita cando puido constatar que a Mennulara se encargaba doutras responsabilidades que eran cousa de Orazio para concederlle máis tempo libre dedicado a ela; mesmo inventaba motivos razoables para Orazio ir de viaxe de negocios a Italia, o que en realidade servía para que os amantes pasasen unhas marabillosas vacacións xuntos, e era ela quen lle deixaba na portería mensaxes e presentes de parte del, para non espertar sospeitas. A Rita, a Mennulara parecíalle unha muller sedenta de poder, abafante e opresiva na súa dedicación aos Alfallipe, ata o punto de persuadir a Orazio e Adriana para unírense á súa oposición ao matrimonio de Carmela con Massimo Leone, persoa de pouco valor e, se cadra por iso, axeitado para a filla. Non se tomaban decisións naquela familia sen a aprobación da Mennulara.

Á volta dunha viaxe particularmente feliz, realizada coa escusa de participar nun congreso de música, Orazio quixo convidar a Rita e os pais á súa casa para lles amosar un vaso laónico roubado durante as escavacións de Bosco Littorio, en Gela. Era un acontecemento inusitado en casa Alfallipe: a Mennulara non permitía que se recibisen visitas no serán, aducindo a escusa de estar demasiado cansa para preparar comida, mentres que se prodigaba na organización de almorzos campestres no verán e das recepcións normais despois de comer que se facían para as amigas de Adriana.

Orazio nunca invitara a Rita a visitar o seu despacho, que tiña restaurado facendo grandes gastos e do cal estaba moi orgulloso, nin lle amosara as súas coleccións. Aquela ocasión constituía unha ocasión solemne. A conversa na mesa transcorría agradablemente, a comida era óptima e a Mennulara servía correctamente en silencio. Cando acabaron, Orazio invitou a Rita a visitar o despacho, logo de tomar o café, mentres Adriana acompañaba os pais dela no salón.

Foi entón cando a serva-señora, de volta no comedor coa bandexa de prata do café, pousouna batendo contra a mesa que Adriana tiña ao lado, con tal furia que fixo tremer todas as cuncas nos seus pratiños de porcelana.

—Eu a esa puta non lle sirvo —dixo, e marchou cerrando a porta ao seu paso.

Quedaron todos coa boca aberta. Adriana deu proba dunha insospeitada presenza de ánimo:

—Desculpen vostedes, non sei que lle pasaría. Nunca me faltou ao respecto e non entendo por que me ten que ofender así, aínda por riba diante de invitados.

Orazio calaba. Todos tentaron facer como que non sucedera nada, pero pouco despois os Parrino despedíronse e a visita ao despacho de Orazio non se produciu.

Rita estaba segura de que as palabras da Mennulara ían dirixidas a ela. Tivo a confirmación ao día seguinte. Orazio fixo que lle entregasen unha carta de despedida: *"Queridísima Rita: Doume de conta de que a felicidade doméstica, para min apoio e fonte de pracer, está en perigo por culpa do noso amor, e véxome na obriga dunha escolla penosa. Adeus, miña musa. Con eterna gratitude, o teu Orazio".*

Volveuno ver uns días despois nun concerto da capital, xunta Adriana. Foi ela quen se achegou para se escusar outra vez polo comportamento da camareira:

—Élle moi boa e fiel, pero ás veces excédese... Tivo certos problemas e tomouna comigo. Estou verdadeiramente avergonzada, rógolle que me saiba desculpar.

Orazio seguía ao lado da muller, impasible. Rita colleulle odio a Adriana: falsa e fría, non era a insignificante esposa que aquel babeco de Orazio lle describira, senón unha harpía que na vila gozaba dunha inmerecida fama de santidade. Canto á Mennulara, tamén se equivocara sobre o seu papel: era unha muller que defendía o seu territorio. Non ía renunciar ao poder sen loitar. Probablemente temera que o matrimonio acabase separándose, destruíndo así a súa posición na casa Alfallipe, que seguiría inexpugnable unicamente se a familia se mantiña unida; ela decantárase pola parte da esposa e xuntas tiranizaban o débil Orazio.

Desde aquela Orazio sufriu un cambio radical: deixábase ver nos acontecementos musicais pero non nos actos mundanos, frecuentaba poucas amizades masculinas e vivía na casa coma un recluso, entregado ás súas coleccións. Na vila díxose que aquel comportamento viña xa causado pola doenza que o conduciu á morte poucos anos despois.

Cando, ao quedar viúva, Adriana preferiu ir vivir á casa da Mennulara, Rita finalmente comprendeu o xogo que traían. A Adriana os homes non lle gustaban; probablemente a doméstica era parecida a ela, ou quixera secundar as tendencias da señora por propia comenencia ou vicio. Rita non tiña dúbida de que entre as dúas mulleres se daba unha preexistente relación sáfica que resultaba ser a clave do misterio. Aparecían ante os veciños como vítimas de Orazio, unha polas traizóns conxugais e outra polas pesadas responsabilidades a ela confiadas, mais en realidade marxinárano da vida familiar e vivían en perversa e satisfeita simbiose. Temeran, as dúas mesquiñas, que Orazio e Rita habían destruír a ambigua cohabitación instaurada no pazo Alfallipe. Estúpidas e perversas, se unicamente soubesen que ela, malia amar a Orazio, xamais sacrificaría a súa liberdade por un home...

Rita ocultáralles aos demais a súa teoría e o inmenso desprezo que sentía polas dúas mulleres de casa Alfallipe. Morta xa a Mennulara, desgustáballe oír falar dela con respecto e admiración. Ía escavar no seu pasado para descubrir os seus intereses particulares. Tras a morte de Adriana había facer outro tanto.

29

Na tarde musical de casa Parrino non se escoita música ningunha, senón que se fala da familia Alfallipe e da Mennulara

Os salóns dos Parrino estaban ateigados non só de señoras, senón tamén, cousa desacostumada, dos seus maridos. Os homes normalmente acompañaban e ían recoller as mulleres ao final da sesión musical, innovación na vida mundana da vila introducida por Rita Parrino, nome polo que se lle chamaba aínda. As señoras tentaron seguir a fórmula ben probada daqueles encontros, pero non o conseguiron: os maridos non fixeron xesto de marchar e ningún dos convidados parecía ter intención de escoitar a música. Circulaban en grupos de diversos tamaños, segundo a entidade das noticias e dos rumores sobre os extraordinarios acontecementos rexistrados nos últimos días en casa Alfallipe. Parecían amebas, desintegrábanse e despois volvíanse formar nada máis escoitar rexoubas aínda máis picantes ou improbables das conversas limítrofes. A pesar de os feitos referidos non seren nada divertidos, había unha atmosfera festeira: tal era a antipatía, por non dicir fastío, nutrido en Roccacolomba contra os Alfallipe. Aquela familia, tendo asegurada a posición de administradores dos príncipes de Brogli, enriquecérase adquirindo os seus feudos a prezos irrisorios, e copiara deles a soberbia.

O atávico pracer de latricar venceu a música de Wagner, que quedou como fondo musical. Carmela Leone fora vista baixando do coche diante da súa casa a última hora da mañá, a tremer toda e dobrada, camiñando malamente e perdida de vómito. Massimo tivera que ir termando dela ata o portal, e levaba a cara torta da ira. Que lle pasara? A baronesa Ceffalia, que raramente se dignaba a visitar os salóns da vila, finxindo inicial reparo de comunicar novas tan feas, presumía ante unha nutrida multitude de estar informada por fontes de confianza de que Massimo Leone batera en Carmela; o doutor Mendicò atopáralle algunhas fracturas nas costelas. A baronesa omitiu o nome da "fonte de confianza", que viña sendo a súa porteira, Enza Militello, que pola súa vez fora informada polo marido da muller que pasaba o ferro en casa Mendicò, que pola súa parte soubera da noticia ao abesullar a conversa entre o doutor Mendicò e a irmá, a señora Di Prima, e que lle contara todo ao marido cando este a fora recoller para acompañala a casa.

Desviando involuntariamente da baronesa a atención dos outros invitados, a señora Mimì Bommarito exclamou:

—Unha agoireira era a Mennulara! Tíñao previsto todo. A miña doncela contábame que se opuxera ao matrimonio de Carmela porque sabía que o Massimo Leone era violento, que mesmo lle zumbara á nai: que razón tiña ao non querelo na casa! A Mennulara non quería máis ca o ben da familia Alfallipe, canto máis lles valería facerlle caso...

Os convidados, abraiados con tal noticia, esquecéronse de facerlle máis preguntas á baronesa. Esta, aldraxada, non quixo apreciar a intervención da profesora Bommarito, muller de orixes modestas que inxenuamente pensaba que podía culturizarse asistindo a aqueles actos de casa Parrino, que —todos o sabían— se organizaban co fin de lucir a prata do notario e non por amor á música. Decidiu entón truncar aquela fugaz popularidade dicindo con voz desdeñosa:

—Non se debe crer no que a xentalla e o servizo deciden contarnos, pois non son persoas das cales se poida un fiar. É certo que o Massimo Leone lle partiu tres costelas á pobre da Carmela, e que non lle correspondía a unha doméstica abusar da confianza mal depositada nela por parte dos Alfallipe, interferindo na decisión sobre o matrimonio da filla dos señores. Era cousa unicamente do cabeza de familia, Orazio, mais é ben sabido que ese era un pusilánime baixo a influencia de certas mulleres, e que a vencedora sempre era ela, a criada.

Satisfeita por matar cun tiro dúas lebres, a baronesa rematou aquela bonita frase cunha mirada fugaz para Mimì Bommarito, que se puxo vermella de vergonza, aceptando a lección de renartería e señorío; despois dirixiu a mirada á cara de Rita Parrino, amante desde había pouco de Salvatore Sillitto, seu xenro, que causara discordia e dor na casa da súa filla Maria José.

Continuouse a latricar sobre os Alfallipe, a súa arrogancia e as debilidades dos homes, comezando polo voraz apetito sexual do avogado Gianni.

Antes de marchar, a baronesa soltou unha última seta contra Rita:

—Non é de estrañar que nunha familia onde os homes valen pouco, unha criada coma a Mennulara puidese mangonear. Dígovos que en realidade o Orazio viviu baixo a influencia da nai, e despois da Mennulara, que polo menos lle salvou a posición e lle foi fiel e leal, e non lle chupou o sangue como se di que fixeron certas "amigas" del, con viaxes e agasallos para arriba e para abaixo, por moito que digan algunhas persoas!

Outra vez máis a baronesa acertou no albo: Rita, visiblemente palidecida, lanzáralle unha mirada de fogo; a baronesa devolveulle un medio sorriso, gozando do seu incomodo, e desprazouse ata outro grupo de convidados.

Ao despedírense os invitados, felicitábanse entre eles e aos señores da casa polo éxito daquela tarde musical. Rita, así que quedou soa cos pais, acusou unha forte dor de cabeza e retirouse ao seu cuarto. A nai foi á cociña a supervisar que as camareiras lavasen e secasen ben toda a prata, para despois contar os cubertos e cerralos baixo chave, xunta as bandexas, no armario de obra. O notario Parrino quedou só e pensativo. Decatárase das humillacións inflixidas á súa filla coas ferintes palabras da Ceffalia e remoía ideas de vinganza mentres camiñaba con pasos longos e pesados arriba e abaixo polo corredor, coa cabeza abaixada, as mans nerviosamente entrecruzadas ás costas, alleo ás miradas de divertido estupor da xente do servizo. Despois, para distraerse, marchou para o Circolo.

30

Os homes falan de negocios no Circolo dell'Unità d'Italia

Pietro Sannasarda, corredor de comercio e recente propietario dunha empresa de construción, gañara a partida de póker e estaba a convidar a bebidas os compañeiros perdedores. Estaban arrodeados por outros socios, dándolle á lingua sobre os problemas dos Alfallipe.

O vello avogado Ettore Manzello teatralmente se declaraba seguro de que o Risico, feo exemplo de comunista, había presentar denuncia contra Carmela, e que os elementos de delito estaban claros coma a auga: aquilo ía ser a completa ruína da reputación da familia.

—Están tolos os Alfallipe, que raio queren atopar no correo desa doméstica? Os coetáneos do pobre Orazio xa sabemos todos que lle mandaban certas revistas verdes de París con subscrición quinquenal, que pagaba por anticipado, e mandaba a Mennulara a recollelas a correos e levalas a casa Fatta, que tiña moito medo de que a nai, que en paz descanse, llas cachase. A Carmela poderá retiralas se aínda dura a subscrición, pero como me gustaría estar alí para ver a cara de todos os Alfallipe ao abriren os sobres! A verdade é que os fillos quedaron descontentos coa herdanza do pobre Orazio e non se fiaban da administración da Mennulara quen, non obstante e segundo me consta a min, era honrada —bebeu o seu vasiño de licor e cun "Con permiso, ata logo", ergueuse da mesa e foi para a outra sala do Circolo.

Pietro Sannasarda era amigo da familia Leone e por iso defendía o proceder dos Alfallipe:

—A Mennulara tamén administraba os bens do dote de Adriana Alfallipe, e os fillos tiñan razón ao quereren comprobar que o patrimonio da familia era para eles e non para os sobriños dela. Se Carmela Leone deu a nota en correos, ese comportamento é totalmente comprensible: con tantos pensamentos na cabeza excederíase; así son as mulleres, débiles de mente, pásalles a moitas —despois engadiu—: Pero a muller de Massimo Leone tiña razón ao ir a correos e investigar o que pasaba. Patrimonio dos Alfallipe tiña que ter a criada esa nas súas mans, por moi defunta que sexa, e non foi todo para eles. Se non explicádeme a min como a Mennulara se puido permitir un piso e ter nel a señora de balde. Era filla de pobres, vivía do soldo de doméstica, e ben sabemos que os Alfallipe nunca foron xenerosos cos empregados —dixo, mirando arredor; despois encolleu os ombros e engadiu, abrindo os brazos—: señores, as contas non cadran!

—Pietro, non esquezas a historia da venda dos terreos dos Puleri —dixo o notario Vazzano—. A Mennulara levou unha comisión do cinco por cento, o que lle corresponde a un corredor, e mereceuna pola súa perspicacia. Desaconselloulles aos irmáns Alfallipe que vendesen os terreos e suxeriu que agardasen un ano: o Orazio e mais o Vincenzo gañaron moito ao seguirlle o consello. Pasado o ano, varias hectáreas de finca acabaron sendo edificables. Logo daquel éxito, o Orazio confioulle a administración de todo o seu patrimonio. Vincenzo, en cambio, que se daba moitos aires, non quixo facer tal cousa e discutiu co irmán. De non ser pola Mennulara, os irmáns Alfallipe terían vendida aquela propiedade que despois acabou sendo un tesouro para a familia: ben volo sei eu, que fixen todas as escrituras de venda dos terreos.

Sannasarda non estaba convencido:

—Éravos criada, e de certas cousas non podía entender: sorte foi o que tivo. Pregunto eu: quen pode estar seguro de que tiñan intención de vender a dos Puleri e que non querían agardar? Dos Alfallipe nunca se pode fiar un.

Mais Vazzano non recuaba.

—Faime caso, estaban cheos de débedas e Vincenzo Alfallipe quería cartos rápido. O Orazio, todos o sabemos, o único que facía ben era gastar. Os dous irmáns encargáronme a redacción do contrato preliminar de venda, por vinte millóns, que daquela era unha gran cantidade, aló polos cincuenta. Un día, o Orazio chamoume que fose á súa casa. Recórdoo ben, porque no despacho estaba ela, a Mennulara, a limparlle o po a unhas vasillas que mercara el, louza vella desa en que tiraba os cartos, e quedou no cuarto, cousa que me pareceu moi rara. Xúrovos que nunca escoitara a Orazio falar con tal firmeza. Díxome que a venda non se facía e que llelo tiña que explicar aos compradores; non quería saber nada de contraofertas, nin ao dobre de prezo sequera. E ela, de lonxe, controlábao con ollos fuxidíos.

Sannasarda non se rendía.

—Pero se Os Puleri e os outros terreos de por alí foron cualificados como edificables, ela que sabía? Non me dirás que foi mérito dela, ou que tiña amizades no Concello ou na Provincia? Como o ía saber? Non creo que tivese informadores, quen sería? Igual que as nosas mulleres reciben as murmuracións das criadas, así fan elas dos señores, pero estas cousas non se saben a partir das nosas mulleres, e aínda menos da xente do servizo. O que tivo foi sorte, e moita: ademais levou a súa boa comisión dos Alfallipe, pola venda, sen merecela.

O notario Parrino escoitaba interesado; chegado aquel punto interveu:

—Lembrade que a zona nova da vila se tiña que construír do outro lado do monte, en Baiamonte. Ninguén imaxinara que se ía construír nos Puleri, ninguén. Eu quedei sorprendido e mesmo perdín diñeiro: tiña comprados uns terreos en Baiamonte que me quedaron a labranza.

—Hai que foderse! —exclamou Ettore Manzello compadecido polo incauto investimento do notario Parrino, que non obstante non lle fixo caso e concluíu con ímpeto:

—Aquela muller tiña quen a protexía e a informaba ben, e non eran outras criadas, eh?

O enxeñeiro Pomice, conselleiro provincial e emerxente personaxe político da dereita, home de poucas palabras e atento ointe, dixo:

—Perdedes o tempo con tantas cavilacións; tería un golpe de sorte, ás veces pasa.

O avogado Manzello acababa de volver á sala de xogo e uniuse á conversa con risos.

—Sorte para a Mennulara e sorte para Orazio. Logo daquel excelente negocio confiaba totalmente nela e nunca se tivo que arrepentir, como lle pasou ao Vincenzo, que liquidou toda a súa herdanza por unha miseria. En decembro de 1950, antes de entrar en vigor a reforma agraria, para evitar que as propiedades dos Alfallipe fosen expropiadas, ela fíxome traballar coma un burro para resolverlles preitos vellos e novos, herdanzas comúns con outros herdeiros Alfallipe, para poder facer doazóns, ventas con testaferro, vendas normais, pero sempre conseguía gardar para os Alfallipe os mellores terreos; coñecíaos polo miúdo, coma un agrimensor. Pedreiras foi o que lles vendeu a aqueles coitados labregos que comprando unhas poucas hectáreas pensaban que se facían propietarios e deixaban atrás o traballo e a fame.

Os outros escoitaban incrédulos, nunca imaxinaran que a Mennulara tivese tales habilidades e responsabilidades.

Sannasarda dixo:

—Non cho creo, seguro que a confundes con outra!

—Que dis, irei vello, si señor, pero chocho aínda non, pregúntalle aí ao Angelo Vazzano... Ti moitas escrituras lles fixeches aos Alfallipe daquela, é verdade ou non é verdade o que eu digo? —Manzello estaba imparable.

O notario Vazzano abaixou as pálpebras e acenou coa testa dúas veces, o rostro inescrutable, e todos comprenderon.

Animado coa confirmación de Angelo Vazzano, Ettore Manzello seguía a falar en voz alta:

—O Orazio levaba a vida dun solteiro sen preocupacións, sempre mo repetía, e ademais facía bromas sobre iso. Dicía que a Mennulara era unha fera nos negocios e que ela gobernaba todo na casa, nos campos e cos investimentos. Só lle pesaba cando tiña que gardar as aparencias e comportarse coma se fose el quen tomaba as decisións; pero ás veces cómpre un home: unha muller, aínda por riba analfabeta e criada, con certa xente non pode tratar. Ao Orazio só lle interesaba ter cartos para divertirse e comprar cousas inservibles. E gastar, gastaba o que non hai, para el e para as súas mulleres. Millóns lle custaban aquelas que se dicían señoras de categoría, máis ca se fosen mulleres de mala vida!

Ettore Manzello interrompeuse, pois acababa de darse de conta da presenza de Giovanni Parrino. Este, como home discreto que era, quedou impasible a carón da mesa. Despois afastouse para xuntarse a outra mesa de xogadores.

Cando se sentiron seguros de non seren oídos polo notario Parrino, os socios continuaron a darlle sobre o mesmo tema. Mesmo Vazzano contaba:

—O Orazio sostiña que non pagaba a pena vivir sen mulleres e que polos cartos gastados nelas non había que chorar. É irónico que se puidese divertir coas mulleres grazas ao traballo dunha doméstica, e solteira ademais.

A conversa adquiriu un ton picante sobre certo tipo de "servizos especiais" que as criadas mozas lles prestaban ao señores.

—Xa —engadiu Manzello—, poderíase dicir que a Mennulara lle ofrecía a Orazio e a toda a familia Alfallipe un servizo especial único, especialísimo en realidade: era unha burra que cagaba cartos, de verdade que era de envexar. Se na cama fose tan excepcional coma nos servizos da casa e nos negocios, o Orazio sería o home máis afortunado do mundo. Pero non se pode ter todo, e o Orazio recibiu moito da vida.

—Eu envexáballe a Mennulara, era unha gran traballadora... Muller honrada e leal serva das que xa non hai —dixo Vazzano.

O notario Parrino volvera á sala. Aparentemente seguía o xogo da mesa do lado, mais en realidade escoitaba a súa conversa, pensando na súa adorada filla e nas penas inflixidas por culpa da Mennulara. Achegouse ao grupo e dixo:

—Traballadora si, pero muller honrada non sei. É certo que unha persoa de prestixio non se molesta en ir ao funeral dunha serva calquera... ao dunha amante se cadra si.

Dito isto, despediuse cun "Boa noite a todos", deu media volta e saíu do círculo saudando cortesmente os socios ao pasar, mais sen se entreter nos cumpridos normais, e volveu lixeiro para a casa.

Os socios quedaron sorprendidos con aquela saída inequívoca dun home coñecido pola súa tolerancia e discreción, mais despois puxéronse outra vez a charlar tranquilamente, sentíndose autorizados a rexoubar sobre os amores de Rita Parrino, perdéndose en disquisicións pedantes pero mordaces sobre as actividades amatorias permitidas ás viúvas dentro dos límites da moral e do bo gusto, e sobre o estraño comportamento dos Parrino, pais indulxentes ata case superar o límite da decencia.

Pola noitiña, o notario Vazzano deixou o círculo en compañía do enxeñeiro Pomice. Percorreron un anaco de camiño a pé: ían os dous silenciosos. No momento da despedida, nun cruzamento, Pomice díxolle:

—Se eu fose amigo dos Alfallipe, diríalles que se metesen no seu e que se esquecesen da herdanza que aínda poden ter máis problemas. Se fose amigo do notario Parrino, aconsellaríalle falar pouco: esta tarde falou de máis, e ten que ter coidado. E como son amigo teu, Angelino, dígocho a ti: é mellor non falar nin mal nin ben de certos mortos.

Vazzano deulle unha longa e agradecida aperta de mans e volveu para a casa confortado pola confianza que lle demostrara o enxeñeiro Pomice, un home que se estaba a abrir camiño na política rexional e polo tanto un importante amigo que mimar.

Durante a noite do mércores 25 ao xoves 26 de setembro, o xardín da casa de campo dos Parrino sufriu graves danos a mans de descoñecidos.

O azar quixo que fose a señora Rita a primeira en decatarse, a mañá do xoves, cando foi levar uns bulbos para plantar para a próxima primavera. Atopou unha desfeita. Plantas e arbustos foran arrincados de raíz, os canteiros das flores estaban feitos un desastre: primeiro sacharan neles, destruíndo as preciosas flores que alí medraban, e despois foran cubertas de pedras e cal; os elegantes testos de terracota estaban esnaquizados, as plantas floridas cortadas e tripadas; as árbores vedrañas estragáranas todas e os troncos feríranos a golpes de machada; as esculturas e os asentos de pedra botáranos a rodar polo chan, deixaran as estatuas todas decapitadas. O estanque dos nenúfares, de augas claras e transparentes, orgullo de Rita, estaba cheo de lama turbia a fedorenta. Os peixiños de cores aboiaban no lodo, mortos. Os grandes, co ventre lañado, as tripas de fóra, estaban dispostos en ringleira sobre as pedras de lava que servían de asento arredor do estanque.

O paisano que facía de gardián da finca xurou pola alma dos seus fillos e sobre a tumba do pai que non sabía nada. A tarde anterior regara o xardín e deixárao perfumado e vizoso, talmente un paraíso. Non oíra ruído ningún pola noite, o cal foi confirmado pola muller e polos fillos. Aquela mañá marchara a sachar nunha leira afastada e a muller, que normalmente quedaba na casa, tivera que ir á vila a visitar a nai, que estaba para morrer. Abofé que era mala sorte que, mentres el e a familia estaban ausentes, uns desvergonzados fixesen aquela desfeita. Seguro que foran mozos que, desde que a Roccacolomba se chegaba logo pola autovía, andaban de rolda polos campos. Botando as mans á cabeza coa desesperación, engadiu que aínda era máis tráxico que a señora Rita xusto fose descubrir o dano antes ca el. Non lle fora posible arranxar o xardín, quitar o restos e as gallas cortadas, levar as plantas arrincadas e os peixes cheirentos para evitarlle á señora, a quen quería coma unha filla, o desgusto de atopar o seu querido xardín en tal estado.

XOVES, 26 DE SETEMBRO DE 1963

31

O padre Arena encóntrase co presidente Fatta na praza e toman un sorbete

O padre Arena saía da librería Pecorilla e subía polo camiño cargado de libros e a suar. A airexa outonal, aínda quente, movíalle o pelo mais non o refrescaba. Alegrábase de ter resoltos os seus asuntos na vila a tempo para volver ao campo pola mañá; buligáballe o desexo de deixar Roccacolomba e xa saboreaba o gozo de ler os libros que cambiara polos que lle regalara Adriana Alfallipe. Xa se vía sentado no xardinciño: as indianas en plena flor serían o fondo perfecto para pousar nelas os ollos cansos nas pausas da lectura.

—Bo día, padre Arena —a voz do presidente Fatta asombrouno.

—Os meus respectos, presidente —respondeu o crego.

—Déixame convidalo a algunha cousiña? —engadiu Pietro Fatta, co ton cortés e autoritario de quen non espera unha negativa.

Entón o padre, descartadas xa as esperanzas de coller o coche de liña da mañá, encontrouse sentado nunha mesa do bar Italia en compañía de Pietro Fatta, que había anos que coñecía pero con quen non tiña familiaridade ningunha.

Así que o camareiro se afastou da mesa cos pedidos, Pietro Fatta explicoulle o motivo da invitación:

—Desculpe a indiscreción, padre, é que me dixeron que ten vostede uns libros de D'Annunzio, escollidos para vostede da biblioteca do Orazio por Lilla Alfallipe. A Adriana díxolle á miña muller que o Orazio os tiña destinados para min. Francamente non lle sei por que: xa hai tempo que os lin e trátase dun autor pasado de moda que non quero volver ler. Pero a Adriana foi moi insistente e eu quería contentala; importaríalle cambialos por outros libros?

O Padre Arena estaba teso. Tatexou palabras confusas, o sorbete case se lle atragoa e a pouco máis non se baba polo queixo abaixo. Tivo que beber un grolo de auga, non daba formulado unha resposta que lle puidese evitar a vergonza de revelar que cambiara o agasallo da señora Algallipe precisamente por aqueles libros que tiña na bolsa, medio tapada pola sotana, caída aos seus pés. Abaixou os ollos para mirala. Tamén a el lle gustaría estar alí metido, dentro daquela bolsa, aplanarse e converterse nunha páxina calquera para pasar inadvertido, fuxir das poutas melifluas do presidente.

Pietro Fatta imaxinou que o cura non se quería separar daqueles libros. O padre Arena cometera algunhas transgresións de mozo, se cadra quería coñecer desde había tempo a D'Annunzio, e a súa petición acababa coa única oportunidade de posuílos inocentemente. Apertou os labios para conter un sorriso irónico e despois dixo:

—Non se preocupe, padre, quede con eles, perténcenlle a vostede. Pero permitiríame botarlles unha ollada?

Ás veces o Orazio anotaba os textos; prométolle que llos devolvo de aquí a mañá.

Alzando os ollos de can acurralado, o padre Arena, con dignidade e certa reserva explicou tatexando que a el tampouco non lle gustaba D'Annunzio: os volumes de Orazio estaban á venda na sección de "libros de segunda man" da librería Pecorilla. A el gustáballe moito a lectura, pero non se podía permitir comprar libros novos, e a señora Pecorilla deixáballe cambiar os que xa tiña lidos por outros da literatura moderna, máis do seu agrado. Con gran embarazo engadiu que non quería ofender a señora Alfallipe e contaba coa discreción de Pietro Fatta. Sorriron os dous, aliviados e case cómplices.

O avogado Manzello acababa de entrar no bar coa muller. Albiscándoos xusto naquel momento malinterpretou o seu comportamento; achegouse á mesa e exclamou, en ton xovial:

—Va que están a falar da segunda necrolóxica da Mennulara? Isto de verdade que é unha comedia!

O padre Arena e Pietro Fatta responderon á par co xesto que caracteriza a todos os sicilianos: engurraron a fronte e sacaron lixeiramente para fóra os labios cerrados. Entón, Manzello púxoos ao corrente da situación: o anuncio das paredes fora emendado con outros grandilocuentes eloxios da Mennulara, e aparecera unha nova necrolóxica no *Giornale di Sicilia*. Fincou as mans na mesa, esperando ser convidado a sentar con eles, pero a chamada da muller obrigouno a ir onda ela, para alivio do padre Arena e de Pietro Fatta.

Quedaron sós e beberon en silencio, a grandes e lentos grolos, o vaso de auga enteiro.

—Hai algo que non vai ben en casa Alfallipe, padre, e iso tenme preocupado —dixo Pietro Fatta—. Eu tamén lle quería á Mennulara... Gustaríame falar dela con voste-de, pero na miña casa, que por aquí lle hai demasiada xente. Podo convidalo a comer?

O padre Arena tiña gana de escapar da vila e recorreu a unha mentira; dixo que xa tiña un compromiso, pero tivo que acceder a facerlle unha visita o luns seguinte ás catro da tarde. Os dous homes separáronse e o padre Arena seguiu o seu camiño moi apesarado. Deixou de mercar o xornal a propósito e non quixo unirse á multitude de curiosos que estaba a ler e comentar en voz alta as correccións pegadas no anuncio da parede.

Pietro Fatta, porén, foi logo á librería Pecorilla, esperando non atopar alí e a aquela hora a curmá da muller. Mais alí estaba, rexoubeira e inoportuna coma sempre. Ambos eran conscientes da súa antipatía recíproca, pero mentres Pietro Fatta a evitaba con cautela, Rosalia Pecorilla aproveitaba perversamente calquera ocasión para ter con el desagradables conversas cargadas de indirectas.

Prometeulle que lle daría os libros que pedira así que a empregada os tivese ordenados, pois estaban nunha morea de volumes de segunda man na rebotica.

—Podo agardar, non me corre présa, moitas grazas e bo día —dixo Pietro, facendo que xa marchaba.

A Pecorilla parouno cun:

—Agarda, Pietro. Que acontece na casa da Adriana? Eu oio cousas alarmantes... Vai parecendo unha comedia, e non me gustaría que acabase en traxedia.

Aquela parente da muller tratábao cunha familiaridade que o parentesco remoto non xustificaba; irritado, Pietro díxolle bruscamente:

—Ti les demasiado; de traxedia non che hai nin a sombra, só se trata da morte dunha muller de mediana idade.

—Ai, iso é o que dis ti... Trátase tamén do que lle pasou á Carmela, da advertencia que levou o Massimo, de homes de honor que lle foron ao funeral... Tamén se fala de dúbidas sobre a causa da morte da Mennulara, e ti pensas que eu esaxero! —exclamou ofendida a señora Pecorilla, erguendo a voz.

Pietro Fatta dirixiulle unha mirada xélida, levantou o chapeu e saíu repetindo:

—Bo día outra vez, e grazas.

Volveu para a casa escollendo as escaleiras menos frecuentadas para evitar outros encontros.

A señora Pecorilla xirouse para Elvira Risico, que estaba a escoitar, e dixo:

—Non te preocupes por buscar eses libros, que xa os buscarás o luns. O presuntuoso do marido da miña curmá ben pode esperar. De non ser pola súa santa esposa, ninguén o trataría en Roccacolomba de tantos aires que se dá.

32

Roccacolomba está perplexa ante os ampliados anuncios mortuorios da Mennulara

Os roccacolombeses quedaron coa boca aberta (mais non por moito tempo) cando se deron de conta de que o anuncio de Maria Rosalia Inzerillo experimentara correccións. Debaixo dos datos de identidade da defunta había unha tira de papel, da mesma cor, co texto: "*Administradora e servente da casa Alfallipe. A apesarada liña familiar Alfallipe laiándose lamenta inconsolable perda eterna*". Outra tiriña de papel engadía máis abaixo: "*Desde os trece anos viviu en casa Alfallipe e serviu honradamente a familia que chora desconsolada por ela*". No *Giornale di Sicilia* apareceu ademais unha versión completa da necrolóxica, incluída a data do funeral, case con valor histórico.

Os poucos que non coñecesen os Alfallipe e a Mennulara poderían deducir que se trataba dunha criada moi querida, que na confusión tras o pasamento os Alfallipe non se puxeran de acordo entre eles sobre o texto da necrolóxica e que quixeran rectificalo formalmente, por estraño que fose.

A xente que sabía máis e as persoas que tiveran contacto directo cos Alfallipe sorprendéronse dobremente: a xulgar polo comportamento dos fillos no funeral e durante as visitas de loito, como moito cabería esperar modificacións do anuncio que atenuasen os eloxios á defunta e a descrición do dó que por ela expresaban, xusto o contrario do que sucedera.

"A santo de que veñen todos estes anuncios?" foi a primeira pregunta que todos os roccacolombeses se fixeron. A explicación era sinxela: os Alfallipe perderan a cabeza.

"E por que perderon a cabeza?" era a segunda. Non daban cunha resposta racional e convincente a aquela simple e pertinente cuestión.

A reacción inmediata das persoas amigas e coñecidas dos Alfallipe, como era previsible, foi a de iren correndo a velos á súa casa, aproveitando que as visitas de loito eran as únicas que se podían facer sen invitación e ás veces mesmo sen preaviso. Adriana Alfallipe recibiu as condolencias con gratitude e coa acostumada cortesía. Parecía cansa e algo atordada; desfacíase en lágrimas con facilidade e frecuencia. As visitas foron tantas que ninguén tivo a oportunidade de interrogala sobre o motivo dos recentes anuncios.

En realidade non era Adriana Alfallipe a persoa por quen a xente se molestaba en ir facer a visita de loito, senón polos fillos, para poder indagar —a partir do seu comportamento, ou a partir das respostas ás preguntas indirectas que se fan nesas circunstancias— os motivos da súa actuación. Os Alfallipe debían de ter previsto tal intento, porque Gianni fuxira para Catania e Carmela quedou coa nai por pouco tempo antes de volver para a casa queixándose dunha xaqueca (pero todos sabían que aínda estaba adoecida polos golpes do marido). Lilla andaba atarefada a recibir e acompañar ata a porta as numerosísimas persoas que se achegaban a casa Alfallipe, e conseguiu evitar preguntas directas sobre as necrolóxicas ata que as curmás Aruta se presentaron por sorpresa á hora de comer.

Mariella e Tanina Aruta eran unhas vellas solteironas algo parentes dos Alfallipe. Non eran de familia acomodada: o avó casara cunha persoa do servizo e por tal transgresión fora desherdado. Ían tirando mal que ben coa súa mercería; eran queridas en Roccacolomba pola súa cordialidade e amabilidade: non falaban mal de ninguén e sempre estaban dispostas a axudar o veciño. Tiñan outra virtude, moi apreciada na vila: a pesar de non murmuraren nunca, eran incapaces de gardar un segredo. Repetían todo o que lles contaban e contaban todo o que vían, non só sen esaxeracións nin adornos, senón tamén sen formular xuízos que parecesen negativos: eran o telégrafo sen fíos da vila.

Mariella Aruta pediulle a Adriana que lle amosase un bordado e as dúas mulleres foron ao cuarto da costura. Lilla quedou soa con Tanina Aruta, quen lle preguntou coa acostumada franqueza:

—Tes que me dicir por que cambiastes a necrolóxica, Lilla; moitos me preguntaron no negocio, e eu quería darlles unha resposta que sexa verdadeira, que outramente aínda che van pensar peor.

Lilla, que acordara anteriormente con Gianni a explicación que lle había que dar á xente, aproveitou a ocasión para contarlla, en ausencia de Carmela:

—O que agora ledes non é unha necrolóxica cambiada, senón o que debeu ser publicado ao principio. Sinto ter que dicilo, pero todo é culpa do Massimo. Ofrecérase a encargarse el da publicación das necrolóxicas que tiñamos escritas todos xuntos. Ti ben sabes que a mamá e a Mennù estaban moi unidas, e pola insistencia da mamá decidíramos pór o anuncio nas paredes e no xornal, escrito tal e como quería a Mennù. Non sei como nin por que, pero as necrolóxicas aparecidas o martes non estaban completas: o Massimo esquecería algo, ou non lería con atención os borradores, non sei. O caso é que a mamá se desgustou moitísimo, e diXemos para nós que é máis importante ter contenta a nosa nai que sermos criticados na vila. Así que por fin a xente vai ler a versión orixinal.

Massimo e Carmela, pola súa parte, deron unha explicación lixeiramente distinta: non se sabía como, pero ben os tipógrafos, ben o redactor do *Giornale di Sicilia* omitiran algunhas palabras do texto orixinal. Massimo lamentárase moito, explicando a dor que se lle causara á sogra pola omisión, e foran eles os que corrixiran o erro correndo cos gastos.

As señoritas Aruta fixeron o que puideron para difundir a versión dos Alfallipe subministrada por Lilla, pero atoparon poucas persoas dispostas a crer nela. Canto á explicación dos Leone, foi desmentida polo tipógrafo.

33

Lilla tenta comprender algo de todo o asunto, recorda os acontecementos do pasado e acaba por darlle a razón á Mennulara

A mañá do xoves 26 de setembro, Lilla tivera unha longa conversa telefónica co marido, que andaba furioso por culpa da segunda necrolóxica no *Giornale di Sicilia*. Gian Maria esixía unha explicación racional, cousa que era imposible, porque non a había. Estoupando en lágrimas, Lilla faloulle da presenza do capo da mafia no funeral, do derramo do coche de Massimo e da mensaxe de clara orixe mafiosa que apuntaba á súa negativa a publicar a necrolóxica pedida pola Mennulara.

Confesou que tiña medo da morta, que mesmo parecía coma se se tivese convertido nun espírito maléfico a voar sobre a familia e que non se ía acalmar mentres non obedecesen as súas ordes; estaba convencida de que na vila os espiaban e temía pola integridade propia e a da filla. O marido mandoulle volver para a casa ao día seguinte.

A certeza do próximo retorno a Roma tivo un efecto calmante sobre Lilla, que se recompuxo e soportou con estoicismo a romaría de visitas de loito. Aquela tardiña, por fin soa no seu cuarto, púxose a facer a maleta e puido reflexionar. Non houbera máis advertencias e case se avergonzaba polo comportamento histérico da mañá, que atribuía á súa aversión por Roccacolomba e pola propia familia.

Cando o pai aínda vivía, Lilla volvía á vila con gusto, en visitas breves; a decisión da nai de establecerse na casa da doméstica fixéraas insoportables, e iso tamén era culpa da Mennù, con quen, despois da morte do pai, a relación se fixera conflitiva.

Todo comezara cando el se puxera malo. Os pais e a Mennù insistiran en que non facía falta chamar unha enfermeira, como ela dixera. O doutor Mendicò aprobara tal decisión e de feito a Mennù, que coidara da súa nai e da avoa Lilla, encargárase daquela tarefa demostrando ser unha enfermeira óptima. Lilla volvera para Roccacolomba uns días antes da morte do pai e axiña se tivo que enfrontar a unha nova conduta da Mennulara: sen deixar de cumprir coas propias tarefas, a miúdo se ausentaba do dormitorio de Orazio, durante o día, cando os familiares estaban con el, pero seguía a pasar alí as noites. Ela dicía que tiña que botar conta das terras e outros negocios, pero o caso é que no momento da morte de Orazio a Mennù estaba fóra, xusto cando na casa máis a necesitaban: ao volver, expresou a súa dor de modo contido e meteuse no traballo doméstico e nos preparativos para o loito.

Poucos días despois da morte do pai, a familia estaba reunida polo serán para a cea, coa excepción de Massimo, que estaba fóra da vila. A Mennù non aceptara o matrimonio de Carmela e, cando el visitaba os sogros, retirábase aos cuartos do servizo; as raras veces que este comía na casa, ela negábase a servir a mesa, deixándolle o traballo á outra criada, Santa. Aínda non sendo favorable ao matrimonio, Lilla consideraba intolerable tanto o acto de prepotencia por parte da Mennù coma a reacción sometida e covarde dos pais que lle consentían portarse daquela forma.

Aquela tarde, pois, a Mennù servía a cea, coma no pasado. Ao final pousara o froiteiro no centro da mesa, despois collera unha das cadeiras pegadas á parede e sentara canda eles. Esa era a práctica instaurada desde que se convertera na administradora para os casos en que quería tratar asuntos importantes coa familia.

—Eu son do servizo da casa Alfallipe, e cando entrei na vosa casa prometinlle á defunta señora Lilla que había de servir o seu fillo Orazio para toda a vida. Mantiven a miña palabra e cumprín co meu deber. Agora vou cansa, dóenme os ósos e xa me vai sendo hora de descansar. Que saibades que non quero continuar a traballar —levantou as mans da mesa e púxoas sobre o mandil branco, as mans pequenas e morenas, estrañamente delgadas e sen calos. Os ollos negros craváronse en cada un deles, cada un á súa vez, brevemente: non amosaba emoción ningunha, e quedou impasible á espera dun xesto polo menos. Pero non houbo tal e a Mennù proseguiu—: Comprei un piso aquí cerca. Ten dous dormitorios, está totalmente amoblado, ten calefacción central e aire acondicionado. Quedo a servir outro mes máis, para vos axudar na división da herdanza do voso pai, e mesmo estou disposta a administrala eu, sen retri bución, se queredes. Despois deixo o pazo Alfallipe e marcho para a miña casa.

—Que dis, Mennù? Déixasme xusto agora que falta o Orazio? —a voz de Adriana era feble, grandes lágrimas lle caían sobre as mondas de froita do prato.

Gianni dixera con ton autoritario, nun patético intento de afirmar a súa recente posición de cabeza de familia:

—Non me parece que este sexa o momento de falar de cambios tan inesperados e radicais.

—Pois é tal. Vós pasades as dúas semanas das visitas de loito, cada un de vós prepárase despois para volver á súa casa e dedicarse aos seus asuntos e todo queda coma antes, pero tendes que comprender que as cousas cambiaron para a vosa nai. Esta casa évos moi grande, non ten calefacción, hai que gastar cartos para facela cómoda; vosa nai e mais eu imos cada día máis vellas e logo ha chegar o tempo en que eu non a darei servido como ela estaba acostumada, e ela non merece iso. É o momento xusto para tomar decisións, tamén para vós —os demais calaron: a resposta da Mennù non admitía réplica.

Foi entón cando a nai erguera os ollos compasivos e preguntara:

—Mennù, quen vai ir vivir contigo?

—En Roccacolomba non teño familia —respondeu ela, abaixando a voz.

—Lévasme á túa casa? Non che causarei molestia; eu non podo vivir soa, ben o sabes —os fillos quedaron a mirar para ela, sorprendidos. As lágrimas xa caían copiosamente.

A Mennù quedara impasible; pero a súa resposta non se fixera esperar:

—Se todos concordades, por min non hai problema, pero as cousas teñen que quedar claras: eu sírvoa como fixen sempre, na miña casa, pero as súas partidas de cartas e as visitas teñen que ser no pazo Alfallipe. Eu téñovos limpas as salas e os dormitorios para cando vós veñades a Roccacolomba, mais para durmir e comer ela queda na miña casa, como hóspede ao meu coidado.

Carmela fora a primeira en falar:

—De verdade que non entendo que é o que che pasa, Mennù. Xusto agora o dis... O papá hai pouco que morreu, non podes agardar uns días? Non falei nada co Massimo; si, xa sei que non o podes ver diante, pero é o meu home, e sen el non quero tomar decisións. Mamá podería vir á miña casa, que sei eu? Pódese atopar outra solución.

E rompeu ruidosamente a chorar, escondendo a cara co pano de holanda. Lilla e Gianni estaban sen palabras, o silencio da sala só era quebrado polo maino xemido da nai e os saloucos de Carmela, comprimidos e atenuados polo pano.

—Estúpida! —a voz da Mennù atronou con desprezo, tratándoa coma se aínda fose unha rapaza—. Estúpida es e estúpida fuches ao colleres por marido ese cazador de dotes. Non ves que este sistema o deixa quedar ben ante toda a vila, que túa nai o pode recibir como e cando queira no pazo Alfallipe? Ata vai poder durmir nesta casa, o tipo ese.

Lilla tivo que intervir:

—Podemos deixar esta conversa polo menos ata mañá pola tarde? Gustaríame pensar que o papá non había querer que chegásemos a un litixio, e a mamá está a chorar.

—Tendes razón; ata mañá entón, pero que quede claro que eu só traballo outro mes máis e que necesito unha resposta axiña.

E dicindo isto, a Mennù ergueuse e empezou a recoller a mesa, en silencio.

Aquela tarde os fillos tiveron a primeira grande rifa coa nai. Carmela ofrecíase a levala para a súa casa, os outros dous suxerían pola contra que quedase no pazo Alfallipe e aducían que xa darían con outra asistenta, que xa chegara o momento de librarse da Mennù, que acabaría sendo unha verdadeira tirana en vista de que xa non estaba o pai para pararlle os pés. Lilla aseguroulle á nai que o seu marido, que detestaba as inxerencias da Mennù, a súa groseira fala dialectal e a actitude de familiaridade coa filla, non había tolerar que a cativa acabase sabendo que a avoa vivía na casa da doméstica: habíalle prohibir ir a Roccacolomba. Adriana Alfallipe, pola súa parte, parecía contenta de ir vivir á casa da Mennù, onde e como fose, e non o consideraba absurdo nin indecoroso.

As discusións entre nai e fillos continuaron durante os días seguintes sen se chegar a avinza ningunha; a Mennù seguía a traballar silenciosa e non volveu tocar o tema. Mentres, os tres irmáns comunicáronlle que ían administrar o seu patrimonio sen a súa axuda: ela respondeu que cometían un erro pero que en caso de necesidade os axudaría de todas maneiras.

Foi así que a señora Adriana, ao final do mes, marchou ao modesto piso da Mennù, coa desaprobación de Gianni e de Lilla, que espazaron as súas visitas. Lilla non volveu a Roccacolomba e a avoa non vía a neta máis ca cando ía a Roma, no verán. Porén, Carmela deixou de oporse a aquela cohabitación, pois que lle viña ben a Massimo, que chegara a temer que tería que apandar coa sogra.

Os tres irmáns, inexpertos na administración dos seus bens, atoparon certas dificultades. De mala gana tiveron que recorrer á axuda da Mennù. Unha vez resoltos os problemas, ela repetiulles a oferta de volver coller a administración do patrimonio, mais ante a negativa deles díxolles que non os ía axudar máis, cousa que os ofendeu profundamente. Entón pedíronlle á nai que lle quitase á Mennù a administración do seu patrimonio, pero ela non quixo. As relacións deterioráronse aínda máis.

Despois do cabodano do pai, celebrado en Roccacolomba, a Mennù pediulles unha reunión a soas con ela.

Fíxolles entón unha sorprendente proposta aos tres irmáns Alfallipe:

—A defunta señora Lilla e voso pai estarían doídos se soubesen que case nunca visitades a vosa nai e que a chamades por teléfono tamén moi raramente: debédeslle ese respecto. Dáme pena vervos de malas con ela, e entendo que é porque a collestes comigo, que estamos en pé de guerra entre nós. Non vos quero pedir que fagamos as paces, porque eu penso que obrei correctamente, e vós pensades outro tanto, e xa se ten falado dabondo. Pero a señora Adriana é infeliz porque non ve moito os fillos, e a min iso non me gusta. Quero que a Lilla e mais o Gianni a chamen por teléfono todas as semanas e que veñan a Roccacolomba a visitala todos os meses, mentres que a Carmela a vai visitar catro veces ao mes. Os meus cartos téñoos ben investidos e teño unha boa renda. Fágovos unha oferta: á fin de cada mes douvos medio millón a cada un, pero tendes que vir por el á miña casa, onde estará á vosa disposición o día 25 de cada mes. Se por calquera motivo non lle facedes a visita á vosa nai, como acordamos, perdedes a paga.

Os tres irmáns aceptaron: desde aquela Adriana Alfallipe viviu satisfeita na casa da Mennù e os paisanos gabaron a Lilla, filla de verdade moi entregada, que nunca faltaba á súa visita de fin de mes.

Lilla tivo que admitir que, malia as ferintes humillacións inflixidas pola Mennù, en liñas xerais tivera ela razón no que respecta á súa inexperiencia para administrar a herdanza do pai e no que respectaba ao matrimonio de Carmela. Non estando ela, ía botar en falta a cantidade nada insignificante que percibía cada mes. Lilla sentíase soa.

Os irmáns, tan distintos dela, decidiran vivir en mundos afastadísimos do dela. A nai, fisicamente presente durante a infancia e a adolescencia, sempre fora emocionalmente distante, unha sublime egoísta. De rapaza sufrira a súa esaxerada predilección por Gianni, pero de adulta xa comprendía que aquilo era un peso para o irmán, vítima dun amor materno obtuso e opresivo. Carmela era egoísta e frívola coma a nai, e co matrimonio caera moi baixo socialmente falando.

O pai inculcáralle o amor pola arte, pero xamais se amosara dispoñible cando ela tivera necesidade del, e tamén descoidara moito a Gianni e a Carmela. Os seus pais conviviran baixo o mesmo teito pero levando en realidade vidas separadas; as esixencias do un sempre tiveran absoluta prioridade sobre as do outro ou sobre as dos fillos. Porén, a pesar das repetidas traizóns do pai, podíase dicir que o deles fora un éxito de matrimonio: Lilla non tiña ningún recordo de afecto entre eles ou deles cos fillos, mais tampouco de liortas nin desacordos. A Mennù traballara arreo para manter o equilibrio familiar e a súa estabilidade financeira. Igual debían estarlle agradecidos por iso.

Pensando na volta a Roma, adormeceu case serena.

VENRES, 27 DE SETEMBRO DE 1963

34

O correo tráelles novidades esperanzadoras aos Alfallipe

Eran cerca das oito da mañá. A señora Alfallipe e Lilla estaban a tomar o café no dormitorio da señora, antes de Lilla se preparar para a volta a Roma. O momento da despedida dos pais presenta sempre certa dificultade, pero desa vez parecía fácil e carente de emocións, agás por un certo alivio. Nai e filla estaban como amoucadas polos acontecementos da semana.

Santa entrou no cuarto, axitada: na portería estaba o carteiro, que pedía unha sinatura para unha carta certificada. Lilla baixou e volveu onda a nai cun sobre co enderezo escrito a máquina. Botárana na capital da provincia. Lilla abriuna impaciente: estaba datada o día anterior, 26 de setembro, e viña escrita coas grandes letras maiúsculas da Mennù, sen asinar. Lilla leuna en voz alta.

Non fixestes como vos dixen eu, pero agora que metestes o anuncio no Giornale di Sicilia *perdóovos, sempre e cando fagades como vos ordeno.*

Ide ao despacho do voso pai. Detrás da enciclopedia Treccani hai un dobre fondo. Quitade os volumes da en-

ciclopedia. Veredes unha portiña. Abrídea. Dentro hai tres estantes. Alí hai oito caixas embaladas. Non as abrades. Conteñen unhas vasillas antigas que quero que levedes hoxe ou mañá ao Museo rexional arqueolóxico, no coche. Tende coidado de non batelas. Conducide a modo. Se escachan haberá problemas. No museo preguntade polo doutor Palmeri, que está á vosa espera. Dicídelle só que ides de parte da Mennulara, e dádelle o voso nome; explicade que necesitades un certificado de autenticidade e que as vasillas vos pertencen aos tres. Non toquedes máis nada na casa e non busquedes máis nada.

Así que recibades o certificado, agardade por outra carta. Lembrádevos de facer como vos digo.

Lilla pousou a carta na mesa e dixo:

—Vamos ao despacho.

As dúas mulleres erguéronse. Non foi preciso dicir máis nada e puxéronse en camiño atravesando os salóns, a sala de billar, os corredores, as salas de paso, chegando ao despacho pola porta interior. Envoltas nas súas batas zoantes, desprazábanse sobre os poeirentos pavimentos de maiólica, esveltas e lixeiras, abrían as portas dos cuartos escuros, de ventás cerradas, case deshabitados, e volvíanos deixar totalmente cerrados ao seu paso; acendían e apagaban as luces de cada sala; segundo ían avanzando cara ao despacho, unha xiraba o interruptor e a outra apagábao na sala precedente co ritmo e a sincronía dun ballet sen música. Chegaron finalmente ao despacho e alí pararon.

—Que facemos? —preguntou a señora Alfallipe, pronta á acción.

Lilla fitouna con desdén: a nai queixábase de cansazo e dores ante calquera mudanza na súa ríxida e preguiceira rutina, pero desa volta estaba ben espelida e disposta.

—Non quero abrir as contras, que a xente podería vernos... Imos apartar os libros e mirar a ver se é como di ela —respondeu.

Lilla tirara coas présas algúns libros ao chan cando entrara alí para escoller os libros para o padre Arena. Ademais o maxestoso despacho estaba cheo de po, pero en orde; tiña ese cheiro particular e invasor, unha mestura de po estratificado, humedén, a doce podremia do papel comido polo caruncho que os cuartos deshabitados teñen e conservan durante moito tempo, coma se quixesen castigar e reprocharlles aos donos por telos amado e despois abandonado.

Comezaron o traballo con coidado, mantendo a sincronía dos movementos, nun silencio case relixioso. Lilla subira á elegante escaleira de rodas da biblioteca, quitaba os pesados volumes forrados en pel e pasáballos á nai, que os ía collendo un por un e pousándoos no chan, un enriba do outro, formando pequenas columniñas da mesma altura. Unha vez quitado o último libro, Lilla baixou ao chan e limpou o po das mans contra as pernas, de pé ante os estantes. A nai puxéraselle ao lado e así quedaron unha a carón da outra: as batas lixeiramente descompostas por aqueles movementos desacostumados quedábanlles sobre o corpo cunha caída case elegante, mentres miraban caladas para a librería.

—Abrimos —dixo entón Lilla, e xirou o tirador da falsa porta, que abriu renxendo.

Alí estaban, oito caixas idénticas, aliñadas ordenadamente no seu agocho, envoltas en papel de embalar, ben atadas con forte fío de cánabo, listas para seren levadas ao museo. Unha sensación de confortante benestar invadiu as dúas mulleres, que as miraban abraiadas. A señora Alfallipe dixo:

—A ver se está todo ben.

—Esperemos —respondeu a filla, e engadiu—: Hai que chamar ao Gianni. Podo levalos eu hoxe mesmo, pero ten que vir comigo un dos homes, que son fráxiles. Deixamos todo así polo de agora e fechamos a porta con chave.

Fixeron de volta o mesmo traxecto por toda a casa, aliviadas. Segundo se ían aproximando aos dormitorios, sentiron as voces groseiras de Santa, que fora recoller a bandexa do almorzo e, ao non dar con elas, se puxera a buscalas por alí sen éxito, sen imaxinar que marcharan ata o despacho do avogado. Santa temera que lle dera un ataque á señora ou quizais outra desgraza, e puxérase a percorrer os cuartos ocupados pola familia; mesmo baixara á portería, entrara no patio interior, nas bodegas, chamando por elas a berros.

Tiveron que aturar unha boa escena por parte da muller, sufocada e moi axitada, que acabou botándose na butaca da señora pedindo un pouco de auga. Así que refrescou a gorxa, berroulles coma se estivesen ao seu nivel por lle ter dado tal susto. Lilla contívose para non contestarlle e dicirlle que aquel non era xeito de tratar os señores da casa, pensando que xa o faría no seu momento: Santa andaba moi solta ela, igual cría que tiña dereito a comportarse coma a Mennù. Aínda así, deixouna desafogarse e explicoulle que foran a unha das salas do fondo a coller unhas cousas para levar a Roma.

Así que quedaron soas, Lilla telefonou o marido e os irmáns. Co mesmo coidado e economía de palabras organizaron o transporte das vasillas ao museo pola mañá. Estaban aliviados e confiados, aínda que perplexos perante a continua e inexplicable vixilancia e presenza da Mennù nas súas vidas. A señora Alfallipe quedou contenta e serena para todo o día. Ao separarse de Lilla e das vasillas dixo:

—A Mennù protéxenos desde o ceo, hai que facer como di ela... Lembrade todos: ela, desde o ceo, pensa no noso ben.

No medio da confusión xeral, ningún dos Alfallipe pensou en abrir nin sequera unha das caixas para verificar o contido, nin se fixeron preguntas sobre a procedencia de tales restos, seguramente dubidosa e ilegal. O problema de fondo deles, dar coa orixe dos pagamentos mensuais, seguía sen estar resolto en absoluto e, pola contra, aquela era outra complicación máis de natureza sospeitosa. Pero aos Alfallipe nada daquilo lles pasaba pola cabeza: chegaba con que a Mennù se tivese posto en contacto, non importaba como nin por que, e non tiñan dúbidas de que a fonte dos cartos volvería correr para eles.

Despois da rectificación das necrolóxicas, as visitas de loito multiplicáranse. Os roccacolombeses atoparon a familia Alfallipe serena e ben disposta, por non falar dos eloxios que os fillos dicían da súa Mennù: persoa excepcional, dedicárase a eles en corpo e alma, queríalles coma unha segunda nai. Mesmo estivera encima deles para os estudos, de tanto que quería ela aprender, e adquirira certa cultura —dentro do que unha doméstica pode aprender, enténdase— compracendo o pai nas súas teimas de coleccionista. Os visitantes, abraiados ante tal repentino cambio, axiña lles foron contar aos demais que a tolemia facía estragos en casa Alfallipe, onde a Mennulara xa non era desprezada, senón loada como o seu anxo custodio e como muller de cultura.

O doutor Palmeri recibiu a Lilla e Gianni con amabilidade. Prometeu que había revisar o contido das caixas sen tardar, engadindo:

—Déanlle da miña parte o meu saúdo máis respectuoso ao señor Mennulara, é un grande experto autodidacta da cerámica ática da Magna Grecia.

Xa nada podía coller de sorpresa aos Alfallipe, nin sequera que o doutor Palmeri, arqueólogo do museo rexional, tomase a criada por home e aínda por riba experto en arte. Lilla e Gianni, fieis ás ordes da Mennù e seguros de seren "observados", non delataron xesto ningún, sorriron e despedíronse.

35

Lilla ten lembranzas agradables da Mennulara

Lilla estaba no avión de camiño a Roma. Non lle gustaba recordar episodios da súa vida de rapaza en Roccacolomba. Aquel día viñéronlle algunhas imaxes da súa infancia que pensaba ter esquecidas ou quizais unicamente deixadas de lado.

Era o tempo do desembarco dos Aliados, durante a guerra, en 1943. A familia marchara a unha das propiedades máis remotas, nun alto val do interior. Sentada no colo do pai, Lilla miraba as ilustracións dun libro de arte que estaban a ler á par, sentados nunha manta debaixo da gran copa dunha moreira, e ela estaba contenta de ter toda a atención do pai para ela soa. Sentíase observada e ergueu a vista. Tamén estaba a Mennù baixo a árbore, a coser; observaba docemente compracida, as mans pousadas na cintura deixaran escapar o ovo de madeira de dentro da media que estaba a remendar. Lilla sorriulle e os labios carnosos e saíntes da Mennù abríronse tamén nun sorriso de complicidade.

Aquela época fora especialmente feliz para Lilla, malia a natureza dos acontecementos que a causaran. Vivían nunha casiña de labregos, agochada entre as árbores, preto dun regato. Refuxiáranse alí cos pais e a avoa, temendo o peor, levando para o servizo unicamente a don Paolino, o chofer e a Mennù. Os fillos non estaban ao corrente da invasión da illa, a pesar de saberen que a guerra continuaba, e gozaban dunhas vacacións campestres que parecían prolongarse ata o infinito. A Mennù suxeríralle ao pai que suplise a carencia de educación escolar aprendéndolles todo o que se podía aprender no campo, e todas as tardes, mentres a nai e a muller repousaban, Orazio levábaos polo campo con ela. Lilla nunca estivo tan próxima ao pai coma entón.

Veulle outro recordo doce: estaban baixo unha enorme alfarrobeira, o pai dobraba as gallas baixas e impartía leccións de botánica, explicaba a longa viaxe do zume polas plantas, contaba o milagre da polinización, identificaba os parasitos das follas. A Mennù escoitaba absorta. Moitas veces durante as leccións afastábase para apañar seixos, bagas, bichiños que lle levaba ao pai, comas se ela fose tamén alumna. El collía un por un, observábaos termando deles delicadamente sobre os dedos dela, que tanto lle gustaban a Lilla, e daba explicacións fascinantes. A Mennù escoitaba e despois daba a súa contribución aproveitando a súa propia experiencia nos campos; ás veces mesmo o corrixía. Coñecía ben as virtudes medicinais das plantas, os remedios contra as picaduras e as mordidas dos animais, os seus hábitos durante as distintas estacións.

Un raio atravesou o recordo de Lilla daquel día: o pai e a Mennù examinaban as longas bagas da alfarrobeira, e rían os dous, mirando un para o outro. Lilla sentírase alegremente partícipe e excitada por algo moi poderoso que, porén, se lle escapaba.

Pero a Mennù axiña acabara sendo a súa única mestra de leccións campestres: o pai, ocupado nunha aventura galante cunha señora tamén agochada na zona, perdera o interese. Ela levábaos de paseo polo campo ata que se paraba de súpeto para facerlles aceno de calar: mirara un estraño paxaro por riba das árbores, un coello espantado, unha pedra cunha forma curiosa, un obxecto abandonado. Decatábase de todo antes ca ninguén. Explicaba a vida dos animais, segundo a entendía ela, o efecto da podadura nas árbores, as marabillas do enxerto que converte a pereira en pexegueiro, como a eiruga se converte en bolboreta. Lilla divertíase, parecíalle coma se o mundo enteiro estivese en continua e marabillosa transformación, sentíase libre.

A Mennù preparaba merendas exquisitas co pouco que se podía atopar en tempo de guerra, bocadillos de tortilla, cebolas e olivas, sardiñas salgadas empapadas en aceite e limón, que despois comían baixo as árbores. Nas horas de calor, se estaban sós, quitaba os zapatos que levaba tanto de verán coma de inverno, e andaba cos pés descalzos, deitábase no chan e miraba para o ceo, feliz. Cando viña o vento forte desfacíaselle o moño da caluga. Entón deixaba a cabeleira solta, "secasí o vento sempre vence", dicía, e avultábaselle toda, coma se estivese presa no propio peiteado; os cabelos formaban rizos grandes e mestos coma unha crina que lle caía sobre os ombreiros. Era case fermosa.

Rematado o período da evacuación, volveran á vila. A avoa estaba mal de saúde e había problemas financeiros. Lilla retomara a vida monótona e opresiva que viña caracterizando a súa infancia. Vían pouco o pai, sempre ocupado polos seus intereses fóra da familia. A nai pasaba as tardes xogando ás cartas. Eran tempos difíciles en que os cambios sempre eran para peor. A miúdo falaban na casa de vender propiedades para sobrevivir cos capitais.

Decidírase que a Mennù se ocuparía tamén da cociña e reducírase o persoal do servizo. Pero os pais quixeron empregar unha rapaza con estudos para se encargar dos fillos. A familiaridade coa Mennù, que só falaba dialecto, impedira que eles aprendesen ben o italiano e quedaban poucos anos para que a Lilla chegase á idade de casar: tanto a avoa coma os pais temían que as dúas raparigas se vulgarizasen por culpa do continuo contacto coa muller, que se ocupaba dos seus estudos á súa maneira e estaba enriba deles para todo. Obviamente a Mennù non fora posta ao corrente de tales preocupacións e desgustárase moitísimo por aquela decisión que considerou unha inxustificada intrusión na área das súas competencias, como así o dixera, mais os Alfallipe non cederan ás súas protestas. Lilla recordaba que tamén aquela señorita, antipática por outra parte, fora despedida, pois que tamén había que aforrar nos salarios, de maneira que do servizo só quedaran dous: don Paolino e a Mennù, axudada ás veces por mulleres a media xornada.

De maneira que a Mennù volvera ser a responsable dos rapaces. Non era coma antes: servíaos para todo, pero Lilla notábaa distante e case hostil. Algún tempo despois da morte da avoa fora ela quen colleu as rédeas da administración das fincas. Cargada co traballo e as cavilacións fora facéndose arisca, impuña a súa vontade sobre todo o funcionamento da casa e da familia, dándolles prioridade ás peticións da nai e aos desexos e caprichos do pai, mentres que os fillos eran a última preocupación tanto para ela coma para os pais.

Desde entón tivera algo de enigmático e incomprensible. Aos poucos, fora converténdose nunha serva-señora a quen pais e fillos se dirixían para cuestións de cartos; mais continuaba orgullosa do seu papel de criada para todo e atendíaos coma antes. Non quixo que Lilla aprendese a cociñar nin a facer os labores que lles gustan as rapazas, como bordar. Facía todo ela. Non collía días de descanso, agás as dúas semanas que pasaba cos sobriños, con quen mantiña unha estrita correspondencia, ditándolle as cartas a Lilla. O seu momento de repouso diario era pola tarde despois de comer, entre as dúas e media e as catro. Retirábase ao seu cuarto ou ao despacho contiguo ao do avogado, para facer contas. Ninguén se atrevía a molestala; mesmo el lle pedía permiso para entrar no despacho durante aquelas horas, e ela non sempre accedía.

Lilla non tiña máis recordos bos. Era tristemente consciente das aventuras extramatrimoniais do pai que non parecían turbar a súa nai. A vida en Roccacolomba era claustrofóbica; moitas familias venderan a casa da vila e marcharan ás cidades. Lilla correspondera con entusiasmo o amor dun cirurxián lombardo e casara moi nova, contenta de deixar unha familia sen alma e unha vila sen futuro. A Mennù aprobara aquela elección, a condición de que continuase cos estudos universitarios, e animou os pais a ofreceren un fastoso banquete de voda.

Ese serán, xa na casa, Lilla relatoulle ao marido os acontecementos extraordinarios da semana. O episodio das vasillas era importante, pois que demostraba que existía un complexo sistema de control e comprobación do comportamento dos Alfallipe, programado pola Mennù coa axuda de descoñecidos, e executado por unha multitude de persoas. Probablemente o anuncio do xornal fose unha mensaxe en código. Os motivos e o fin de tal complexo mecanismo non estaban claros: había que saber máis sobre a Mennulara e decidiron entón chamar por teléfono ao sobriño.

DOMINGO, 29 DE SETEMBRO DE 1963

36

Lilla Alfallipe e o marido reúnense con Gerlando Mancuso, sobriño da Mennulara

"Parece un de nós", observou Lilla dirixíndose ao marido mentres se achegaba ás butacas da sala do hotel onde os agardaba o enxeñeiro Mancuso. De mediana estatura e moreno, ía vestido con esmero: chaqueta de la a cadros, bonitos zapatos deportivos, un reloxo discreto no pulso. Lía o xornal mentres agardaba por eles. Feitos os primeiros saúdos, Lilla deulle as condolencias de rigor; sentíase liberada, pois xa estaba farta de recibilas.

—Debería darlle eu as condolencias, señora Bolla. A tía Rosalia, na nosa opinión, queríaos a vostedes como fillos, e a nós como sobriños, e seguro que era correspondida. A fin de contas, sempre viviu na súa casa e connosco só pasaba dúas semanas de vacacións ao ano —respondeu el.

Lilla non esperaba semellante introdución e Mancuso deuse de conta e acorou, consciente de ter falado sen vir ao caso.

—Grazas, pero eu o que quería era que me falase da súa tía... Era unha muller fóra do común e reservada, sobre todo canto á súa vida privada. Gustaríame saber algo máis —Lilla non foi quen de engadir máis nada.

—Ten vostede razón, non é fácil definila. Sen dúbida que estaba dotada dunha notable intelixencia amais de certa cultura: unha muller complexa. Na casa riamos do seu secretismo: meu pai, que estaba no corpo dos Carabineiros, sostiña que de ter nacido home acabaría sendo capo da mafia. Dicíalle "muller de honor".

Gerlando Mancuso falaba o italiano doce do continente, co erre francés, pero pronunciou as últimas tres palabras en perfecto siciliano. Gian Maria fíxollo notar, con tacto.

—Por desgraza, nós nacemos e vivimos sempre no norte, e eu non coñezo a Sicilia, mais sempre mantivemos o dialecto para nos comunicar coa tía Rosalia, que se negaba teimudamente a falar o italiano. Eu penso que se avergonzaba da súa falta de instrución e do seu limitado coñecemento das normas de educación.

Mancuso volveu pensar outra vez que metera o zoco ao falar, dando a impresión de que o acento siciliano era indecoroso, e engadiu dirixíndose a Lilla:

—Permítame que lle diga, señora, que o seu acento siciliano se deixa ver deliciosamente no seu perfecto italiano.

A Lilla non lle gustaba que se lle notasen as súas orixes meridionais, de maneira que sorriu e pasou axiña ao tema que lle interesaba:

—Seguro que vostede xa saberá que a súa tía administrou os bens da familia ata a morte do noso pai e despois seguiu a xestionar o patrimonio da nosa nai. O seu imprevisto pasamento deixounos bastante confusos sobre varios aspectos da administración, pois que morreu prematuramente e non tivo tempo de arranxar nin os asuntos dela nin os nosos... Non lle deixaría a vostede algunha disposición, unha nota, un testamento?

—A tía falaba de negocios comigo, que son o sobriño máis vello, e non me deu nada para vostedes nin, que eu saiba, tiña pensado facer testamento. Non esperaba eu tal cousa, porque xa anteriormente nos fixera doazóns e fora moi xenerosa connosco. Nós non esperamos herdanza. Todo o que posúe irá para a familia Alfallipe, estou seguro. Falamos do tema en agosto, durante a súa última visita. Estaba contenta por ter arranxado todo co banco. "Hei morrer tranquila porque cumprín cos vivos e cos mortos", foron as súas palabras. Era previsora e deixaría as cousas organizadas para evitar os impostos de sucesión. Conque, señora, polo que eu sei, o seu patrimonio queda para vostedes os Alfallipe.

Lilla non tiña palabras. Interveu o marido:

—Os herdeiros Alfallipe están ás escuras. Eles recibían da tía de vostede uns determinados cartos todos os meses, e ademais seica viñan por correo, co risco de se perderen ou que os roubasen. Non lle parece incrible?

—Paréceme, pero é típico do comportamento da tía. Tamén facía así connosco mentres que non comezamos a traballar e xa non fixo falta a súa axuda. A única tacha é que quería facer todo por si mesma e gardar unha reserva obstinada sobre a súa vida e os seus aforros. Para nós foi sempre un misterio como é que fixo para manter a avoa e a miña nai desde que andaba ás améndoas polos campos. Sei que de grande aprendeu a administrar ben, que era aforradora e que investía con incrible fortuna. A mamá contaba que xa de cativa sabía multiplicar os cartos coma se fosen os peixes do Evanxeo. Pense que na inmediata posguerra nos axudou a mercar a nosa primeira casa regalándonos unha boa suma de diñeiro.

—De onde lle viñan eses cartos? Nunca se preguntaron de onde procedían? —inquiriu Lilla a queimarroupa.

Fixera para si os cálculos mentais: naquel tempo a Mennù non era máis ca unha doméstica de soldo miserable, a avoa aínda estaba viva e ocupábase persoalmente da administración; e se a Mennù a embelecara e lle roubara á familia?

—Vaia se nos preguntamos: meu pai era carabineiro, un home correctísimo. Era remiso a aceptar o seu regalo e estaba consumido de preocupación. Moito se discutiu por aquilo na nosa casa. El mesmo chegou a insinuar se serían cartos roubados á familia de vostede. Recordo que decidiu escribirlle para asegurarse da orixe dos cartos; a correspondencia entre nós e a tía era moi puntual, malia precisar ela dun escribán. Precisamente vostede, señora Bolla, o sabe ben, porque eu aínda teño as cartas escritas coa súa harmoniosa caligrafía, ao ditado da tía —Mancuso sorriu e engadiu—: A súa resposta foi inmediata. Eran cartos dela e punto. Antes da guerra a señora Alfallipe fixéralle un regalo que tivera oportunidade de investir no estranxeiro. Comprendía os escrúpulos do cuñado e non se había de ofender por aquela vez, pero non pensaba tolerar máis dúbidas sobre a súa honradez. Preferiría non axudar máis a súa querida irmá antes ca someterse a semellante humillación. Desde aquela non lle fixemos máis preguntas. Unha vez, durante unha visita, quixo ir a Varese para falar co director do seu banco, e despois á Suíza. Acompañouna meu irmán. Imaxino que tería alí o seu capital, por consello da familia de vostede, non hai outra explicación. A tía era unha pobre labrega e seguro que, como administradores dos príncipes de Brogli, vostedes teñen familiaridade con ese tipo de investimentos. Infórmese, se lle parece, no banco: eu sempre pensei que os aforros dela estarían investidos xunto cos capitais de vostedes.

Lilla farfallaba:

—Non sei, eu casei moi nova, non estou moi ao corrente dos investimentos da familia naquel tempo.

Non lle quería revelar a ignorancia e o provincianismo dos Alfallipe ao sobriño da criada.

—Permítame que a interrompa —engadiu Gerlando Mancuso—: lembro ademais que a tía conseguiu gañar algo coa venda dunha das fincas da súa familia, unha porcentaxe do prezo. Estaba moi contenta, pero estou máis ca seguro de que na administración dos bens da familia era moi precisa e honrada, ese era o seu natural. Non podo dicir máis —engadiu, avergonzándose de falar quizais demasiado ben da tía—. Para nós non tiña defectos, agás pola susceptibilidade.

Interveu Gian Maria Bolla ao percibir en Mancuso certa impaciencia. Temía que lle quixese pór fin ao encontro demasiado rápido.

—Pois é curioso, porque eu nunca tiven a sensación de que fose susceptible... Coa miña muller era afectuosa e aberta.

—Era susceptible, era! A pesar de estar orgullosa do seu papel de criada dunha gran casa siciliana coma a da súa muller, era consciente de ser, como diría, bruta nas formas e pouco estudada. Temía que a xente se metese con ela e prefería quedar na casa a limpar e cociñar antes ca participar na nosa vida social. Só ía á droguería da esquina para os seus pedidos. Un día pensou que o da droguería lle fixera burla pola maneira de falar e obrigounos a todos a non lle ir máis por alí. Era inamovible nas súas decisións. Eramos cativos, pero as súas palabras quedáronme na memoria: "Ti tes que facer como che eu mando porque é polo teu ben. O saúdo non llo debes retirar cando pases por diante del, pero xamais debes comprar alí. É unha cuestión de honor da familia: ofendeu a túa tía".

Lilla escoitábao atenta, aquela era a Mennù que ela coñecía. Gerlando Mancuso engadiu:

—Non me gustaría darlles a impresión de que era mesquiña e rancorosa. Era xenerosa e altruísta. E tamén sorprendentemente culta nas cousas que lle interesaban. Nos últimos anos, imaxino que desde que tiña máis tempo á súa disposición, lía moitísimo e interesábase pola literatura moderna. Seguro que saberán da súa paixón pola cerámica grega, que lla inculcaría o avogado Alfallipe.

—E como é que non viñeron ao funeral? —preguntou Lilla, que non lle quería falar das vasillas gregas.

—A tía non nos deixaba ir visitala a Sicilia. Despedímonos tranquilamente en agosto. Esixiu que lle xurásemos que non habiamos ir a Roccacolomba nin sequera para o funeral; estaba segura de que se encargarían vostedes, como foi o caso, e como lles agradece na alma a familia Mancuso. Informounos da súa morte o cura que lle escribía as cartas.

»Gustaríame dicirlle algo máis, e gustaríame que tivese a amabilidade de llo repetir aos seus irmáns, se lle parece oportuno. A tía falaba e escribía moito de vostedes:

xogos, trasnadas, pero tamén defectos e virtudes. Soñaba con que tivesen vostedes éxito e lamentábase ás veces, cando non estudaban coa dilixencia que lle gustaría a ela, pero sempre con afecto e orgullo. Facía o mesmo connosco, animábanos a estudar e a mellorar en todo: era unha benévola tirana. Despois empezou a escribir menos de vostedes. Pensabamos que irían ao internado e seguimos a pedir noticias, xa que para nós acabaran sendo parte da nosa familia siciliana. A tía eludía as nosas preguntas. Un día pregunteille por que. Respondeu que había unha muller que coidaba de vostedes, que ela volvera traballar unicamente de doméstica e que falar de vostedes lle doía, pero que sempre os levaría no corazón. Entendo que era unha muller sen instrución escolar, pero os consellos e o apoio que nos deu desde hai moito tempo axudáronnos moito na adolescencia, e nunca comprendín aquel cambio no seu traballo: poderíanme explicar o motivo?

Lilla explicou que os pais colleran unha señorita estudada que falaba ben o italiano, como se fai cando os cativos chegan a certa idade.

—Entendo —dixo Gerlando Mancuso—. Debeu ser un gran desgusto para ela, que obviamente superou despois, porque seguiu a servilos con abnegación.

LUNS, 30 DE SETEMBRO DE 1963

37

As vasillas volven a Roccacolomba

Ao mediodía do luns 30 de setembro Gianni e Lilla ían de viaxe a Roccacolomba. Ben colocadiñas no maleteiro e no asento de atrás do coche ían as oito caixas coas vasillas gregas que acababan de recoller do museo. Acordaran que abrirían o sobre do certificado de autenticidade en casa Alfallipe, na presenza de Carmela e Massimo, ademais da nai.

Lilla precipitárase desde Roma así que tivera noticia de que xa estaban listos, e estaba de bo humor. Contáballe a Gianni, que a fora buscar á estación, o encontro con Gerlando Mancuso:

—Pois mira, se cadra xulgamos mal a Mennù. Ela queríanos moito, era unha muller previsora, educou ben os sobriños. Canto ás vasillas, é incrible que aprendese tanto sobre a arte grega... O papá aprenderíalle moito, pero esa é outra: non pensaba eu que fose tan experto, francamente.

Gianni estaba de acordo.

Lilla engadiu:

—Non dou imaxinado o papá e a Mennù, xuntos no despacho a ler, a facer investigacións, a catalogar restos... Eran tan diferentes! O papá, con todos os seus defectos, non deixaba de ser un home refinado e culto, un pouco snob tamén, mentres que ela, pobre Mennù, era brutiña, sen elegancia na fala, na roupa, en nada.

—Non sei se estou de acordo —interveu Gianni—. A primeira vez que a viu, a Anna díxome unha cousa dela que me quedou gravada: "Ten bo tipo e un rostro interesante. Podería pasar por guapa se se arranxase un pouco máis, pero non sabe por onde empezar".

Lilla sorriu e non quixo responder. Todo o que dicía Anna era palabra de Deus para Gianni, que adoraba a muller e lle estaba sometido, xusto o contrario ca o pai.

—Que facemos coas vasillas? —dixo—. Son oito. Repartimos dúas para cada un, contando coa mamá?

Gianni falou con certa incomodidade:

—A verdade é que eu pensaba que sería un pecado repartilas, sobre todo se forman unha colección. Se non tes problema, gustaríame gardalas eu todas, que son o último que vai pasar o apelido Alfallipe, e poderiamos colocalas na casa nova, en memoria do papá, nunha vitrina con cristais, que che parece?

Lilla irritouse: velaí outra vez a man da cuñada. Era mellor aprazar as discusións; o seu home tamén lle dixera que mesmo estaría disposto a comprar a parte dos cuñados a un prezo por acordar. Unha colección de vasos gregos habíalle dar un toque de refinada elegancia aos seus salóns. Sorriu outra vez, pensando se Massimo non lle tería dito algo parecido a Carmela.

—Diso xa falaremos todos na casa, coa mamá; igual resulta que son horribles, ou mesmo falsas, quen sabe?

—Non digas parvadas, non teño dúbida de que van ser magníficas —exclamou Gianni—; o que me preocupa é de onde saen. Se son da Mennù, seguro que llas comprou a calquera saqueador, serán roubadas. Temos que falar cun avogado.

Lilla non estaba de acordo en absoluto:

—Non creo que a Mennù adquirise cousas dos ladróns, que ser, era honrada.

—Non falabas tan ben dela a semana pasada cando a acusabas de nos ter roubado da herdanza do papá.

—Está calado, que ti sempre falas ás toas. A semana pasada estabamos todos axitados, e é verdade que non deixou as cousas no seu sitio como debía —respondeu Lilla, e, para evitar unha liorta co irmán, falou pouco durante o resto da viaxe. Antes de colleren o cruce para Roccacolomba dixo—: Estou segura de que a Mennù nos vai mandar outra carta coas indicacións que finalmente nos conducirán ao diñeiro. Quen sabe canto traballo precisaría para organizar esta rede de cartas, co fácil que sería deixar un testamento, ou escribir todo nun único documento.

—A Anna pensa que o fixo para nos pór a proba porque non se fiaba de nós.

—Que queres dicir? —Lilla non soportaba a presunción da cuñada sabichona.

—Digo que cometemos moitos erros na administración da herdanza do papá e máis nos valería seguirmos os consellos da Mennù no seu momento. Os fondos serán xestionados polo banco; desta volta vai ser mellor deixalos alí e coller os xuros, como viñamos facendo na práctica durante estes últimos anos todos os meses.

—Ti só pensas na investigación universitaria e en ter contenta a túa muller —dixo Lilla enfadada—, pero eu quero ocuparme dos meus asuntos eu soa.

Turbouse ao pensar nunha herdanza indivisible e bloqueada. Mentres, o coche entraba en Roccacolomba.

38

Mentres, en Catania, Zürich e Palermo cúmprense as últimas vontades da Mennulara

Entrementres, o doutor Palmeri enviara un telegrama a un banco de Zürich, como lle pedira o señor Mennulara. Estraña petición aquela, pero que había que satisfacer: a fin de contas o señor Mennulara doáralle ao museo algunhas moedas siracusanas que faltaban da súa colección, e tamén lles regalara restos antigos ao director e ao mesmo doutor Palmeri.

"Certificado entregado. Vasillas retiradas martes 10.30 horas", ía escrito no telegrama. O doutor Stutz, empregado de banca de Zürich, recibiuno aquela mesma mañá e axiña tirou do arquivo "Reservado investimentos estranxeiros" a carpeta titulada "Sucesión Mennulara". Contiña o testamento de Maria Rosalia Inzerillo e cinco grandes sobres, catro deles aínda selados, titulados respectivamente:

A. Texto íntegro da necrolóxica publicado ao día seguinte ao deceso.

B. Texto modificado da necrolóxica publicado dentro dos dous días posteriores ao deceso.

C. Texto íntegro da necrolóxica publicado dentro dos catro días posteriores ao deceso, despois do funeral.
D. Texto íntegro ou modificado da necrolóxica publicado pasados catro días do deceso.
E. Non se publicou necrolóxica.

Colleu o sobre C, o único aberto. Contiña a páxina das necrolóxicas da edición do xoves 26 de setembro de 1963 do *Giornale di Sicilia*, onde fora publicada a necrolóxica de Maria Rosalia Inzerillo. As primeiras letras da frase "*A* *a*pesarada *l*iña *f*amiliar *A*lfallipe *l*aiándose *l*amenta *i*nconsolable *p*erda *e*terna" estaban marcadas e copiadas á marxe: "A Alfallipe".

O doutor Stutz colleu a páxina e sostívoa nas mans, pensando na cliente con quen se comunicara durante décadas a través de anuncios mortuorios ficticios, un sistema simple e seguro. Aquela era a primeira vez que era empregado para controlar o comportamento dos presuntos herdeiros e decidir se foran dignos da herdanza, usando un método enxeñoso que o doutor Stutz organizara meticulosamente coa cliente con ocasión do seu acostumado encontro anual, en agosto, en Catania. Se os tales señores Alfallipe, descoñecidos para el, tivesen publicado a necrolóxica rapidamente, como estaba previsto no sobre A, teríanlle aforrado moito traballo e terían entrado inmediatamente en posesión da herdanza da defunta.

Porén, o doutor Stutz e os seus colaboradores víanse daquela obrigados a seguir escrupulosamente, nos máis mínimos detalles, as disposicións acordadas coa cliente. Revisou outra vez os documentos e chamou por teléfono ao correspondente de Palermo, un avogado de confianza. Este tiña un duplicado do sobre C. Abriuno e sacou outro sobre máis pequeno, amarelo, que tiña escrito: "Carta para lles entregar en man aos herdeiros Alfallipe unha vez o museo expida o certificado". Abriuno con tento para non estragar o contido. Dentro había un folio branco. Era unha carta escrita a man con grandes letras en maiúscula, coa grafía de quen non sabe escribir doutro xeito. O avogado engadiulle a data e volveuna meter nun sobre que xa tiña o enderezo da familia Alfallipe. Despois deulla a un colaborador de confianza, coa encarga de ir ata Roccacolomba e entregala persoalmente en casa Alfallipe o día seguinte pola mañá.

39

Don Paolino Annunziata está presente, por dicilo dalgunha maneira, na chegada das vasillas a casa Alfallipe

Contra o mediodía Lilla telefonou á irmá. Estaban nun bar a medio camiño, chegarían antes da unha, que Massimo aparecese diante do garaxe para descargar as vasillas do coche lonxe das miradas dos curiosos. Mandoulle que o organizase de maneira que Santa non estivese na casa.

Don Paolino Annunziata vivía, como quedou dito, nos dous cuartiños pegados ao garaxe do pazo Alfallipe, que noutro tempo foran a vivenda do cocheiro. Era un día fresco de finais de setembro e as dores reumáticas de don Paolino agudizáranselle nos xeonllos. Estaba sentado nunha vella butaca, cunha manta por riba das pernas. A ola da sopa fervía alegremente invadindo o cuarto co agradable vapor quente, con recendo de coles, patacas, cebolas e tomate. O apetito de don Paolino fora espertado por aqueles aromas: calculaba para si que antes de media hora dona Mimma tería posta a mesa para comer.

Asustouse co gran barullo acompañado de palabróns que se produciu ao lado da porta da casa. Chamou pola muller e quedaron a escoitar; era a voz de Massimo Leone: probablemente estaba tentando abrir a cancela do garaxe, que desde que don Paolino tiña memoria, sempre fora mala de abrir. O antigo sentido do deber moveuno a arrombar a manta para a cadeira e a erguerse rápido, maldicindo polo baixo a vellez que o tiña tan impedido, e a saír á rúa por ver o que pasaba e ofrecer axuda.

Massimo Leone estaba levado do demo diante do portón do garaxe. Sacudía os tiradores, arreáballes patadas aos gonzos, metíalle puñadas á cerradura, xiraba a chave de ferro para todos os lados, metíaa para dentro coma se fose un desaparafusador, fincábase contra as táboas de madeira que reforzaban a parte baixa, total, que parecía un verdadeiro tolo. Fixo coma quen que non coñecía a don Paolino e rexeitou a súa oferta de axuda. Don Paolino, impertérrito, repetiulle o xeito de facer andar a cerradura, pero os seus consellos non foron ben recibidos. O outro, pola súa parte, suxeriulle que volvese para a casa a comer a sopa e a meterse nos seus asuntos.

—A cousa é que o portón acabou abrindo despois duns golpes máis —contoulle axiña don Paolino ao cuñado, don Vito Militello, na portería do pazo Ceffalia—, e como me tratara tan mal, sentinme obrigado a ver que máis falcatruadas pensaba argallar aquel no garaxe de casa Alfallipe, por respecto á memoria do avogado Orazio.

De maneira que a indiscreta curiosidade de don Paolino Annunziata foi camuflada como devoción dun vello empregado en xustificación do seu comportamento aquela fatídica tarde.

Na casa dos Annunziata houbo avinza, porque marido e muller pensaban da mesma maneira e logo de tantos anos de matrimonio xa non facía falta nin falar: entre eles entendíanse mesmo sen se mirar á cara. Aínda non ben acabara don Paolino de lle contar a dona Mimma o comportamento ofensivo de Massimo Leone, a parella pasou xa á acción sen tela acordada de palabra. Dona Mimma agarrou o cestiño da costura, apagou o lume da ola e comunicoulle ao marido que ía quedar sentada na porta da casa a coser ata a noite, se era necesario; había asexar calquera coche que pasase por diante da casa. Don Paolino xa podía abandonar calquera esperanza de comer a sopa quente a mediodía, porque ela de alí non se ía mover.

Don Paolino axiña se puxo a trafegar. Apartou as cadeiras e a mesiña da parede adxacente ao garaxe, quitou o cadro da Nosa Señora das Lágrimas de Siracusa, co gran corazón a botar pingas de sangue, e pasou delicadamente a man polo revoco onde ata un momento antes estivera pendurado o cadro. Había na parede un buraquiño cunha lente dentro: unha rudimentaria mira para observar o interior do garaxe. Era un sistema creado polo cocheiro predecesor del para non perder de vista as carrozas, os cabalos e o mozo que durmía ao pé da manxadoira, antes de a cocheira ser convertida en garaxe para o coche do señor.

Don Paolino mantivérao aberto e en bo estado para usalo como sistema antirroubo, malia que roubos había poucos en Roccacolomba Alta... Mais como nunca se sabe, ao primeiro ruído procedente do garaxe, estaba el alerta a observar. Ladróns nunca vira, pero desde aquel buraco, uns anos antes, asistira coa muller a certos encontros entre o avogado Gianni e a cociñeira Pina Vassallo que puñan a pel de galiña: os dous pasaban dos corenta pero arreábanlle forte, que lle houberon estragar o capó do coche de tanto que batían enriba del. Don Paolino preguntábase que máis vería naquel garaxe, mentres ía preparando amodiño todo o necesario para instalarse ben e quedar a abesullar todo o tempo preciso. Puxo unha cadeira cómoda, elevándoa con coxíns e mantas, puxo ao carón unha caixiña de madeira a xeito de repousapés, encheu un vaso de auga fresca e pousouno preto da cadeira xunta un anaco de pan e algo de queixo, por se lle viña a fame, e despois colleu posición: o ollo dereito pegado á mira, o nariz case esmagado contra o revoco escachado da parede, o bastón na man.

Massimo encerrárase no garaxe e entornara os portelos. Así que escoitaba o ruído dun coche fóra, cousa que non era frecuente por aquela estradiña, sacaba para fóra a cabeza, miraba a dereita e esquerda, ante os ollos expectantes de dona Mimma, que andaba a remendar nun gran cesto de roupa e non tiña traza de entrar na casa: decidiu ser discreto e quedou cerrado no garaxe, fincado na porta, á espreita.

Don Paolino, que o observaba desde dentro da casa, felicitouse a si mesmo pola idea da muller. "Que lista a Mimma, que aínda lle puxo medo ao Massimo Leone con catro trapos vellos para remendar".

O coche de Gianni anunciouse zumbando. Massimo abriu moi lixeiro o portón e o vehículo entrou amodo. Dona Mimma meteuse na casa, aínda coa media e a agulla na man, para lle dar o sinal ao marido, a pesar de xa el non o necesitar, porque estaba no posto de observación co ollo pegado á mira.

Os acontecementos que seguiron foron obxecto do relato de don Paolino aos cuñados, don Vito e dona Enza Militello, aquela noite na cea:

—Así que entrou o coche, Massimo Leone botouse ao maleteiro tratando de abrilo, veña a turrar do manubrio, veña a darlle voltas coma se o quixese arrincar, e veña a berrar "Abre, abre!", mentres o profesor Gianni e a señora Lilla baixaban do coche todos tranquilos, coma se o fixesen adrede para facelo rabiar. O profesor botoulle unha ollada coma as que botaba a señora Lilla vella, e dixo: "Non hai présa, eh?, que non estamos a fuxir co tesouro. Para, que aínda os vas esnaquizar". O outro botou un pecado e púxose a un lado, deixándolles espazo para abriren o maleteiro e as portas de atrás. Entrementres, a señora Adriana e a señora Carmela baixaran polas escaleiras interiores, as que levan á entrada da portería e á antecociña, e facían centos de preguntas: "Que vos dixo? Están todos ben? Tivestes coidado na viaxe?". O profesor dixo: "Teño o sobre da carta no peto, lémola despois". E elas calaron.

»Puxéronse todos a traballar, e moito rebumbio montaban! Había catro caixas grandes deitadas no maleteiro e outras catro no asento de atrás, ocultas cunhas mantas. Os homes cargaban con elas unha a unha e levábanas para dentro da casa. Tratábanas coma se fosen o demo de delicadas. Pareceume que debían pesar, polos xestos que facían ao levantalas. Total, que parecía coma se houbese tesouros naquelas caixas. A señora Lilla dixo que subía para abrilas con xeito e as outras mulleres quedaron no garaxe a mirar.

»Nun momento dado a señora Adriana exclamou toda contenta: "A Mennù sempre pensa en nós, agora ides ser recompensados!". E respondeu a filla: "Está calada mamá, que aínda non limos a peritaxe; vamos para arriba ao despacho", pero de alí non se moveron.

»Quedaban as últimas dúas caixas por subir. O profesor ía cara ao maleteiro cando a irmá Carmela e o cuñado, sen sequera faceren aceno de entendemento, lle cerraron o paso póndose diante del, unha verdadeira emboscada. O Massimo Leone díxolle: "Xa me estás abrindo o sobre". Estaba todo suado e ameazante, daba medo velo. A muller, xustiño a par del, parecía o seu lugartenente. A señora Adriana púxose a berrar: "Non pelexedes, que escachan, que escachan!" e tapou a cara coas mans.

»O profesor enfadárase de verdade, non lle dirixiu ao cuñado nin sequera unha mirada e ordenoulle á irmá que lle dixese ao marido que se quitase do medio, que aquel era un asunto dos Alfallipe e que aquela actitude a el non lle gustaba, e tentou apartalo. O Massimo Leone deulle un empurrón e berroulle: "Que a leas xa, desgraciado!". Ai, ho, case me asustei eu, un animal estaba feito aquel. O profesor calou, ergueuse e tirou do peto dos pantalóns un sobre; abriuno e sacou un papel que leu para si. Despois dixo: "Son falsas". Xa estaba branco coma a cera, e máis púxose aínda peor, e despois hóubovos as do demo. A señora Carmela botouse a maldicir contra a Mennulara... Que tería que ver a pobre defunta? Que se ladroa, que se caloteira, que se ignorante... Chamoulle alí o que non hai, parecía tola, e os outros quedaron a mirar para ela, coma estatuas. Total, unha película.

—E ti non cansaches alí sentado a mirar polo buraco? —preguntoulle dona Enza ao cuñado.

Respondeulle a irmá:

—Quería velo todo! Non había maneira de separalo da parede! Eu tamén quería mirar no garaxe, pero el non che me deixou de tanto que lle gustaba, e a dor dos ósos xa non a sentía.

—Espera, que o mellor vén agora —dixo don Paolino—. O Massimo Leone colleu o papel e leu nel, despois levantou a cabeza e os ollos bailábanlle para todos os lados, coma se lle entrase un espírito no corpo. Puxéronselle enormes, parecían ollos de polbo, coma se lle fosen saltar para fóra. Sen dicir palabra, púxose a darse puñadas na cabeza, pero forte, eh?, oíase o ruído dos golpes, e veña a puñadas, sen dicir nada. Os demais dicíanlle que parase, pero ninguén tiña valor para achegarse a aquel demo, que por fin abrira a boca e se puxera a xurar contra a Mennulara, sen deixar de darse puñadas, primeiro na cabeza, despois no pescozo e máis abaixo no peito.

»Chegado un punto a señora Adriana berroulle: "Para, que te mancas!". El mirou para ela e respondeu: "Non me podo permitir bater na miña muller, que é a causa de todos os meus problemas, pero comigo mesmo podo facer o que me pete". E seguiu a darse puñadas coma un tolo; as mulleres puxéronse a berrar contra a Mennulara, o profesor achegouse á nai, mudo; para min que tiña medo de que o cuñado a tomase con el, e estaba caladiño. Entrementres baixara a señora Lilla, sentiría aquel rebumbio, e tamén ela se uniu ás maldicións contra a coitada da Mennulara, alí houbo a do demo. Despois, ela e o irmán colleron as caixas que quedaban e os Alfallipe marcharon, e o Massimo Leone quedou só no garaxe, ala a darse golpes, que xa todo inchado estaba. E ao final deulle unha patada ao coche do cuñado e subiu a grandes pasos. E quen sabe o que pasaría arriba!

—E despois? —preguntou dona Enza.

Respondeulle a irmá:

—Que imos saber nós? Polas voces que eu sentía parecía que se estaban a matar entre eles, había ruído de cousas partidas, pero non se entendía ben. Nós quedamos dentro e as voces viñan do outro lado do pazo, e mais non nos parecía ben saír. Se queres saber o que pasou que cho conten outros: este conto non che morre mentres non o coñeza toda a vila.

E seguiu comendo gustosamente a verdura cocida, o seu primeiro prato quente do día.

—Pregúntome que habería dentro daquelas caixas... Paolino, ti que dis? —dona Enza quería saber máis.

—Sabe Deus, e tamén por que a colleron desa forma coa coitada da Mennulara... Se onte todos falaban ben dela! Non sei que pensar.

Don Paolino mollou un anaco de pan no caldo da verdura, despois levouno á boca e púxose a mastigalo lentamente, saboreando en silencio.

40

A familia Masculo come a pasta recocida

En casa Masculo ninguén se lamentou por comer a pasta recocida e o segundo prato frío aquel luns 30 de setembro. O agrónomo Angelo Masculo era afillado do defunto avogado Ciccio Alfallipe, quen o axudara a comprar a casa a carón do seu pazo, fronte aos balcóns do despacho. Toda a familia Masculo correspondeu aos Alfallipe con gratitude e discreción. Non participaran nas recentes rexoubas e vivían preocupados só polos seus asuntos, pais, fillos e netos.

Aquel día, porén, non puideron evitar ser espectadores dos asuntos alleos. Quedaron todos de pé, detrás das cortiniñas das fiestras do comedor, a mirar e escoitar o batifondo que se desencadeaba en casa Alfallipe.

Lilla fora directamente para o despacho, abrira as fiestras para que correse o aire fresco e para ver mellor. Quitou os adornos do piano de cola para colocar enriba as vasillas, pois era a mellor posición para admiralas. Xa estaba sentindo o pracer de abrir as caixas, unha por unha, segura de que convencería os demais para llas daren a ela: só tiña que ter paciencia e non falar demasiado pronto.

Abrira dúas caixas. Había dentro dúas magníficas ánforas, negras e brillantes; as figuras vermellas eran detalladas e elegantes; as follas que decoraban o bordo, delicadas e perfectas. Abriu outras dúas e volveuse marabillar: outras dúas ánforas semellantes ás primeiras, realmente unha colección importantísima. Correu as cortinas de encaixe para ter máis luz aínda, e quedou a mirar para elas, compracida.

Cando oíu un balbordo confuso que viña da escaleira interior pensou primeiro que caera a nai ou, aínda peor, que a Gianni ou Massimo lles caera algunha caixa e romperan o contido. Baixou a correr. Ao chegar ao garaxe comprendeuno todo. Fondamente anoxada pola escena de Massimo, quixo marchar. Colleu unha caixa e levouna para o andar de arriba, imitada por Gianni.

Ironicamente, transportaban as caixas co mesmo coidado que puxeran nas outras, malia saberen que as vasillas non tiñan valor ningún, pero pousáronas na mesa do medio da entrada no canto de levalas ao despacho. A nai e Carmela uníronse a eles. Carmela botárase no gran sofá de diante do lar, a chorar e a pedir axuda, laiándose de que Massimo ía matala por aquela última burla da Mennulara. A nai estaba sentada aos seus pés, acariñábaa distraidamente, a repetir que non entendía nada, que se deberan equivocar no museo, ou que alguén estafara a Mennulara.

Gianni e Lilla quedaron en pé, lían na carta desgustados: non só confirmaba inequivocamente a falsificación, senón que autorizaba a venda e a exportación das copias como tales.

—Que ironía —dixo o profesor—, permítennos exportar as pezas falsas.

Lilla non respondeu, estaba pálida. O irmán preguntoulle:

—Onde as atopaches? —e ela indicoulle os estantes cun xesto canso.

—Igual hai máis —dixo el—, vamos ver.

Achegouse á longa parede cuberta de libros.

Carmela, xa de pé, foi onda el.

—Esa tola, despois da morte do papá, dedicouse a gastar os nosos cartos comprando vasillas falsas... Non tiña nin idea, mira para aí, quen sabe cantos máis haberá aquí! Ela pensaba que facía un bo investimento e resulta que son todos falsos —dicía, mentres ía abrindo as portas baixas da librería, sen se preocupar de cerralas outra vez, e sacando para fóra outras caixas con cerámica, obxectos de toda clase, maiólicas de Caltagirone, unha chea de cousas.

Presa do frenesí, Carmela abría todo, mesmo os caixóns do secreter, os dos escritorios, sacaba papeis, obxectos, envoltorios, botábaos polas mesas, polos andeis, polo chan, polas cadeiras. Lilla observaba, en pé; despois uniuse á insensata actividade da irmá, coma se necesitase descargar a enerxía recuperada.

Así as atopou Massimo: coma dous demos, despois de baleirar os estantes baixos, deixando as portas abertas, as irmás Alfallipe atacaran a librería: despexaban os andeis botando os libros ao chan para atopar máis estantes secretos, cheos de vasillas, algunhas parecidas ás falsas, outras diferentes, e tamén lacrimatorios, candís, figuriñas, pratos, adornos, todos en perfecta orde e catalogados.

Gianni estaba afastado, de pé ao lado da nai. Miraba para elas atónito.

Massimo tamén quedou en pé, sen palabras, a observalas. Localizou as falsificacións: aínda estaban sobre o piano e eran preciosas. Exclamou:

—Esas trapalladas son as vasillas que esa puta pensaba que eran a súa fortuna e a dos Alfallipe! Que imbéciles sodes e que desvergonzada era a porca esa! Deixouse cegar por unha banda de falsificadores dilapidando o noso patrimonio. Durante dez anos tomástesme por parvo, vós, que vos credes mellores ca os demais, pero sodes uns cretinos. Quen me mandaría a min meterme nesta familia de subnormais? Merecedes ser coñecidos así en toda Sicilia... Puxésteslle a necrolóxica no xornal, e parvo que fun eu, que vos fixen caso!

Botou man dunha estatuíña de bronce que había na mesa do lado e botouna contra o chan; despois guindou un par de cinceiros e unha vasilla pequena, e quedou de pé, exhausto e sorprendido pola propia furia.

A reacción ante o seu xesto foi desproporcionada e non deixou de marabillar os paisanos, aos cales a familia Masculo, rompendo a súa reserva, lles forneceu un relato detalladísimo. Lilla estaba a comprobar un dos estantes. Co ruído causado pola estatuíña levantouse e moi lixeira achegouse ao piano, colleu unha das vasillas e guindouna ante si, lonxe dos pés. A vasilla escachou. Colleu outra e fíxoa caer sobre o primeiro. Carmela facía outro tanto, e tamén Gianni se uniu ás irmás naquela orxía destrutiva e catártica.

O ruído da terracota partida mesturábase coas invectivas que Massimo cuspía contra a Mennulara. Os outros puxéronse tamén a berrar obscenidades contra ela nun balbordo infernal. Coma unha hidra, Lilla subiu á escaleira da librería e comezou a sacar os libros antigos do pai: púxose a guindalos para abaixo, e caían descompóndose todos, coas encadernacións desfeitas. Abriu outros compartimentos secretos cheos de vasillas grandes, que tamén ían parar ao chan en mil anacos.

Gianni achegárase a ela. Lilla ofreceulle unha vasilla, parecida ás do piano, e dixo:

—Máis ca experta e amante da arte... Mira para aquí, é outra falsificación, unha copia dun daqueles que levamos ao museo!

Gianni colleuna e murmurou:

—A Mennù odiábanos moito, moito, moito. Isto explica todo...

Tiña os ollos cargados de lágrimas; contivo os saloucos que lle humedecían a gorxa e deixou caer a vasilla ao chan. Xa choraba sen contención, de pé ao lado da escaleira, mentres collía e partía todo o que Lilla lle pasaba, circundado pola colección do pai feita anacos.

O berro de Carmela fixo que dese volta. Massimo apertáballe o pescozo, sacudíndoa coma se fose unha marioneta, berrándolle barbaridades. Gianni acudiu a salvar a irmá, e os dous homes chegaron ás mans. Massimo levou a peor parte, unha mordedela no brazo; Gianni quedou cos brazos e pernas cheos de mazaduras. No medio daquel barullo, o padre Arena chamou á porta.

41

O padre Arena ten unha tarde chea de visitas

O padre Arena puxérase de acordo coa señora Alfallipe en que pasaría a tomar café despois de comer, cando non houbese visitas, para charlaren eles sós. Ás dúas da tarde, moi puntual, tocou o timbre do pazo Alfallipe. Logo dunha longa espera, Lilla abriulle o portelo dunha das follas do portón, aparentemente sorprendida pola visita. Presentouse desleixada, co traxe cuberto de po, os pelos despeiteados, con aspecto canso e desfeito e, sen sequera convidalo a entrar na portería, despediuno de maneira expeditiva dicindo que a nai se metera na cama porque non se sentía ben. Estaba claro que a visita lle resultaba incómoda. Tal foi a présa por despedilo e cerrarlle a porta na cara que unha carta engurrada lle caeu da man e acabou na beirarrúa. O padre Arena apañouna e meteuna no peto, prometéndose a si mesmo levarlla ao día seguinte pola mañá; seguiu o seu camiño baixando pola canella dos Gozzi, que beireaba o pazo Alfallipe, pensando que tiña por diante case dúas horas por encher da maneira que fose antes de ir a casa Fatta, onde o esperaban para as catro.

—Padre Arena, que fai pola rúa a esta hora? Veña, veña connosco a tomar o café!

O sacerdote aceptou con gratitude a invitación do agrónomo Angelo Masculo, seguro de que había pasar o tempo agradablemente con aquela boa xente, traballadora e simple. Pero as cousas non foron como esperara.

Mentres tomaba o café, o sacerdote escoitaba, primeiro incrédulo, despois consternado, o relato de todo o visto e oído polos Masculo: mesmo lle quitaron a gana de degustar os doces de pasta de améndoa ofrecidos pola señora. Cada un dos Masculo contáballe ao padre Arena o que vira e oíra: ía formándose un cadro tráxico, grotesco e inexplicable. A señora Adriana, segundo dicían os catro, fora muda testemuña do escándalo do despacho do marido e da liorta familiar.

Asomáronse todos á fiestra desde a cal os Masculo asistiran á escena, para verificar a descrición do despacho do avogado: as persianas estaban cerradas, non había sinal de vida no interior, coma se non tivese pasado nada. O padre Arena quería marchar, pasear en soidade e pensar, mais non lle era posible: a señora Masculo tiña necesidade de desafogarse e pedía consellos sobre como actuar.

O padre Arena notou que o agrónomo e a muller estaban asombrados; non sabían se debían advertir a algún amigo ou parente dos Alfallipe, sempre que fose de fiar e discreto, ou simplemente iren eles mesmos a asegurarse de que a señora Alfallipe non precisaba axuda, ou chamar polo doutor Mendicò, mentres que o fillo e a nora, por outra parte excelentes persoas, probablemente non ían resistir as ganas de falar dos extraordinarios acontecementos observados pola fiestra.

Temía seriamente que antes do solpor toda a vila estivese ao corrente daquilo; nun van intento de salvar o pouco de credibilidade e respecto que aínda lles quedaba aos Alfallipe en Roccacolomba, o padre Arena aseguroulles aos Masculo que iría informar inmediatamente o presidente Fatta, recomendando que fosen discretos.

Angelo Masculo acompañou o sacerdote ata o portal, quería falarlle a soas.

—Padre, eu quería dicirlle unha cousiña que só eu sei e que moito me leva feito matinar. Nos derradeiros anos de vida o avogado Orazio estaba moito na casa e pasaba o día no despacho. Pola noite viñan unhas persoas en carros, non eran coñecidos. Paraban baixo os balcóns e agardaban. Despois a Mennulara abría unha fiestra e baixaba unha corda cun cesto pendurado, como cando se fai a compra. Subía unhas cestas grandes e pesadas cheas de cousas cubertas con sacos, e eu preguntábame o que levarían dentro... Agora penso se non serían cousas roubadas polos saqueadores, precisamente as cousas que destruíron esta tarde. Se cadra debín falar co avogado, disuadilo de facer tales adquisicións; igual agora os fillos están ameazados, ou se trata dunha chantaxe, e o destruíron todo vítimas do pánico.

O sacerdote tranquilizouno dicindo que o avogado Orazio era testán e non había seguir os cautos consellos do agrónomo Masculo, que fixera ben en non lle dicir nada.

—E ademais había outra cousa, é embarazoso falar dela —engadiu Masculo—, e pídolle perdón. Ningún dos meus sabe nada; sonlle bos mozos, pero unha palabra sempre pode escapar, e eu non lle quero facer mal á familia Alfallipe, unicamente llo conto a vostede, padre. Eu padezo de insomnio e pola noite viña ao comedor a ler o xornal para non espertar a muller. Nas noites de verán o avogado deixaba as persianas abertas e eu asomábame para escoitar a boa música que soaba sempre, tiña un gramófono marabilloso. Xúrolle que a través da cortina branca se vía o corpo dunha muller, xunta el, no sofá que hai diante do lar, con pouca roupa, sabe como lle digo? Non entendo como conseguiría metela alí, coa señora Alfallipe na casa, pero eu vina, sempre a mesma, de pelo escuro e longo, era fermosa, levábaa para a casa ata os derradeiros anos da súa vida. Non pensaba eu que fose capaz de tal comportamento, nin sequera que o seu defunto pai fixese tal... É certo que mesmo de vello ía sempre ao casino, pero polo menos non as levaba para a casa!

A resposta do padre Arena foi inmediata e contundente:

—Querido Angelo, iso non o pode afirmar. Unicamente un sacerdote coñece as debilidades e os pecados da carne dos homes. Sen traizoar o segredo de confesión, só lle digo isto: non me sorprende o que me conta do avogado Orazio... Como di o refrán, sempre a cabra tira ao monte, e mulleres desas metidas ás agachadas nas casas, de noite e de día, haille moitas... Por fortuna non causa escándalo na vila, e aquilo que viu vostede non é estraño nin sorprendente en casa Alfallipe. Esta e mais outras cousas descóbrenas os sacerdotes nos confesionarios. Que en paz descansen as almas do avogado Gianni e do seu fillo Orazio! Fai vostede ben en calar: se o conto lle chegase á señora Adriana faríalle moito dano. Por non falar da Mennulara, que, se vivise, moito había rabiar de tanto que se preocupaba da reputación dos Alfallipe. Deixareillo caer ao presidente Fatta, sen dar nomes, e vostede esqueza aqueles insomnios.

O padre Arena escapuliuse, deixando a Angelo Masculo satisfeito de lle ter confiado ao cura as súas preocupacións, sen mencionar certas dúbidas sobre a identidade da muller entrevista no despacho do avogado, que o deixarían en ridículo. Avergonzábase dos seus malos pensamentos; coitada Mennulara, pedíalle perdón por acusala de falcatruadas. O crego tiña razón: os Alfallipe, pai e fillo, gustaban moito das putas, e quen sabe se non chegaría a facer que a pobre da Mennulara llas levase ao despacho!

Subiu de volta para a casa e díxolle á muller:

—Maria, só che digo dúas cousas, e recórdaas ben: que os Alfallipe nunca apreciarán os sacrificios daquela serva fiel que era a Mennulara e os malos tragos que lle fixeron pasar, e que o padre Arena vai facéndose máis sabio coa vellez!

Entrementres, o padre Arena andaba sen rumbo polas rúas da vila, case desertas a aquela hora, turbado e apesarado. Sentíase mal, o fulgor esmagador do sol alternaba coas sombras dos edificios, dáballe voltas a cabeza. Topouse co doutor Mendicò, que viña dunha visita urxente e que o convidou á súa casa; o padre Arena aceptou e seguiuno coma un cordeiriño polas escaleiras da vila, en silencio, nun estado de fondo abatemento.

Sentados na sala de estar de casa Mendicò, degustaron os dous unha copiña de licor; pouco e pouco, o sacerdote foi recuperándose e os dous homes falaron longo tempo.

Fóralle fácil ao padre Arena contarlle ao doutor as súas preocupacións respecto dos Alfallipe. En certo modo, eran colegas: un coidaba das almas e o outro dos corpos, e moitas veces se encontraran xuntos, dedicados ás súas respectivas tarefas, á cabeceira dos moribundos. Os dous coñecían os segredos da vila malia non teren xamais falado deles. Mais nesa ocasión, coa ansia de chegaren á verdade sobre os asuntos dos Alfallipe e da Mennulara, falaban rápido e con ímpeto, completando a historia que se desenvolvía diante dos seus ollos, na tranquilizadora penumbra do salón de casa Mendicò.

O doutor déralle unha clara interpretación a todo o referido por Masculo: a Mennulara recibía obxectos roubados dos saqueadores, seguramente seguindo ordes de Orazio, ávido coleccionista.

—O Orazio era caprichoso e non andaba con parvadas cando quería algo. Usaría a Mennulara como mediadora para a adquisición de restos antigos, algo bastante estendido, sobre todo desde que os de Patrimonio iniciaron as escavacións na zona de Casale. Non creo que tivese moita cousa nin que fose de moito valor, andaría por aí a presumir. Pero non entendo por que os fillos quixeron destruíla... Había moitas cousas no despacho, algunhas mesmo eran fermosas. Canto ás mulleres, a diferenza de seu pai, non se interesaba por ese tipo de muller, só lle gustaban as casadas, por iso non me dou de conta de quen podía ir á súa casa pola noite. Vostede que pensa?

O padre Arena, con aquelas palabras a piques estivo de sentirse outra vez mal. Quedou en silencio.

O doutor, esquecendo a presenza do cura, xirou a mirada cara ao balcón e seguiu os bordados da cortina de liño, que revoaba co vento; despois murmurou en voz moi baixa:

—A non ser que aquela muller fose...

—... a Mennulara —completou a frase o padre Arena, tamén el murmurando, coma se estivese a rezar o rosario.

—Xa —dixo o médico, os ollos fixos no fento colocado diante da cortina do balcón, aínda a falar para si—. A Mennulara... Logo de tantos anos, sorprenderíame.

—A min non, non me sorprende —balbuciu o cura.

Ante tales palabras o doutor Mendicò asombrouse, soergueuse na butaca, fincou as mans nos repousabrazos e fixou os ollos no rostro do padre Arena, coma se non esperase atopalo diante, afundido na butaca que tiña ao carón da del. Pasou o pano pola fronte suada repetidamente. As palabras do crego alterárano, era el quen entón se desmaiaba, un remuíño de pensamentos atrapallados dáballe voltas na cabeza.

—Doutor, pásalle algo? —preguntoulle o padre Arena, tamén el transtornado.

—Non, grazas, é que vou vello e algunhas cousas cólloas lentamente, o cerebro xa non me funciona coma antes —respondeu o médico, e engadiu con ton solemne, recalcando as palabras—: a Mennulara non deixa de sorprenderme.

Volveu mirar para fóra do balcón. A cortina elevárase e o médico puido ver alén das plantas do balcón, alén da varanda de ferro forxado, os tellados da vila e os montes. Ollou o ceo case branco polo fulgor do forte sol de outono.

—Cónteme, doutor, faga coma se estivese no confesionario —atreveuse a dicir o padre Arena, tatexando. Sentía que tiña diante unha alma en pena, coma a súa.

—Non, é demasiado difícil —repetía o doutor. Despois volveu mirar para o cura e fíxolle unha pregunta—: Esquezamos os sacramentos e lembremos que somos homes: se lle falo dunha hipótese que inclúe un delito, quizais dous, poderá gardar o segredo?

—Se se trata da Mennulara, abofé que si! —foi a rápida resposta.

Con algo de dificultade inicial o doutor Mendicò seguiu a falar. Xa non suaba, parecía tranquilo.

—Pois ben, vostede sabe que o Orazio Alfallipe, igual ca a Mennulara, tiña un tumor. Axiña había de morrer, en todo caso. Tiña medo do sufrimento. Eu non lle daba evitada a dor física, a morfina ten os seus límites, había sufrir moitísimo cunha longa e penosísima agonía se non fose que morreu, segundo o meu parecer, asasinado. Non teño probas, só unha autopsia o podería demostrar, cousa que hai que excluír —mirou a fite os ollos do cura e seguiu a falar—. O día en que o Orazio morreu, a Mennulara estaba no campo, unha coartada perfecta. Era ela quen lle facía de enfermeira, eu deixáralle a disposición ampolas de morfina e outras substancias que poden ser letais, se van mal dosificadas. Ela sabíao. Eu fiábame totalmente da Mennulara. Trátase dun homicidio, tamén se lle chama eutanasia actualmente —bebeu un grolo de auga e seguiu—. Non pensei niso naquel momento, créame, a señora Adriana estaba cunha crise histérica, tiven que botar conta dela, e ademais nunca imaxinaría que a devoción da Mennulara por Orazio Alfallipe chegase ao punto de matalo. Unha serva devota non chega a iso. Mais unha muller namorada e correspondida polo amado mesmo podería matar o home que ama.

Soergueuse na butaca e preguntou:

—Padre Arena, vostede pensa que a Mennulara amaba a Orazio Alfallipe?

—Non llo sei. Se vostede se refire ao "Amor" e non á luxuria xuvenil, doutor, de verdade que non sei. Nos derradeiros anos de vida do avogado, ela agochábase en casa Alfallipe, viámonos pouco e de pasada —o padre Arena fixo unha pausa, reflexionaba. Continuou a falar tatexando—: Pero se o amase, sería capaz de matalo, sen culpa nin remorsos.

—Teño outra pregunta que facerlle, padre —engadiu o doutor—. E se lle digo que ela morreu envelenada cos doces preparados por ela mesma con améndoas amargas?

—Non me sorprendería, porque non quería ser un peso para a señora Alfallipe e temía pórse peor repentinamente. Dixérame que estaba preparada para morrer, que tiña cumprido o seu deber cos mortos e cos vivos. Non era crente, sabía?

O doutor Mendicò abaixou as pálpebras asentindo, colleu a botella de licor e volveu encher as copas. Quedaron os dous en silencio, cada un inmerso nos propios pensamentos, bebendo o licor amaranto. O vento acalmárase. Observaban o feixe de luz que a través dos buracos da cortina bordada invadía a sala cortando a penumbra para acabar batendo no chan. Prisioneiras naquel tubo de luminosidade, palpitaban e danzaban as partículas de po miúdo en movemento perpetuo. Unha somnolenta sensación de paz descendeu lentamente sobre o doutor Mendicò e sobre o padre Arena.

Así os atopou a señora Di Prima, a irmá do doutor, que entrara para saudar o sacerdote e para botar unha parolada. Pola vila xa corrían rumores da terrible liorta entre os irmáns Alfallipe, causada por asuntos de cartos e herdanza: o misterio sobre a Mennulara encerellábase cada vez máis. A señora Di Prima quedou francamente desconcertada ante a reacción dos dous: dixeron case ao unísono, cun ton levemente divertido, que non había misterios sobre a Mennulara, que Deus a tivese na súa Gloria.

—Que non hai misterios? Queredes que alguén acabe morto? —dixo enfastiada.

—Tanto como morto, non! —respondeu o doutor, e chiscoulle o ollo ao cura.

Notando que estaban preto dun desencontro, o padre Arena ergueuse para despedirse: chegaba tarde á cita con Pietro Fatta. O doutor acompañouno á porta; quedaron en que se volverían ver para falar máis e o doutor dixo cun aceno dos ollos:

—Recorde, padre, que non hai dous sen tres!

Pietro Fatta esquecera a anunciada visita do padre Arena, de tan vertixinosas que foran as últimas horas. A señora Fatta recibiu o padre na súa saliña, desculpándose pola demora do marido, que tivera unha visita imprevista. Margherita Fatta estaba sobre brasas; acababa de falar polo teléfono coa súa curmá Adriana, desconsolada pola enésima desgraza ocorrida aos Alfallipe, a quen lles viñera enriba unha librería do despacho. O padre Arena escoitouna comprensivo e confortáronse os dous póndose ao día mutuamente.

Pietro Fatta uniuse a eles e explicou que a demora se debía a un asunto relacionado cos Alfallipe. Pediulle ao sacerdote que o agardase outra media hora máis. Sorprendido polo seu propio ímpeto, o padre Arena rexeitou:

—Presidente, quería falarlle uns minutiños, a soas.

Margherita saíu da sala dando unha escusa para deixalos sós. Pietro Fatta falaba a correr, amosando certa impaciencia ante a petición do crego:

—Na oficina de correos traballa un tal Risico, un comunista. Está casado coa dependente da librería Pecorilla, que quizais coñeza vostede. Pois ben, este Risico soubo que todos os días 25 de cada mes a Mennulara recibía cartos dun banco suízo que conta entre os seus clientes con certos mafiosos importantes, e ten elaborada unha teoría: que existe nada menos que un acordo secreto entre Massimo Leone e a Mennulara, baixo o amparo da mafia. Hoxe encontrou o motor do seu Fiat Seiscentos destruído cunha camada de cemento. Nin el nin o pusilánime do director da oficina saben a que santo encomendarse —ante aquelas palabras o padre Arena non deu contido un sorriso irónico: se cadra contiñan unha fonda verdade—. Dime o director que o Risico quere meter no asunto a policía, denunciar a Carmela por uns delitos cometidos en correos, que fala nada menos que de bandas mafiosas, tráfico de drogas, armas, en fin, delirios, e mandoumo á miña casa para ver se eu consigo que cambie de idea. Téñoo agora mesmo no despacho, coa muller. Non sei como aplacalo e convencelo para que estea calado, porque isto sería un desastre para os fillos do Orazio. E para el tamén —engadiu entón o presidente con aire preocupado.

O padre Arena referiu brevemente o que viran os Masculo, e a sospeita de que o avogado Alfallipe adquirise restos roubados das tumbas ou escavacións. Estaría a Mennulara dalgunha maneira metida no tráfico de antigüidades? Explicaría iso a conexión co banco suízo?

—Eu excluiría tal cousa, teríame decatado: eu tiña moito contacto co Orazio e el non sería quen de mo ocultar. Sei que tiña negocios con certos xornaleiros, adquiríalles restos que atopaban nas leiras, o típico que chanta a aixada na lousa dunha tumba, e con algún saqueador de tumbas se cadra tamén, pero non me consta que tivese un tráfico tan grande. Paréceme que a Mennulara o axudaba a catalogar os restos, e ela pedíame que lle escribise cartas, normalmente para o museo rexional, para identificalos. Esa si que sería unha explicación plausible, e quizais aceptable para o Risico.

O padre Arena acordouse da carta que lle caera a Lilla e deulla a Pietro. Velaí que xa fixera unha segunda acción da cal se debería avergonzar, e mesmo confesarse quizais, as dúas veces por tentar protexer a Mennulara. O Señor había de perdoarllo polo afecto que sentía por ela, estaba seguro.

Pietro leuna e devolveulla.

—Isto explica moito, pero non todo. Será que a Mennulara comprou pezas falsas pensando que eran auténticas. Orazio servíase dela como testaferro para contactos directos con certa xente que raiaba os límites do delito, normalmente saqueadores de tumbas, teño que admitilo. Os fillos do Orazio teñen necesidade de cartos; pensarían vender algunhas pezas da colección e loxicamente mandáronas a valorar. Acabadas as súas esperanzas, destruíronas e mesmo pelexarían, non lle parece?

Dito isto, Pietro Fatta volveu onda o matrimonio Risico.

O padre Arena axiña foi acompañado por Margherita Fatta: a baronesa Ceffalia chamara por teléfono para lle contar todos os detalles da furibunda liorta entre os Alfallipe. Vaia conto o da caída da librería. O padre Arena estaba rendido, non era quen de confortar a señora nin de escoitala. Ocorréuselle botar man dun recurso que funcionaba sempre: suxeriulle rezaren xuntos o rosario.

Margherita Fatta preparouse con dilixencia e alivio; o padre Arena pronunciaba os nosopais e os avemarías con desacostumada lentitude, longas pausas, mesmo tatexos, prolongados adrede, para tardar con eles o máis posible. Así os atopou Pietro Fatta cando foi onda eles, despois de se despedir dos Risico: Margherita axeonllada sobre un coxín, os ollos fixos nunha imaxe da Virxe enriba da cómoda, o padre Arena sentado na butaca, coa mirada por veces axitada, por veces perdida no baleiro. Estaban todos cansos e decidiron de común acordo pórlle fin á visita. Desa vez o padre Arena aceptou de bo grao a invitación a comer de Pietro Fatta para o outro día.

42

O luns é un día penoso para os Risico

A señora Pecorilla e a súa empregada Elvira Risico estaban moi atarefadas na librería ateigada de rapaces e pais, na procura de libros de texto. Berraban todos, os cativos, aburridos, collían libros ao chou, miraban as cubertas, volvíanos meter de calquera maneira, respondían desganados ás preguntas dos pais, paraban a latricar cos compañeiros remoendo os chicles, que eran a última moda entre a rapazada.

Os pais brandían a lista dos libros de texto que tiñan que mercar, non facían máis ca berrar e queixarse do prezo dos libros, folleaban as páxinas dos volumes de segunda man facendo notar os borranchos dos antigos propietarios, pedían descontos, amoreábanse para adiantar os outros clientes. O teléfono soaba ao lado da caixa, afogado polo barullo dos clientes. Era Gaspare Risico.

—Teño moito que facer, Gasparù —escusouse Elvira.

—Só che quería dicir que a resposta confirma as miñas previsións; vémonos á hora de comer.

Baixo a mirada de desaprobación da señora Pecorilla, Elvira volveu atender os clientes cun gran sorriso nos labios.

Elvira chegaba tarde para comer porque tiveran que preparar a librería para a invasión da tarde. Gaspare xa estaba na casa, daba voltas nervioso pola sala de estar. Deulle un bico distraído:

—Temos un problema moi gordo. Xamais na vida imaxinaría que a mensaxe do meu colega de Milán sería interceptada en correos, pero así foi, fixo que si. Recibino nun sobre cerrado, diso estou seguro, e despois desfíxeno en anaquiños e boteinos ao tacho do lixo. Unicamente dicía: "A resposta á túa pregunta é afirmativa. Ten coidado", de xeito que quen a leu sabía da miña conversa co colega. Despois, entrada a mañá, fun coller o coche para ir á oficina de Roccacolomba Nuova e non arrancaba. Abrín o capó e resulta que o motor estaba cuberto de cemento, xa endurecido, parecía unha escultura moderna.

Elvira escoitábao coa boca aberta, consternada. Gaspare deuse de conta pero continuou:

—Cómpre reaccionar e rebelarse a estes actos de intimidación, de maneira que fun onda o director. O home deixouse levar polo pánico, rogoume que non falase disto con ninguén, que non presentase denuncia. Mesmo me pediu, como favor persoal, que falase co presidente Fatta.

—E ese que ten que ver? —interrompeuno Elvira.

—Como que que ten que ver? Éche un deses capitalistas que non traballou nin un día na súa vida, era amigo do avogado Alfallipe e coñéceos a todos, é un home respectado, e o imbécil do director xa lle contara o da Leone e o das cartas, por iso quere que eu fale con el antes de cumprir co meu deber e denunciar a Leone e os miserables que me estragaron o coche novo! Isto é intolerable, é unha agresión que atenta contra os meus dereitos de traballador e de cidadán.

Gaspare tiña os ollos brillantes, axitaba os puños cerrados dentro dos petos da chaqueta, e a punto estivo de rachar o forro, se non fose porque Elvira lle colleu delicadamente as mans entre as dela e, mirándolle nos ollos a fite, lle dixese, con tranquila determinación:

—Temos que facerlle caso. Contigo sempre foi conciliador, apréciate, e creo que che quere ben. Vou eu contigo onda o presidente, que total, teño que entregarlle uns libros —Elvira obtivo un xesto de asentimento dos labios de Gaspare e foi para a cociña. Desde alí proseguiu—: Podemos deixalo pasar e non presentar denuncia contra a Leone, limitándonos a dar parte á policía dos danos do coche —reapareceu por fin no van da porta, o antebrazo apoiado contra a xamba, e dixo moi seria—: Gasparù, chama o director, fixamos xa unha cita co presidente Fatta e despois comemos.

—Espéranos ás catro e media —murmurou Gaspare.

—Estas cousas pasan, o que pasou foi que sacaches todo á luz. Eu estou orgullosa de ti, e xa verás como o presidente Fatta tamén se vai sorprender —e engadiu—: Agora facemos a comida os dous e despois chamo por teléfono á señora Pecorilla.

Aquela foi unha das raras ocasións en que Gaspare Risico axudou a muller a pór a mesa e mesmo condimentou a ensalada verde, no canto de quedar a mirar para ela mentres facía a comida. Saíron da casa a primeira hora da tarde, pasando pola librería para coller os volumes que lle habían de entregar ao presidente Fatta. Pola rúa, Elvira colleu o marido de ganchete e non o soltou ata chegaren á porta do pazo Fatta, percorrendo as empinadas escaleiras de Roccacolomba, as canellas retortas, as ruelas angostas, sempre a latricar para distraelo e animalo. Cando notou que Gaspare lle apertaba a man contra a cadeira decatouse de que o conseguira.

O presidente Fatta fora recibir en persoa os Risico. Conduciunos ao despacho e agradeceulle a Elvira os libros de D'Annunzio que lle levara. Ela, conquistada con tanta exquisitez e en absoluto intimidada, deu en falar de novas edicións e de libros raros, dándolle a Pietro Fatta a oportunidade de observar o marido, taciturno e claramente preocupado. Foron interrompidos por Lucia: a señora tiña a urxente necesidade de falar co presidente. Este despediuse prodigándose en escusas. Ao volver, Pietro atopounos asomados ao balcón, apertados o un contra o outro, un cadro que inspiraba tenrura. Quería falar totalmente a soas con Gaspare Risico, de modo que lle propuxo á Elvira, cunha elegancia que a confundiu, que fose sentar na saliña a botarlle un ollo a certos libros antigos aos cales se referiran anteriormente.

—Déame conta, señor Risico, sen esquecer ningún detalle, das investigacións realizadas por vostede en correos respecto da Inzerillo —comezou Pietro Fatta.

—Que investigacións? —respondeu Gaspare, sospeitando da estudada atención do Fatta respecto da muller e, no fondo de todo, mesmo celoso.

—Falemos francamente. Estamos aquí porque o seu director me falou de vostede e da desfeita do seu coche —Pietro Fatta adoptara un ton serio e decidido—. Ningún de nós ten tempo que perder. Para demostrarlle a miña boa fe, falarei eu primeiro. Estou moi preocupado polos tres rapaces dos Alfallipe. O pai foi o meu mellor amigo e a nai é prima carnal da miña muller. Gustaríame saber por que, tras a morte da súa criada, se comportan de maneira tan obtusa, e mais tamén me gustaría saber por que outros, coma vostede, actúan dunha maneira que polo de agora se limita a molestar a mafia, mais que podería chegar a suscitar a súa ira —Pietro Fatta soergueuse e continuou—: Nese caso, señor Risico, vostede desaparecería, ou acabarían atopando o seu cadáver en calquera campo de por aí adiante. Se quere que acordemos algo nós os dous e cheguemos a algunha solución, eu estou á súa disposición. O meu obxectivo é evitar que os fillos do meu mellor amigo sigan a comportarse de xeito indecoroso e irracional, pondo en perigo a súa vida e amargando a da nai. Cal é o seu?

Gaspare apreciou a franqueza do presidente. Expuxo daquela a súa teoría sobre Massimo Leone: que había un plano mafioso en que a Inzerillo e mais o Leone tiñan un papel moi preciso, un plano artellado para introducir o tráfico de drogas en Roccacolomba, como xa viña sucedendo nas cidades, e despois controlar e expandir as actividades da construción arredor da vila. El quería colaborar coas autoridades para sacar á luz aquel plano.

—Explíqueme por que a mafia ía ter un interese tan forte pola promoción inmobiliaria aquí, en Roccacolomba...

—Presidente, vostede sabe que a mafia está sometida a grandes presións nas cidades. Os xuíces poderían meterlle man. Desa maneira, en vista do pau que poden levar, collen e agóchanse nos lugares pequenos para despois volver atacar.

—E que lle fai pensar que estea baixo presión e estea a perder poder?

—Chega con ler os xornais. Ler e comprender, obviamente. Hai xente que se rebela, que non quere abaixar a cabeza. E hai que mantela ergueita. A xente, quero dicir. No proceso de Tommaso Natale, a viúva de Pietro Messina ofrecérase a testemuñar contra os asasinos do marido. Despois obrigárona a retractarse, ameazárona a ela e mais os fillos, pero haberá quen poida. Os nosos deputados, os comunistas, acosan o goberno a forza de interpelacións parlamentarias. Nós en Sicilia queremos traballo, desenvolvemento, un futuro, presidente.

A Pietro Fatta gustoulle aquel mozo idealista. Pensou en preguntarlle se tiña fillos, pero non o fixo.

—Entendo. Vostede quere cambiar o mundo —dixo, e concluíu—: Fai ben.

—Sicilia, presidente. Quero cambiar Sicilia. Traballo, auga, desenvolvemento, xustiza. Eu creo na xustiza —dixo Gaspare con certa énfase, mais coidando de non facer do presidente Fatta un antagonista—, creo na loita contra as extorsións, contra a corrupción, loito polo dereito ao traballo, pola igualdade dos cidadáns. Por eses principios estou disposto a facer sacrificios e mesmo a correr riscos.

Pietro Fatta pensou no seu fillo Giacomo, respectuoso e fiucego. Era bo e meticuloso gandeiro, administrador prudente, fillo, pai e marido afectuoso. Era diferente daquel mozo que tiña diante de si e que lle recitaba, inflamado, o propio credo. Gustaríalle coñecelo mellor, pero sabía que aquilo era improbable.

—Permita que analice con vostede as miñas consideracións sobre a Inzerillo e sobre o Leone —dixo o presidente cun ton pacífico e serio para reprimir aquelas novas e inesperadas emocións—, partindo da premisa de a Inzerillo gozar da protección da mafia. Aventurarei unha hipótese que explicaría esta situación ensarillada. Primeiro: ela utilizaba o principal banco suízo deles, como vostede verificou. Daquela, estaba ben metida. Segundo: recibía probablemente grandes sumas de diñeiro por correo, cousa que implica que tería un compañeiro en Roccacolomba, home de honor, a controlar que non houbese furtos e que, no caso da Inzerillo, o servizo postal fose puntual e eficiente. Terceiro: a Inzerillo dáballes parte dos seus cartos aos tres Alfallipe. Cuarto: no funeral da Inzerillo déixase ver un famoso e respectado mafioso. Quinto: un empregado de correos, vostede, señor Risico, realiza discretamente certas investigacións e aparécelle o motor do coche estragado.

O presidente Fatta cerrou nun puño a man con que contara os cinco primeiros puntos clave e mantívoa así fitando a Gaspare.

—Agora voulle dar proba da máxima confianza e voulle revelar información que poucos posúen. Só lle pido que a garde para vostede e que non fale disto nin coa súa muller —do puño cerrado deixou saír fóra o polgar e continuou—: Sexto: o director de correos recibe a advertencia de non ocuparse da correspondencia da Inzerillo, e por ese motivo se dirixira a min a semana pasada.

Sétimo: esta tarde souben que o xardín dun notable da zona foi destruído, probablemente por falar de xeito ofensivo da defunta Inzerillo. Oitavo: o coche de Massimo Leone foi estragado despois de acusar a Inzerillo de ter sido amante de mafiosos. Noveno: os Alfallipe, á procura de cartos, pensan que posúen uns restos antigos adquiridos pola Inzerillo e lévanllos a un experto para verificar a autenticidade. Descobren que son falsos e destrúen as coleccións do meu amigo Orazio, quizais sen valor económico ningún, incluso chegando ás mans entre eles. Son cousas acontecidas hoxe. Esta última noticia abriume unha nova perspectiva sobre todo o asunto. Se quere, fago que pase a súa muller e expóñolles aos dous a miña hipótese.

Elvira escolleu sentar cabo do marido e Pietro Fatta, en pé, comezou a falar:

—Señora, escúseme a aparente descortesía con vostede, era necesario. Agora gustaríame falarlle da Inzerillo, para nós coñecida como a Mennulara.

Elvira dispúxose a escoitar, fascinada.

—Tendo quedado orfa, mantiña a irmá mais vella, que estaba doente, co seu soldo de doméstica. Entrara a servir en casa Alfallipe de rapariga e a defunta señora Lilla colléralle cariño e protexíaa: fixo que recibise leccións, de maneira que a Inzerillo aprendeu a ler pero non a escribir. Era intelixente e voluntariosa, e axudaba moito e ben á señora, mesmo na xestión do patrimonio. Despois da morte da ama, a doméstica acabou sendo na práctica a administradora da familia, traballo que desempeñaba con éxito. Tamén axudaba a Orazio Alfallipe, o meu querido amigo, na súa actividade de coleccionista; o Orazio era un ecléctico cheo de intereses, entre eles, e durante unha época, as antigüidades que lles adquiría aos saqueadores de tumbas. Eu non aprobaba a súa conduta, mais non estou aquí para xulgalo. Agora ben —dixo collendo folgo—, a Mennulara axudaba o meu amigo na adquisición de restos roubados, segundo eu sei de xente de Ribera que se facían pasar por vendedores de hortalizas. Se cadra foi así como entrou en contacto cos mafiosos que controlan este mercado.

»Imaxino que, a cambio de antigüidades (ou material falsificado, como parece que era en realidade), aceptaría ser testaferro dos mafiosos. A Mennulara recibía correo, cartos, documentos destinados a outros e tiraba unha parte como pagamento polos seus servizos. Nese caso, como pequena engrenaxe da maquinaria mafiosa, é intocable, coma os demais. Iso explicaría a presenza dun xefe da mafia no seu funeral, non só en sinal de respecto, senón de poder. Esta hipótese explicaría tamén a súa certa dispoñibilidade de cartos e a xenerosidade cos Alfallipe, que consideraba como fillos dela.

»Os Alfallipe, teño que admitilo, son o que son: ineptos, cobizosos, presuntuosos e ignorantes, triste exemplo dunha familia que ben puido contribuír positivamente á vida da vila, e non fixo tal. Só queren continuar a gozar da xenerosidade da Mennulara, e mandan a Carmela, a máis babeca dos tres, á oficina de correos. Por fortuna as funcionarias e vostede, señor Risico, néganse a satisfacer as súas peticións.

Elvira colleu a man de Gaspare e mantívoa pegada a ela, pousada no colo, sen afastar a mirada do presidente.

—Non falei de Massimo Leone. Créanme: ningún empresario serio, e moito menos a mafia, o consideraría digno do encargo máis insignificante. É un inútil e un botaporela. Non vai matar a Carmela a paus, estou seguro, se é algo, é un covarde. Sorpréndeme —e neste punto fitou a cara do mozo Gaspare—, sorpréndeme que unha persoa intelixente e aguda coma vostede cometese un erro que eu definiría como de vulto: demonizar o Leone.

Gaspare limitouse a inclinar lixeiramente a cabeza, coma se xa tivese feitas as contas e obtido o resultado.

—Non ten nada que ver coa Mennulara, a quen eu coñecía ben e estimaba. Era unha muller ruda e mesmo agresiva, se cadra para facerse respectar, mais cos rapaces e cos doentes sabía ser paciente e delicada. Voulle dicir outra cousa: a Mennulara aborrecía a violencia física. Nunca quixo coñecer o Leone porque se dicía que unha vez empregara a violencia contra unha muller.

O presidente deixou que a revelación fixese o seu efecto.

—Se non pensa retirar a denuncia contra Carmela Alfallipe, pense polo menos nas consecuencias. Vai acabar asasinado pola mafia que encobre a Inzerillo, peza dunha engrenaxe máis grande.

Pietro Fatta, chegado aquel punto, foi abrir as portas que daban á terraza e invitou a parella a seguilo.

—Canto aos danos do coche —proseguiu—, por unha parte está ben informar a policía. Recíbense moitas destas denuncias contra descoñecidos; irán formar parte das estatísticas que serán utilizadas por todos os partidos, incluído o seu, señor Risico, para establecer impostos e aumentar o gasto público para combater a delincuencia,

pero que acabarán, a través de vías coñeci(
das polo sistema, nos petos da xente que lle
to ao utilitario dunha parella de mozos empı
de quen, aínda máis cobizosos, lles encarga tal cousa.

»Vostede cáeme ben, señor Risico, e gustaríame que tivese unha longa vida. Esqueza as familias Alfallipe, Leone e Inzerillo e siga no seu traballo: non me quero referir só ao de funcionario de correos, senón tamén ao seu compromiso político.

O presidente evitou mirar a Gaspare aos ollos, convencido de que deixaría entrever unha mirada afectuosa. Fincouse de costas contra a balaustrada e quedaron os tres a contemplar distraidamente os xasmíns que rubían agarrados ás gallas da glicinia contra as pedras do pazo.

—Admiro a súa coraxe —continuou o presidente Fatta—, eu que en realidade moita coraxe non teño. Non me rebelei contra a rixidez do sistema social en que nacín, nin tampouco tentei persuadir os meus pais para que me deixasen escoller os estudos que me acaerían ben. Quedei aquí, na casa familiar, a ocuparme das nosas propiedades como fixeron os meus antepasados, cumpridor, conformista. Pertenzo a outro mundo e, como diría vostede, son un expoñente da dereita: por máis que me pese, non podo ser outra cousa.

A inminencia do solpor deixábase notar. O aroma do xasmín intensificábase. Unha luz rosada e sensual iluminaba toda Roccacolomba e acariñaba as cadeiras e as mesas de ferro da terraza trazando arabescos de sombra sobre o pavimento de maiólica branca e azul.

—Mire, señor Risico —dixo Pietro Fatta xirándose cara ao ben coñecido panorama que se abría ante si—, eu creo que ten que haber, e que vai haber, un cambio. Non sei cando, pero chegará. Nin sequera sei se será o que vostede imaxina. O caso é que non resulta doado saber quen son os inimigos. Mire un pouco para a nosa vila. O pazo dos príncipes é unha ruína xa desde hai décadas, unha casca baleira. Só nos decatamos nós, desde esta terraza, máis ninguén. Semella sólido e impoñente. Hai quen o quere expropiar e restaurar. Hai quen quere facer del un centro de servizos culturais para a comunidade. En realidade xa non existe. A súa forza é case unha miraxe, unha ilusión. Ás veces divírtome a imaxinar que desaparece, esboroándose sobre si mesmo, coma a Illa Ferdinandea.

Sorriu. Un sorriso apenas debuxado, case un esbozo.

—Os Leone e a Inzerillo non merecen os seus esforzos. Pense noutra cousa, faga caso das súas conviccións, pero non se preocupe por esta xente.

—E vostede tamén pode facer outro tanto —dixo Elvira de súpeto.

—Grazas, señora, pero non lle é así —nese punto Pietro Fatta xirouse cara a Gaspare Risico—. Aprendín a practicar a arte do posible. O posible, entende? O meu obxectivo é unha satisfacción moderada, pero duradeira. As netas, as reunións da Unión de Agricultores e o meu despacho. Aí é onde sacio a mente e os sentidos cos libros. E aquí, desde o meu palco, teño o privilexio desta última beleza.

Pola noite, na cea, Elvira comentaba:

—Pois ti tamén tiveches medo. Cando volvín para casa axiña me dei de conta, non eras o meu Gaspare de sempre... Estas sonche experiencias terribles... Fuches valente ao non te deixares levar polo pánico, eu non sería quen —aínda sentía o estómago nun puño, tiña unha lixeira sensación de náusea—. Esta horrible experiencia ímola superar xuntos os dous.

—Medo? Eu medo non che tiven ningún en absoluto; por ti si, moito; polos nosos futuros fillos, bastante. Por ti, parruliña, por ti me preocupaba.

Gaspare por fin se estaba a recuperar e fíxolle o primeiro agarimo do día, un casto biquiño na meixela. Elvira sorriu. Ergueuse da mesa e deulle un longo beixo con sabor a tomate.

MARTES, 1 DE OUTUBRO DE 1963

43

A casa Alfallipe chega outra carta da Mennulara

A señora Alfallipe e mais as fillas estaban sentadas no salón. Espertaran ao raiar o día, logo dunha noitada que as deixara derreadas, e agardaban a que chegase Santa co café da mañá. Sentíanse baleiras tras a orxía destrutiva do día anterior, o fatigoso traballo de gobernar de calquera maneira o despacho, quitar os anacos de louza, eliminar os restos da liorta e salvar as aparencias, e as penosas discusións que viñeran despois.

A noite anterior os tres fillos convenceran a nai de que había que tomar decisións. Había que arranxar un sistema para ela e para protexer a Carmela. Decidiuse que a señora Alfallipe quedaría en Roccacolomba e que iría vivir á casa da filla, ou ao pazo Alfallipe, tamén con Carmela se esta se vise obrigada a separarse de Massimo para protexerse ela mesma e o seu patrimonio das mans del. Venderían o piso da Mennulara e cos cartos farían obras no pazo Alfallipe. Lilla volvería a Roma, levando consigo as dúas ánforas falsas; Gianni marcharía para Catania. Manterían o contacto por teléfono, pois estaba claro que Lilla e Gianni non querían seguir coa ríxida rutina de visitas á nai a que os obrigara a Mennulara.

Non había máis nada que facer á parte de botar terra sobre aquela fea historia e esquecer a Mennulara e as súas humillacións. Non ían falar mal dela, por motivos obvios, e en todo caso a fonte da súa misteriosa riqueza e o motivo da protección facilitada pola mafia non foran descubertos.

—Hai que ter coidado —dixo Carmela, mirando severamente para a nai—. Ti anda con ollo coa miña asistenta e lembra que o que nos pasou a nós é xusto castigo para quen lle dá demasiada confianza á xente do servizo.

Santa entrou co café e o correo. Lilla abría as cartas, a maioría de pésame, e íallas pasando a Carmela e á nai. Había un sobre co enderezo escrito a máquina. Abriuno distraidamente, pensando que sería un aviso de pagamento ou un recibo. Pero resultou ser outra carta da Mennulara:

Fixestes moi ben o que vos dixen. Agora tendes un certificado que vos permite sacar oito vasillas da Magna Grecia ao estranxeiro. Levade as vasillas de volta para casa, se aínda non o fixestes, e ide ao despacho de voso pai. Abride o estante que hai enfronte do outro de onde collestes as oito caixas. Detrás da falsa porta hai oito vasillas iguais ás falsas. Son auténticas. Encarguei unhas copias para conseguir un certificado que vos permita vendelos e exportalos.

Substituíde as vasillas falsas polas verdadeiras e levádeas a Zürich antes de quince días a partir de hoxe. Telefonade axiña ao Museo Arqueolóxico de Zürich e dicide que queredes unha cita, que vos manda o señor Mennulara. Están á espera de vós. Podedes decidir se as gardades ou as vendedes.

O director do museo coñece o director do meu banco: podedes falar con el sobre a miña herdanza, que agora merecedes por terdes obedecido. Facede o que vos aconselle el.

—Colle, le —dixo Lilla pasándolla a Carmela, e rompeu a chorar.

44

O padre Arena visita a señora Alfallipe e ve a desfeita das coleccións de Orazio Alfallipe

O padre Arena estaba ansioso cando chegou a casa Alfallipe aquela mañá de martes. Atopou a señora Adriana soa, apesarada e seria. Ela comunicoulle que Lilla e Gianni marcharan e que se resignara á idea de vivir con Carmela, cuxo matrimonio estaba en perigo. Estaba decepcionada cos fillos e notaba a falta da Mennulara. Sen saber como confortala, o padre Arena pensou en animala dicíndolle que os libros de D'Annunzio estaban finalmente en mans do presidente Fatta.

Á señora iluminóuselle o rostro e inmediatamente quixo acompañalo ao despacho para escoller outros libros. O sacerdote entrou con pouca gana no despacho do avogado Alfallipe. Os sinais da desfeita eran evidentes, a pesar de o cuarto ter sido arranxado. Os andeis superiores das librerías, que antes albergaran os libros antigos de Orazio, estaban baleiros, mentres que nos de abaixo se vían os volumes que se salvaran do desastre, todos amoreados a eito, aqueles volumes tan queridos que a Mennulara dispuxera orgullosamente seguindo orde alfabética para os de literatura e orde por materias para os de arte. As fermosas pezas de cerámica que adornaran os estantes desapareceran, e con elas a decoración das mesas, toda a prata exposta sobre o piano: era unha sala que sufrira violencia. Detrás do piano había amontoados un enriba do outro unha ducia de sacos de xuta, dos que se usan para gardar as améndoas.

O padre Arena tivo a impresión de ter xa vivido unha experiencia similar cando, durante a guerra, tivera que ir visitar unha igrexa violentada por uns vándalos. Aquel despacho era o templo que a Mennulara quixera dedicar a aquilo en que cría, o coñecemento, a beleza e, quen sabe, quizais o amor, pensaba o crego, e languidecía profanado ante os seus ollos. O padre Arena avergonzouse pola comparación blasfema e concentrouse na escolma dos libros que ía levar.

A señora Adriana agardaba por el, apoiada no sofá que había fronte ao lar, diante do balcón que daba ao comedor dos Masculo. A súa imaxe reflectíase no grande espello, lixeiramente inclinado, colocado sobre o fogar. O padre Arena lembrou a descrición da muller espida entrevista no despacho e sentiuse incómodo e excitado á vez: quixo saír daquela sala chea de sombras e suxestións; agarrou uns libros ao chou e volveu para o salón.

Entrementres, o doutor Mendicò chegara de visita. Quedou pouco tempo. A señora Alfallipe consolábase descubrindo novas virtudes da súa Mennù.

—Velaí o que facía todas as tardes, cerrada no despacho do finado Orazio... Estudaba a arte grega, continuaba a obra do meu home. Pregúntome como é que non me dera conta da afinidade artística que había entre eles. Se cadra nin sequera el tiña coñecemento, a Mennù era tan reservada! Unha persoa tan dedicada non se atopa hoxe en toda Roccacolomba. Dicíalles eu aos meus fillos, fiádevos da Mennù... Mais a xente nova non escoita os pais, como se facía antes.

Chegaron outras visitas e despedíronse.

45

O padre Arena dá un longo paseo co doutor Mendicò

A partir da conversa do día anterior, establecérase entre o padre Arena e o doutor Mendicò esa íntima relación de complicidade que os segredos compartidos crean instintivamente entre os seres humanos. Aínda conservaban as ganas de estaren xuntos e decidiron ir dar un paseo antes de comer.

O doutor Mendicò non andaba tranquilo desde a véspera, aguilloado pola idea de que nunca chegara a analizar a fondo as circunstancias da morte de Orazio. Quería saber máis sobre a Mennulara e explicábaballe ao crego:

—Eu sabía que tiveran relacións íntimas, pero pensaba que acabaran co aborto, antes da guerra.

O padre Arena estaba sorprendido:

—Como o sinto, pobre muller, non sabía que tamén tivera un aborto.

—Foi a gran traxedia da súa vida. Tiña uns vintecinco anos, estaba chea de enerxías, dedicábase con entusiasmo aos tres cativos, a Carmela nacera había pouco. Coma sempre nestes casos, o nome de Orazio non foi pronunciado, mais estaba claro que o pai era el. Imaxino que, farto da súa muller, se dedicaría con demasiado entusiasmo á Mennulara que, teño que admitilo, estaba no mellor da xuventude, moi louzá era. Ela quixo que a esterilizasen e a señora Lilla, que estaba con ela, non tentou disuadila.

O doutor procuraba contar os feitos do modo máis sintético posible, consciente de estar a divulgar información protexida polo segredo profesional.

O padre Arena sentiuse no deber de explicar o probable motivo polo cal a Mennulara nunca lle falara do aborto.

—Despois dunha gran discusión, a única que tivemos en moitos anos de amizade, de común acordo decidimos non falar nunca de Orazio Alfallipe en relación con aquel asunto.

—Que discusión?

—Pois mire, doutor, eu coñecina cando traballaba en casa Alfallipe. Dáballe leccións de italiano e de aritmética. Aprendía rápido todo o que necesitaba, e pasabamos o resto do tempo a falar de todo o que lle interesaba. Tiña unha intelixencia extraordinaria, sentíase prisioneira en casa Alfallipe e levaba moita rabia dentro.

—Contra quen?

—En primeiro lugar, contra Deus. Eu animábaa a ler libros de oracións, pero ela negábase. Un día díxome: "Miña nai aprendeume que somos todos iguais, eu, vostede e a raíña, só que vostede traballa de cura, a raíña traballa de raíña no seu palacio e eu traballo de criada en casa Alfallipe. Se cumprimos co noso deber, obtemos o respecto dos demais. Deus ten o seu deber, coma todos. Ten que ocuparse de nós, axudar os bos e castigar os malos. A min Deus non me gusta: o seu deber era facer que non lle faltase o pan e as medicinas aos meus pais, que están mortos, e á miña irmá Addolorata, que tamén está doente, e non fixo tal. Se non cumpre co seu deber, non merece as miñas oracións". De aí procedía a súa aversión á orde social e económica do noso mundo, a clase dos ricos que herdan poder e diñeiro sen gañalos, e os pobres que non teñen a oportunidade de estudar nin de traballar.

»Total, que era unha verdadeira revolucionaria de moza, unha iconoclasta. Mais aceptaba o seu destino, a vida que a nai lle preestablecera: tiña que traballar de doméstica da señora Lilla e dos outros Alfallipe, velar pola honra da familia ata a morte de xeito que a señora pagase as medicinas para a irmá doente; e tiña que aforrar o propio soldo para facerlle o enxoval á irmá, casala e coidar dos sobriños. Canto á ela mesma, tiña que facer por contentarse cos praceres accesibles dentro daqueles límites.

—E o Orazio que ten que ver con isto?

—A Mennulara, de rapariga, tiña unha gran necesidade de afecto e era unha criatura sensual, pero sempre racional. A relación íntima co Orazio, sobre todo ao principio, representaba para ela algo especial: era unha arma para obrigar a señora Lilla a ocuparse da irmá, que tiña que vivir coas monxas xunta as demais orfas. Xa sabe que a señora Lilla lle tiña prohibido á Addoloratina pisar a casa Alfallipe, por medo ao contaxio, de maneira que as dúas irmás raramente se vían, e sempre no convento.

O doutor dixo:

—Mire que lle dixen veces á señora Lilla que a Addoloratina non tiña nada contaxioso! Eu opinaba que aquela prohibición era cruel e estúpida. Lembro unha conversa coa Mennulara que me partiu o corazón. Apenas tiña quince anos e un día quixo falarme a soas. Informoume, naquel ton solemne dela, que tiña uns aforriños, que quería que lle prometese que a avisaría se a saúde da irmá ía a peor, e que se eu precisaba de cartos para lle comprar medicinas, que mas pagaba ela. En realidade aquilo non era necesario porque a señora Lilla pagaba xenerosamente para atendela: a min sorprendíame, coñecendo a súa avaricia —despois engadiu—: Padre, permita que lle diga que non entendo como podía ela chantaxear a señora, unha orfa soa no mundo... naqueles tempos en que case era costume que o señorito se aproveitase das mozas do servizo.

—Si, se non fose polo obsesivo temor da señora Lilla a que o Orazio e o Vincenzo acabasen coma o pai, déase de conta —fíxolle notar o padre Arena.

—Doenzas venéreas, causadas por pobres prostitutas doentes —o doutor xa o comprendía, volvían estar en sintonía.

—Exacto: Ao fillo máis vello e o preferido, se me permite, atopáralle unha puta limpa na mesma casa, pero que podía negarse a ofrecer os seus servizos... Niso consistía o poder da Mennulara —puntualizou o padre Arena.

—Non creo que a Mennulara, polo que eu a coñecía, puidese aceptar semellante situación.

O doutor rebelábase contra a lapidaria descrición do padre Arena.

—Doutor, escóiteme ben, eu tamén lle quería á Mennulara e tíñalle respecto. Repítolle as palabras que ela mesma pronunciou e que foron o motivo da nosa desavinza.

Estaban fóra da vila, lonxe dos oídos curiosos, e conversaban libremente. O padre Arena falaba con ímpeto, alleo aos tatexos que ás veces o sufocaban.

—Tente comprender, vostede sabe do aborto, do cal eu non estaba ao corrente. Eu coñezo as axitacións da alma, tan complexas coma os corpos que vostede coida. Teño que engadir algo máis: a Mennulara tiña unha mente inquisitiva, era tímida e reservada, e traballaba de criada. Sentíase incómoda co resto da xente do servizo e estaba profundamente soa. A súa curiosidade só se podía satisfacer co coñecemento obtido dos libros. Para ela, o Orazio constituía o único medio para atinxir ese obxectivo. Estaba eu hoxe a observar o seu despacho... Naquela sala atopara ela o seu mundo, ela, unha criada sen familia, recluída no pazo Alfallipe. Ademais era nova e non tiña temor de Deus. Aceptou as súas atencións, ou seduciuno, ou quizais foi un namoramento xuvenil recíproco, non sei. Sabía que para el só constituía un dos seus pasatempos, mentres que o Orazio lle ofrecía a única oportunidade de aprender, a liberdade de pensamento. Por outra parte, tamén sei o débil que é a carne. Como lle digo, ela non tiña remorsos de índole relixiosa.

—Entendo —murmurou o doutor—. Ademais desenvolvía un papel, como diría, profiláctico, seguramente ao gusto da señora Lilla, obsesionada pola saúde, que por ese motivo lle regalou unha bolsiña de moedas de ouro e non se opuxo á esterilización.

—Exacto, con tal de que as apetencias do Orazio continuasen a ser satisfeitas por ela e non por prostitutas, potencial vehículo de doenzas —admitiu o padre Arena con amargura—. A nosa discusión veu porque a unha vella cociñeira de casa Alfallipe, xa defunta, lle viñeran os escrúpulos e falara de todo aquilo comigo. A muller aquela andara con moitos homes, era unha desas ás que lles arde moito entre as pernas, mais en aparencia era temerosa de Deus e ademais cociñaba moi ben, mellor ca un chef. Collera a Mennulara baixo a súa protección e falábaballe libremente, mesmo de certas actividades perigosas para a saúde, e doutras contra natura. Estaba arrepentida e temía que a rapaza, que xa tiña dezaseis anos, acabase practicándoas co Orazio. Falei daquilo coa Mennulara, eu estaba francamente preocupado. Montoume unha desas escenas que dan medo e polas cales chocaba con tanta xente. Díxome que o seu destino era quedar en casa Alfallipe e servir os señores. Non quería podrecer toda a vida sen gozar daquilo que tiña á súa disposición, que era ben pouco para ela. O Orazio era cortés e respectábaa como amante: se ela dicía non, el aceptaba. O seu traballo era aquel, e quería facelo ben, e tamén naquilo quería mellorar. Entrementres, tiña a necesidade de protexer a súa saúde. Se o Orazio perdese o interese por ela, iría en busca de putas, e ela correría o risco de contaxiarse, e tiña que coidar da saúde.

O padre Arena farfallaba, eran lembranzas penosas.

O doutor Mendicò pensaba en voz alta:

—Entón seica a relación continuou durante o matrimonio do Orazio, como queda demostrado polo aborto. Naquel tempo tiven a coraxe de falar con ela, en calidade de médico; quería disuadila da esterilización, podía aínda casar, formar unha familia. Ela amosouse indignada, case coma se lle suxerise un adulterio. Comportábase coma unha esposa namorada e dicía que aquel era o único modo de manter viva a súa relación. Mais o Orazio, xusto naquel momento, comezou unha das súas relacións máis apaixonadas, e despois outras, como sabemos. Desde aquela a Mennulara murchou coma unha flor sen auga —comentou, mirando para o cura—, mentres que vostede me di que, segundo Angelo Masculo, había unha intensa relación entre os dous nos últimos anos de vida del.

—Agora comprendo o cambio da Mennulara naquel tempo —dixo o padre Arena—. Tíñame preocupado. Encerrárase en si mesma, perdera a alegría de vivir, pero non a enerxía e a vontade. Só mantivo as visitas ao coro da Addolorata, onde a iniciara eu de rapaza. Cantaba ben, púñase entre as monxas, lonxe das miradas da xente. Só parecía serena durante breves tempadas. Quizais o Orazio volvía con ela nos intervalos entre unha amante e outra, ou quizais os coñecementos daquela cociñeira eran para el un engado constante, non sei. Ou quizais o sacara da cabeza e comprendera finalmente que non era digno dela.

—Non hai dúbida de que non estaba á altura da Mennulara! —coincidiu o doutor Mendicò.

—Vostede sabe que eu lle escribía as cartas —engadiu o padre Arena—, estabamos moi próximos e viámonos moi a miúdo, ata que deixei a parroquia. Ela estáballe agradecida ao Orazio por lle ter permitido acadar unha cultura artística, literaria, musical. Apaixonábase coas súas manías, non sei se sabía; a Mennulara gobernáballe as colecciónс, aprendeu a catalogalas, e para axudalo lía textos, e dos complicados. Quedaba decepcionada cada vez que o Orazio deixaba as cousas a medias para dedicarse a outro interese. Para min que continuou o estudo da cerámica grega ela soa, durante anos. Créame que era a persoa máis intelixente que coñecín.

Chegaran á estrada municipal, case a campo aberto e fixeron unha pausa sentados sobre un valado.

O padre Arena continuou:

—Falou comigo sobre se sería oportuno ofrecerse ela a levar a administración para salvalos do desastre económico. Sentía que era un deber para coa señora Lilla e a familia Alfallipe. Falaba con desapego e tolerancia das aventuras amorosas do Orazio, referíndose aos custosos regalos que seguía a facerlles ás amigas, coma unha esposa cansa a quen xa non feren as traizóns. Francamente, eu estaba preocupado pola dificultade da tarefa que pretendía emprender á par da de doméstica, e tiña medo da reacción da xente, sobre todo no campo, ante unha criada que ascende a administradora. Temín por ela.

»Díxome: "O meu deber é servilos e son ben capaz de facelo. Non fun eu quen escolleu uns señores que valen menos ca min. Non deixan de ser os señores, e eu estou destinada a ser a súa serva.

O doutor Mendicò concluíu:

—Non sabemos se o amaba como unha esposa enganada e tolerante, ou como unha amante, ou como unha serva agradecida por ter accedido ao mundo da cultura. Non cabe dúbida da súa devoción ao Orazio nin, creo, da credibilidade de todo o que observou Angelo Masculo. Se o matou, faríao pensando no seu ben.

—Que Noso Señor a perdoe —engadiu o padre Arena. Recordando que era home, e ademais pecador, pensou que tamén el tiña que pedir perdón por ter lixado na véspera a memoria de Orazio falando con Angelo Masculo, para protexer a reputación da Mennulara.

—Queda o misterio ese dos cartos. Ás veces penso se non sería unha montaxe dos Alfallipe, e se non tería poucos aforros en realidade —murmurou o doutor.

—Visto que xa estamos a contarnos todos os segredos, doutor, voulle dicir o meu. Era rica, e desde hai tempo. Non teño idea de onde lle virían os cartos, pero moitas cartas lle escribín para o banco. E era xenerosa. Pense que me mantivo o afillado a estudar, durante sete anos... Non llo sabe ninguén, e axudou a máis xente, en segredo.

A longa andaina leváraos lonxe. Volveron a Roccacolomba inmersos cada un nos seus propios pensamentos, en silencio.

46

A carta de Orazio Alfallipe a Pietro Fatta

O presidente Fatta estaba botado sobre a butaca do despacho, coas pernas abertas, as mans penduradas dos repousabrazos, na dereita unhas follas de papel cheos dunha escrita pequenísima e case ilexible. Miraba para fóra do balcón, coa vista perdida no baleiro. Foi sacudido pola voz de Lucia que lle anunciaba a chegada do padre Arena. Recolleu a carta de Orazio, que escapara de dentro dun dos libros de D'Annunzio que a señora Risico lle levara, e preparouse para recibir o cura.

Lilla Alfallipe telefonárao para informalo, con certa vergonza, de que recibiran unha segunda carta da Mennulara, na cal indicaba onde estaban as ánforas auténticas, aquelas que lamentablemente escacharan o día anterior pensando que eran copias das falsas. Tales eran a tensión e as recriminacións entre eles, que volveran ter liorta e Lilla volvía para Roma. Encomendáballe a el a Carmela e mais a nai.

Pietro Fatta era unha persoa paciente e tranquila. Naquela ocasión tiña gana de desafogar, de pedir consello, de falar da Mennulara e de Orazio, de comprender en suma. Conversou longo tempo co padre Arena, tamén da carta do amigo, coma se se confesase. O crego dixo aquilo que abondaba para consolalo, e non engadiu máis nada. Só fixo unha pregunta:

—Dígame, presidente, pensa que a Mennulara estaba namorada do avogado?

—Non lle sei e, polo que me escribe o Orazio, tampouco non o sabía el, e iso tamén me atormenta a cabeza.

—Non pense niso, non o saberemos xamais, foi o que foi, que en paz descansen os dous —concluíu o crego, e foron á terraza á espera de que servisen o xantar.

Así que o padre Arena se despediu, Pietro Fatta volveu ler a carta.

Benquerido Pietro:

Recibirás esta carta logo da miña morte e da da muller pola cal te mentín. No limiar da vellez atopei a felici-

dade no extraordinario encontro coa muller que sempre estivo canda min, constante lar protector e musa dos meus longos anos de letargo. Non quixo ela que che falase do noso amor, mais non me impide que che escriba. Renovo pois, postumamente, a intensa comuñón de espírito que caracterizou a nosa amizade e que fixo tolerable e mesmo agradable a vida en Roccacolomba.

Levei unha existencia preguiceira fuxindo das responsabilidades, como un señorito de salóns provincianos, dilapidando por incuria e prodigalidade o patrimonio familiar. Tiven numerosas amantes, ben sabes delas. Cultivei os meus intereses literarios, artísticos e musicais con inconstancia e superficialidade, gozando da inmerecida reputación de home de cultura. Morro deixando unha vida da cal se pode estar satisfeito, mais non orgulloso. Todo isto me foi posible grazas á dedicación infatigable da muller que amo.

Describincha como a adolescente que me iniciou no gozo carnal; despois asumiu o papel da muller con quen, sempre e cada vez que me viña en gana, retomaba eu unha relación exclusivamente sexual, con plena satisfacción recíproca.

Describincha tamén como astuta e honrada administradora do meu patrimonio, axudante valiosísima na catalogación e ordenamento das miñas coleccións, cómplice no deseño de mentiras para cubrir as miñas aventuras extramatrimoniais, única persoa que xamais me pediu nada e que me compraceu en todos os meus desexos. Sabes que me fiaba cegamente dela, e con razón. Durante case trinta anos estivemos en contacto case cotián, nos respectivos papeis de señor e criada. Só hai cinco anos que me dei de conta de que a amara desde sempre. As demais palidecen ao seu lado.

No pasado, ti e mais eu tratabamos ata os máis mínimos detalles das miñas relacións, a sedución e a conquista da muller: era o noso pracer cómplice. Non ouso profanar dese xeito o meu verdadeiro amor. Polo afecto que nos une, sinto o deber de describirche o meu namoramento xuvenil e o amor recuperado de vello; sei que comprenderás o resto.

Tiñamos respectivamente trece e dezasete anos, a sedución foi recíproca e gradual. Entre a néboa dos recordos creo lembrar que ela xa advertira a súa atracción por min como inevitable predestinación das circunstancias, unida á curiosidade intelectual e dos sentidos, parte fundamental da súa natureza. Ao principio eu consideraba o noso encontro un xogo leve e sensual, despois converteuse en namoramento e despois en potente paixón física.

Era o comezo das longas vacacións escolares. Eu tiña o entusiasmo do neófito posuidor duns prismáticos. Subía á terraza da lavandería, a máis alta da casa, e miraba a paisaxe, e inspeccionaba as rúas, as terrazas e os balcóns de Roccacolomba. Púñame na esquina máis reservada da terraza, protexido e separado das lavandeiras polas múltiples fileiras de sabas tendidas a secar.

Era un día particularmente ventoso. Os panos estendidos inchábanse co vento, ensarillábanse cos seus sopros caprichosos, daban volta coas raxadas, batendo con forza. Cando o aire cambiaba de dirección, os cordeis que suxeitaban sabas e manteis aos cables de ferro corrían dunha extremidade a outra, xuntándose en cándidos envurullos enormes e vaporosos. Observaba eu estupefacto, era unha metamorfose da natureza, o ceo parecía un mar embravecido, fileiras de nubes festonadas atravesábano a gran velocidade coma a escuma rabiosa das enchidas ondas, os panos semellaban velas de barcos en perigo, reagrupados para se protexeren da furia dos elementos.

Aconteceu entón que un refacho de vento abriu un corte entre as fileiras de roupa. Vina alí, lixeira e miúda, a lavar na pía de madeira. Ignorante da miña presenza e indómita polos refachos furiosos, continuaba o seu labor con ímpeto e concentración. Premía cos puños xuntos sobre a masa de roupa inmersa na auga, retorcía cada peza unha por unha; despois reabríaas e fretábaas ritmicamente contra a táboa inclinada, batíaas contra as estrías, sen preocuparse polo vento que lle desfacía e lle enchía os cabelos rizos, en longas guedellas que revoaban coma os tentáculos dunha anémona de mar. Abaixeime no chan, para que non me notase. Levaba un biso claro zarrapicado de auga. Apuntei os prismáticos cara a ela, enfeitizado polo rítmico movemento do corpo, polos seos pequenos e bicudos e polos xuvenís brazos harmoniosos. Era fermosa.

Decatouse da miña presenza e cun berro separouse da pía para volver entrar na lavandería. Volveu de alí a pouco, vestida co gris uniforme de doméstica, e continuou a lavar. Deixei os prismáticos, pero non daba apartado a vista. Mentres, ela seguía co traballo, impertérrita. Pasara a un lavadoiro oval onde mergullaba a roupa apertada e retorcida para despois enxaugala con forza. Repetiu aquela operación dúas veces, botando auga polo chan; agachábase para levantar os baldes de auga limpa para reenchelo e despois volvía enxaugar a roupa, lanzándome de cando en vez longas olladas maliciosas.

O vento acalmara. Avanzou entre as fileiras das sabas para arranxalas. Desfacía as engurras que se formaran, despois alisábaas axitándoas no aire, volvía prendelas rexamente no arame, observando o ceo azul que outra vez volvía ser o de sempre, intensamente azul e luminoso, sucado por cúmulos de nubes moles coma feixes de algodón. Ao chegar á última ringleira abaixou a mirada sobre min, que aínda estaba acubillado na esquina. Observábame circunspecta, pero sen medo.

—Que é iso? —dixo indicando os prismáticos. Ofrecinllos. Ela colleunos entre as mans, dáballes voltas a un lado e a outro, tentaba mirar polo lado que non era.

—Apréndeme a mirar por el —dixo. Tiña a voz gutural e o acento rexo da xente do campo. Levanteime e obedecín. Deixoume que lle termase dos prismáticos diante dos ollos, para regulalos. Emanaba un forte cheiro a lixivia que me embriagaba, mais non ousaba tocala, notaba que estaba tensa. Tíñalle os brazos arredor das costas e non a rocei nin sequera unha vez, mentres lle indicaba para onde tiña que apuntar e xiraba as rodiñas.

Apoderouse dos prismáticos e púxose a dar voltas pola terraza, apuntando a esquerda e dereita, calada. Cando mos devolveu, preguntou:

—Como funciona?

Expliqueille os movementos das rodiñas e dos axustes.

—Iso enténdoo, pero como funciona? Que hai dentro? Como fai para achegar as cousas aos ollos?

Eu non tiña unha resposta preparada.

—Le nos libros e despois cóntasme. Eu non sei ler e libros non che teño.

E volveu lavar a roupa.

Deixei a terraza antes de ela rematar coa roupa e parei ao pasar onda ela. Non deixara de lavar, seguía a bater na pía, pero xirara a cabeza cara a min e esperaba que lle falase. Pregunteille se a miña presenza a molestaba. A única resposta foi:

—Ti es un dos amos e podes facer o que queiras, eu aquí sonche criada. —Seguín camiñando cara á porta, e mentres entraba nas escaleiras gritoume—: Se vas vir outra vez, lémbrate de me buscar no libro como funciona o couso ese.

Volvín varias veces. Ela seguía a lavar co seu uniforme, mesmo nos días de calor, pero mantíñase cautelosa a pesar de concederse descansos para mirar a vila cos prismáticos, observar os raios de luz a través das lentes. Un día mesmo fixen un experimento cos espellos e conseguimos prenderlle lume a unha fronciña de palla: tiña ben estudada a materia para responderlle as preguntas.

Eu empezara a debuxar; un día pedinlle se me deixaba facer un esbozo dela mentres lavaba. Ela deume a resposta de sempre: "Ti es o señorito, eu a criada". Ela observaba os meus intentos, e era crítica. Fíxome notar que me saíra mal a unión dos brazos cos ombreiros. Atrevinme a suxerirlle que se só levase posto o biso podería debuxar mellor. "Non, que para iso tería que estar parada, e estou aquí para traballar. Vai ao salón vermello, ao lado do lar hai un cadro. Mira nel; na esquerda hai unha muller nesta posición, vai mirar e aprende". Tiña razón, o movemento do cadro era idéntico. Leveille o debuxo modificado. Botouse a rir del: "Ti non sabes, espera". Cerrou a porta da lavandería por dentro, quitou o uniforme e quedou en roupa interior, na postura que lle pedira.

Despois volveu vestirse e seguiu a traballar, sen quitar o cadeado da porta.

Os nosos encontros, nunca planificados, fixéronse frecuentes. Non sei como se dera organizado para estar soa, pero conseguírao. Eu debuxábaa en posturas castas e convencionais. Axudábaa a colocarse na posición desexada e aos poucos funme atrevendo a tocarlle os brazos, o pescozo. Non me rexeitaba, mais tampouco me animaba.

Durante as vacacións de Nadal, quixen gobernar unha das librerías do despacho. Asignáronme como axudantes dúas das criadas. Chegou un día en que só estaba dispoñible a Mennulara. Traballamos os dous en silencio, coma se non houbese entre nós máis relación ca o traballo. Ela subira na escaleiriña de madeira e eu íalle pasando os volumes que había que pór nos estantes altos. Chegado certo punto sentou no último chanzo, á espera de lle pasar eu os libros. Víalle as pernas descubertas, desde abaixo, o vestido subíraselle ao sentar. Quedei a mirar para ela, quedo e todo cheo. Ela deuse de conta, devolveu a mirada e non se moveu. Só tiven valor para dicir: "Baixa". Amámonos por primeira vez. Desde aquela, o despacho quedou como o lugar das nosas intimidades.

Descubrira a satisfacción dos sentidos sen esforzo nin sentido de culpa, cunha muller que non pedía explicacións e non facía recriminacións. A nosa relación baseábase na igualdade entre home e muller no sexo, cuxo fin era o gozo dos dous. A iniciativa só procedía de min, pero ela non sempre estaba dispoñible, aínda que raramente se negaba. Ás veces non ía tras dela durante longos períodos, anos enteiros; outras veces as relacións eran frecuen-

tes. Era un plácido acordo secreto, sen un claro compromiso emotivo por parte de ningún dos dous; así pensaba eu, e ti estabas ao corrente.

Hai cinco anos convidei a cear na casa a miña amante, con quen levaba tempo e da cal ela xa tiña coñecemento. Despois de servir a mesa ofendeu a miña muller e mais a miña amante intencionadamente, botando a perder o serán. Era a primeira vez que se comportaba daquel modo. Eu estaba furioso e decidín subir ao seu cuarto para reprendela, cousa que xamais fixera antes. Sentíame traizoado e humillado. Subía pola escaleira de caracol do entresollado por primeira vez na miña vida; presentía que era un momento importante, pensaba despedila de tanta rabia que tiña. Encontreime nun corredor escuro. Escoitaba, ao lonxe, unha música. Era o final do terceiro acto de Aida. *Ao óboe do andantino respondía a voz da Callas.* Fuggiam gli ardori inospiti di queste lande ignude. *Estaba atordado. Inmóbil. Escoitaba. Vinme polo chan, pousado contra a parede, esvarando por ela abaixo sen atopar resistencia.* Là tra foreste vergini. *A música seguía a expandirse a grandes xiros, enchendo todo o corredor, premendo contra as paredes que se abrían transformando aquel espazo angosto nunha paisaxe nocturna, húmida e aveludada, levemente perfumada.* Io son desonorato. *Eu estaba preso por un remuíño de sensacións en contraste, sentía que me desmaiaba literalmente. Crecíame no peito un sentido de marabilla que me mataba: nunca antes pensara que tivese alma.*

A porta do cuarto do fondo abriuse de súpeto, a música esvaraba polo corredor. Outra porta abriuse e volveu cerrarse. Oía o correr da auga, estaba no baño. Rexurdiu pouco despois e vina en pleno fulgor, antes de ela cerrar o interruptor e cerrarse outra vez no cuarto. Só levaba posto un camisón, aberto por diante. Pareceume fermosísima, a mirada serena encadrada polos longos cabelos soltos. Achegueime ao seu cuarto. Sentía un forte desexo de entrar nel, pero non tiña valor; temía que me botase fóra, era eu o transgresor. Radamés. Io son disonorato.

Quedei fincado contra a parede. Ela erguérase para darlle volta ao disco. Os pasos sobre as trabes do chan fixérono renxer e a porta entornouse. Già i sacerdoti adunansi. *Temía que a porta se cerrase, pero quizais adormecera. Agardei máis, despois empurrei amodo a porta, que se abriu renxendo.* Discolpati. *A luz lívida da lúa caía sobre a cama, onde xacía ela, cunha fina saba por riba. Eu escoitaba en pé, na porta, os ollos fixos nela.* Discolpati. *Ela cubrírase o rostro co brazo dobrado, non sabía se estaba esperta ou durmía. Eu choraba sen me dar de conta. Ela decatárase e xirou a cabeza mirando para min: "Non chores, escoita", dixo, despois cubriu outra vez o rostro, volvendo á mesma posición. E eu escoitei, escoitei ata que o brazo do tocadiscos quedou inmóbil sobre o prato.*

Estaba como paralizado.

—Que queres?—preguntou.

—Podo quedar aquí?

—Non. Mañá teño que levantarme para traballar, marcha para a cama, que xa é tarde para todos.

Aquela noite chorei sen parar na butaca dos nosos encontros, no despacho. Ao abrente escribinlle unha carta de despedida á miña amante.

Volvina ver ao día seguinte, servíame o café coma se non pasase nada. Levaba o mandil de tela gris de sempre, o pelo estirado e recollido nun moño, o seu peiteado de sempre, parecía carente de graza e sensibilidade. Aínda así, eu amábaa. Estaba confuso e asustado coma un adolescente co primeiro amor, inseguro do que facer, á espera dun sinal de incitación da amada. Probablemente ela se deu de conta, porque me dixo lacónica:

—Se quere, pode ir ao despacho, despois de comer.

Entón atopei a felicidade.

Vivo para as poucas horas de intimidade que nos está permitido compartir e para os nosos estudos. Faría calquera cousa con tal de poder vivir con ela, sós, para sempre. Abandonaría a casa e a familia. Impediumo ela. Inicialmente temía que o meu amor non fose correspondido, que os longos anos durante os cales a deixara de lado o tivesen estragado todo. Mais ela insistía en que eramos diferentes: os señores ven a vida dun xeito e as criadas doutro. A súa existencia enteira demostra os seus sentimentos por min, pero non é quen de dicir "ámote". Ela tiña a certeza de que nos reencontrariamos, pero non sabía cando; por min perseverou e estudou a arte grega, ela soa, mesmo superándome. Permitiume utilizar o pseudónimo "señor Mennulara" na correspondencia cos expertos, con tanto que desexaba eu que os nosos nomes fosen unidos en público. Unicamente a colección de cerámica grega quedará como testemuña muda da nosa paixón pola arte e da nosa historia.

Morro co arrepentimento de que a xente non vai coñecer nin as extraordinarias calidades desta muller nin o meu amor por ela.

Pietro Fatta ergueuse malamente da butaca cos folios na man. Parecía apesarado coa emoción. Buscou uns mistos no caixón do escritorio e despois atravesou o cuarto, con paso mesurado e sen facer ruído.

Aquel ano, no pazo Fatta acendeuse o lar antes do acostumado.

47

Na portería de don Vito Militello faise unha análise da situación

Lucia fixera a todo correr a compra para casa Fatta, a fin de pasar pola casa dos tíos don Paolino e dona Mimma sen espertar a curiosidade de Marianna, a outra doméstica. Don Paolino estaba na casa, a tía fora ao zapateiro polos zapatos que deixara a solar.

—Xa verás como foi en busca de lerias, que por algo a tenda do tío Giacomo che está na rúa dos Gozzi —dixo don Paolino—. Non esperes por ela, que vai botar horas alí, e eu vou hoxe tamén sen unha comida quente.

Tío e sobriña puxéronse ao día mutuamente sobre os asuntos dos Alfallipe e Lucia volveu para casa toda contenta. Aquela historia era máis interesante ca a telenovela por episodios que lle deixaban ver de lonxe en casa Fatta, sobre unha cadeira pegada á parede, mentres que a señora estaba sentada en primeira fila, por dicir así, na súa cómoda butaca, diante do televisor novo.

Dona Mimma volveu tarde, sen os zapatos.

—Non tivo tempo para traballar, coitado; primeiro coa casa de tolos dos Alfallipe, despois tivo que contarllo a toda a xente que lle entraba na tenda. Todos querían que repetise o que oíra!

—E logo que oíra?

—Tomárona coa pobre Mennulara, e as cousas que dicían... Puñan os pelos de punta. Ladra, indecente, mesmo puta lle chamaban, e entre eles dicíanse insultos, irmáns e cuñados. Mira, imos comer á casa da miña irmá Enza, que habemos saber máis cousas!

Na portería do pazo Ceffalia os catro cuñados falaban rápido, aproveitándose de non haber visitas. Dona Enza aquela mañá subira ao primeiro andar para axudar as criadas a gobernar a despensa da baronesa, esperando pescar algún comentario. Recibira a súa recompensa, pois que a señora tiña máis novas: o xardín dos Parrino e o coche do empregado de correos, Gaspare Risico, foran estragados: "como advertencia", segundo a baronesa, aos que falaran moito e mal da Mennulara.

—Na misa pouco se deixaba ver, unicamente nas misas cantadas, pero algún santo especial tiña que ter que a protexía moito —dicía dona Enza.

—Si, un santo con pantalóns, gorra e escopeta —engadiu don Vito—, mentres que os Alfallipe deben ter un maleficio con eles, non dan unha a dereito. Santa pasou por aquí hai pouco e conta que onte escacharon todo o que había por escachar no despacho do avogado e que se learon a paus. Hoxe chegoulles unha carta que dicía que romperan o que non debían, e leáronse a paus outra vez. En fin, que son uns desgraciados, e aínda por riba cóllena coa Mennulara.

A pesar da abundancia de detalles sobre a liorta dos Alfallipe, na vila falábase menos das vasillas escachadas e da súa orixe. Don Paolino, pola contra, moito cismaba naquilo.

—Se levaron os vasos aqueles ao museo, quere dicir que pensaban que eran verdadeiros e de valor. Tiñan que ser da Mennulara, de maneira que sería ela quen lles mandou facer tal, que eu lembro que dicían que era unha burla para eles. Non era cousa que se poida esperar por parte dela. Non era das que andan con brincadeiras nin con burlas, que a ela non lle ía facer chiste. Se cadra as vasillas eran verdadeiras e leron mal, ou se enganaron os do museo ao escribiren a carta.

—E por que a tomarían con ela se se enganou coas vasillas esas? Nin que fose catedrática! Xa sabía abondo, sendo como era unha criada —dicía dona Enza.

—Non, aí non tes razón, Enza —dixo don Paolino—. Cando foi das escavacións na vila de Casale o avogado era novo e entroulle a paixón polas cousas antigas dos gregos, e mesmo se puxo a escavar preto de Cannelli, un bo terreo que venderon, seica debaixo da terra había unha cidade antiga enteira. Atopaba pezas escachadas e levábaas para a casa. A coitada da Mennulara tiña que traballar de noite. A mesa do cuarto que había ao lado do despacho parecía talmente un mosaico, todos os anacos alí postiños. Era un crebacabezas! Pero ela tiña o ollo fino e apañábase, pegábaos todos e parecían perfectos. Despois deulle outra teima ao avogado e xa non quixo saber máis dos cacharros, mais a Mennulara divertíase a arranxar as pezas vellas, que quedaran moitas. Eu mesmo a vin a mirar nos libros coas fotografías, que moito lle gustaban.

—Pobre muller, coa louza rota se divertía, que vida de santa! —comentaba don Vito—. Por certo, sabes que faltou esta mañá don Luigi Vicari?

Don Paolino sobresaltouse.

—Aínda vivía?

—Vivía, xa che pasaba dos noventa anos, díxomo o neto, que pasou pola portería mércores, estáballe eu a falar do funeral. Di que de cabeza aínda rexía, e mais estaba encamado, o home, e morreu mentres durmía. Que boa morte!

—Que boa morte nin que leria! A filla dicíame estoutro día que desde o xoves anterior todo era a desvariar, tiña medo de que o matasen... Morreu co medo, chocheaba o coitado —dixo dona Enza.

—Ai, é o que ten... Pero el puxera unha tenda e ben rico que se fixo —comentou don Paolino—. Habedes ver como de agora en diante non se vai falar máis nada nin da Mennulara nin dos Alfallipe, todo o que se dixo queda esquecido, e en Roccacolomba o nome Alfallipe havos desaparecer, hanvos marchar todos. Con que non nos boten da nosa casa...

Don Vito estaba de acordo.

—Teño escoitado de todo nesta portería sobre aquela pobre muller, xa non hai máis que inventar dela. A xente moito fala e pouco entende —comezaba a contar, enumerando as historias cos dedos da man esquerda, unha por unha—. Empezando polo pai, mesmo se dicía que era filla ilexítima dun mafioso que a mandou criar en casa Alfallipe para ter alí dentro unha informadora, e mais tamén había quen dicía se non sería filla do príncipe de Brogli, e que o avogado a colleu na casa para facer calar a xente, e que tiña un bo dote dela entregado polo príncipe, e tamén había tales que dicían que era filla do avogado Gianni Alfallipe, e que a defunta señora Lilla soportou tamén aquela humillación, e levouna para a casa: que resultaba ser irmá de Orazio Alfallipe, que por iso lle dera tanto poder na casa. En fin, que era filla de todos agás daquel desgraciado do pai, o Luigi Inzerillo, e ninguén fala de que ela tiña os mesmos dentes para fóra coma o pai, e tamén os ollos, chegaba con miralos para darse de conta de que eran pai e filla, cuspidiña ao pai, era!

»E logo coa propia Mennulara, que era solteira e agora aínda lle puxeron fillos. Hai quen di que o fillo do padre Arena non é fillo da aia, senón da Mennulara, e que o mantiña a estudar, hai quen di que os sobriños, os do continente, son fillos dela, que os tivo con xente da cal non se pode falar, e que por iso non aparecen nunca por Roccacolomba...

—Sabemos pouco dela —concluíu don Paolino—, pero é así. O caso é que era boa no traballo e moi amiga de mandar, e de aí naceron os problemas con todos. Aos señores gústalles ter bos empregados, o que non lles gusta é que manden neles. Se lle fixesen caso, a estas horas serían moito máis ricos, pero nós quedamos sempre pobres e ofendidos incluso de mortos.

MÉRCORES, 23 DE OUTUBRO DE 1963

48

Don Vincenzo Ancona amósase descortés coa muller

Sentado nunha cadeira de palla colocada de lado cabo da mesa da cociña, preparado para marchar a atender os seus negocios, a mañá do mércores 23 de outubro don Vincenzo Ancona bebía o primeiro café do día en silencio, servido pola muller. Era o momento en que se preparaba para o traballo, recapitulando mentalmente o que viña antes e o que viña despois, o pasado recente e o futuro inmediato. A pesar de ter oitenta e un anos e ser máis ben corpulento, don Vincenzo non tiña queixa da saúde. Pero o que conservara sobre todo era unha memoria de elefante, algo esencial para el, pois que lía e escribía con dificultade. A muller interrompeulle o fío dos pensamentos:

—Dixéronme que o mes pasado fuches ao funeral dunha tal Inzerillo. Hoxe ten o funeral do mes. Quen era esa muller?

—A min non me veñas con esas preguntas! Ti atende ao teu, preocúpate polos miserables dos teus fillos, e vaite por aí!

Don Vincenzo bateu coa cunca de café contra a mesa, derramou polo hule o resto que non bebera e saíu da cociña con paso pesado. Na entrada había dous homes a agardar por el. Cun aceno del correron a axudalo a pór a chaqueta e abríronlle a porta da casa, sempre en silencio. O coche, un Alfa Romeo Giulietta negro, estaba preparado co chofer á espera de arrancar o motor para emprender a longa viaxe ata a capital.

Don Vincenzo estivo taciturno e de mal humor durante o resto do traxecto. Nin sequera quixo facer un descanso no sitio de sempre para tomar un café, e deu orde de ir rápido. O coche corría pola estrada chea de curvas, baixando dos montes polas revoltas, adiantaba os coches nas curvas cerradas, volvía subir e despois baixaba outra vez polas costas, abrindo o camiño coa bucina, facendo caso omiso dos límites de velocidade, pois que o chofer conducía coa seguridade de quen sabe que ten pleno dereito a facer o que lle pete. Naquela ausencia de vacilación había unha tradición de poder e violencia ante a cal estradas, vilas e persoas presentaban unha especie de familiaridade non manifesta, unha confianza conscientemente distraída que non deixa de abrirse e cerrarse coma unha cortina. Atravesaban os montes que constituíran o inmenso feudo dos príncipes de Brogli, para os cales os Ancona foran capos mafiosos durante xeracións. O percorrido estaba inzado de recordos e de nostalxia para don Vincenzo. Facía que lle volvesen á mente as lembranzas da xuventude, cando seu pai, don Giovanni Ancona, lle aprendera a profesión que lle había transmitir, igual ca o seu pai fixera antes con el, de pais a fillos: coma os títulos nobiliarios, sempre ao primoxénito.

A don Vincenzo só lle faltou esa satisfacción, que lle fora negada por culpa da estupidez do fillo, o único varón, que traizoara as regras da honrada sociedade pola súa debilidade carnal, algo intolerable nun mafioso. Tamén era certo que o fillo fixera carreira e seguía a ser home de honor, pero tivera que saír adiante fóra de Sicilia, co cal o pai se vira privado da tranquilidade e da satisfacción de telo cerca e ver como ocupaba o seu posto. Un débil, iso é o que era, e do seu sangue ademais! Pasaron polas terras dos Cannelli, onde cometera aquel crime que lle cambiara a vida. Don Vincenzo deixou escapar unha blasfemia: "cago na hostia!". Os seus compañeiros de viaxe asombráronse e fitárono, o chofer reduciu a velocidade, ansioso.

—Sigue, que estaba a pensar nas miñas cousas —ordenou don Vincenzo, e botouse para atrás, deixándose caer contra o encosto; pousou a cabeza, puxo os lentes de sol e fixou a vista na estrada.

Asaltárono as lembranzas. A "cousa" que cambiara a vida do fillo e lle causara unha inmensa dor a el e mais á muller acontecera había máis de corenta anos, pero era coma se tivese acontecido na véspera. Seu pai morrera cando el aínda era mozo, pero don Vincenzo xa aprendera moito e estaba totalmente preparado para ocupar o seu posto, ficticio garda das terras dos Brogli ante as autoridades, capo mafioso dos seus feudos e dos limítrofes, que lles pertencían ás familias burguesas e da pequena aristocracia. Con boa razón era respectado e temido, mesmo fóra da provincia, pois se sabía que era un home íntegro e inatacable, previsor e presto a emprender actividades novas.

Entregado á familia e fidelísimo á muller, só tiña ollos para o seu Giovannino, moi intelixente e esperto, un digno sucesor. Sentía por el o orgullo que só un pai pode sentir: víao fermoso e forte, percibía a súa impoñente masculinidade e advertía cada vez máis una astucia, unha altivez, unha determinación e mesmo unha arrogancia que, xunta un vago olfacto para os negocios, lle permitirían ao fillo facer fronte a aquilo que el intuía que era a "modernidade". Don Vincenzo sabía que os tempos cambiaran para todos e que a mafia precisaba de adecuarse a tales mudanzas, introducirse na nova orde social e política; sabía que aquel xiro ía ter fondas repercusións, algunhas delas drásticas, e que certos aspectos do código transmitido de pais a fillos, ao cal el estaba nostalxicamente apegado, ían quedar en desuso e finalmente habían caer no esquecemento. Don Vincenzo lamentábase daquilo, porque precisamente aquela insistencia da mafia en perseverar nun comportamento severo, ríxido e polo tanto previsible fora unha das bases do seu éxito: unidos no terror da vinganza segura contra aqueles que non respectasen o código de honor ou se atrevesen a rebelarse aos abusos, tanto os homes de honor coma "os outros" consideraban aquel comportamento unha manifestación de integridade e mesmo de xustiza por parte do poder mafioso. Aquel dobre papel de xuíz e xusticeiro gustáballe moito a don Vincenzo, por máis que coñecese perfectamente a súa falsidade; correspondíalle a el, unicamente a el, ser o mestre do fillo, convencido como estaba de lle poder deixar como herdanza unha educación axeitada.

A iniciación do fillo incluía que don Vincenzo o levase polas terras na época da colleita de xeito que todos, señores e labregos, o coñecesen, e que el aprendese a tratar a xente como é debido. Aquela mañá de maio baixaran dacabalo ata a grande plantación de amendoeiras do príncipe que circundaba a casa do feudo. Os varexadores sacudían as gallas das amendoeiras con varas flexibles, implacables cos froitos mais delicadas coas árbores, mentres unha chuvia de améndoas verdes e polposas de pel apenas endurecida caía polo chan coma se fosen olivas xigantes. Na distancia seguíaos a cuadrilla de mulleres que ían apañando as améndoas postas de poutelas, sobre os xeonllos, coma as formigas, mulleres e rapazolos vixiados uns por un supervisor e as outras pola vella gardiá, que tiña o dereito e o deber de reprobar os varexadores se ousaban introducir palabras atrevidas e sedutoras nas estrofas das antiquísimas cantigas. Raramente se apañaban as améndoas en silencio. Cantaban todos ás regueifas, e era aquela unha actividade serena e ordenada que sinalaba a pasaxe do final da primavera ao verán, cando a comida era máis abundante para todos.

Aquel día don Vincenzo tivo a infausta idea de deixar o fillo cos xornaleiros que traballaban arredor da casa mentres el ía ao bebedoiro do outro lado das amendoeiras. Un capo da mafia ten que ser visto e, sobre todo, ver e oír, sempre alerta. Observar o trasfego da auga, escoitar as conversas dos labregos e dos mozos a encheren as xerras para levar a casa era unha vixilancia agradable e necesaria. Comería con eles o pan e o queixo e volvería de tarde para retornar á vila xunta o fillo.

Contra as dúas encontrouse cun labrego da casa, Luigi Vicari, montado na mula. Falaron un pouco e axiña marcharon xuntos, mantendo as bestas ao paso mentres estaban á vista dos do bebedoiro, despois ao trote ata a facenda. A don Vincenzo ben que lle gustaría azoutar o animal ao galope, mais non quería chamar a atención, pois tamén os terróns teñen ollos e oídos. Chegou á casa, que parecía deserta e tranquila coma se non sucedese nada: as mulleres seguían ocupadas coas súas angueiras, os varexadores a cantar, os xornaleiros nos campos. Era un día tépedo e luminoso.

Entraron na casa do labrego e foi entón que lle contaron detalladamente o acontecido, en voz baixa. Don Vincenzo rexeitou o vaso de auga que lle ofreceran e escoitou. Había case unha hora que a muller de Luigi Vicari fora limpar o galiñeiro, que estaba ao lado da palleira. Escoitara uns berros fortísimos de muller que viñan de alí: "Valédeme, que me mata!"; despois o silencio; pouco despois reapareceran os berros. Non tiña idea de quen podería andar alí, pois non houbera visitas de estraños. A muller chamara por el e xuntos foran ata a palleira, que servía de dormitorio para as xornaleiras que ían ás améndoas. Viron unha maraña de pernas e brazos; Giovannino Ancona estaba estomballado na palla, cos pantalóns baixados a carón dela, que se revolvía e couceaba. Era tal a furia do rapaz que non notou a chegada deles. Pero aquela fera deuse de conta, e deulle unha chanchada á man que lle tapaba a boca, e púxose outra vez a berrar. Separáronos. Luigi Vicari ordenoulle ao mozo que se arranxase e mandouno á corte das vacas, onde había un agocho, e alí quedara.

—Leveille unha pouca auga pero non quere comer, e a ferida non é grave —dixo o labrego, temeroso da ira de don Vincenzo, que o escoitaba con expresión sinistra e impasible.

—E a rapaza onde vai? —preguntou.

—Está aquí, na miña casa. A miña muller quedou con ela —e fixo un aceno en dirección ao outro cuarto—. Non volveu berrar e ninguén sabe nada, aínda están todos a traballar.

—Chámame pola túa muller —mandou don Vincenzo. A muller estaba alterada, tentaba pórse á altura dunha persoa tan importante e temida, víase que estivera a chorar ata había ben pouco—. Dime que foi o que pasou —ordenoulle e, xirando a cabeza para o marido, engadiu—: Luigi, agradézovos a dilixencia da vosa actuación e hei de recordala. Agora vaille dicir ao meu fillo que se arranxe. Colle a egua e dálle de beber, que xa marchamos para a vila.

A soas coa labrega, pediulle outra vez que lle contase polo miúdo todo o que vira, quen era a rapaza e como estaba, sen vergonza e con todos os detalles. Non lle foi posible. A muller falou chorando, invocando todos os santos e o marido, que podía explicar calquera cousa mellor ca ela, que non era máis ca unha labrega e nunca antes vira cousas coma aquela: don Vincenzo axiña comprendeu que se trataba dun verdadeiro acto de violencia carnal. Don Vincenzo coñecía a Mennulara, e tamén o seu propio fillo.

—Coñécela ben? —preguntou.

A muller conseguiu vencer a vergonza e aseguroulle, xurando por todos os santos, pola gloria do seu pai e pola vida dos seus fillos, que aínda era enteira e que o seu comportamento así o confirmaba: logo de quitarlle de enriba o fillo do señor, só conseguira levala ao dormitorio, onde se botara polo chan a xemer, aínda manchada de sangue pola roupa e entre as pernas, que nin sequera quixera un groliño de auga, a coitada.

—Coñezo a Mennulara mellor ca as demais porque xa hai moitos anos que nos vén traballar aquí. Sonlle moi pobres, ela nin sequera come a súa ración para levala á casa, pasan fame. Nós témoslle cariño e de cando en vez deixámoslle un par de ovos, algo de verdura, un anaco de queixo, agochado todo na palleira para ela levar para a casa; se llo damos diante das demais, dálle vergonza e non nolo quere, por iso facemos así: deixámolo nun buraco da parede da palleira onde ela agocha as súas provisións; ela sábeo e gárdaas alí. Precisamente esta mañá, cando a rapaza estaba a apañar améndoas, o meu home díxolle que había cousas na palleira e ela estaba tan contenta... E mais coñécese que é orgullosa e xamais pide de nada.

»Non sei por que iría ela á palleira na hora de comer, se cadra volveu para encher o caldeiro de auga fresca, que eu vin a xerra nunha esquina, nin tampouco non lle sei por que aparecería por alí o seu fillo.

A mulleriña estaba aterrorizada e non quería acusar o fillo dun capo da mafia dun acto tan ruín coma inusitado nun mafioso.

Don Vincenzo dixo:

—E para ti, foi violación ou non?

A muller púxose outra vez a chorar amodo e non respondeu.

—Fala. Foi violación ou non? —repetiu don Vincenzo en ton imperioso, pero sen levantar a voz.

—Vostede ten fillos e eu tamén teño fillos xa criados, e xúrolle pola gloria da miña nai que os berros desa rapariga e o estado en que a atopei, e como está agora, a min non me deixa dúbida de que foi como di vostede, pero só Deus sabe a verdade.

—Abre a porta e déixame vela —ordenou.

A muller non quería obedecer; díxolle que estaba medio desmaiada, que había morrer alí mesmo se o vía a el, e só lle faltaba iso; non podía interrogala no estado en que se atopaba.

Don Vincenzo perdeu a calma e levantou a voz:

—Escoita: ben sei como está, só quero vela, non é cousa miña falarlle.

Don Vincenzo ergueuse e abriu a porta. O cuarto estaba en penumbra, a única fiestra abríase no centro da parede, case baixo as trabes do teito, mais tiña as contras entornadas. O fedor da pobreza, o cheiro a humedén, esterco e palla atravesóuselle na gorxa: polo chan había caixas, cestos, mantas amoreadas, cacharros. A cama era en realidade un colchón botado no chan, cuberto cun trapo gris: na cabeceira, un pequeno crucifixo sinalábaa como tal.

Ao principio non a viu. Nunha esquina estaba o único moble do cuarto, unha cadeira. Alí estaba botada a Mennulara, que parecía outra máis das moreas de farrapos, encrequenada no chan, coma unha mociña acabada de nacer, as costas arqueadas e case redondas, as pernas dobradas, a cabeza abaixada sobre o peito tocando os xeonllos, xemendo coma un can ferido, saloucando ritmicamente. Non se decatou da presenza do home. Recoñecíanse as manchas de sangue vermellas pola parte de atrás da saia. Tiña unha perna descuberta e na pel branca víanse os fíos de sangue que lle correra ata os pés.

Don Vincenzo cerrou a porta, deulle as grazas á labrega e foi á corte. O fillo agardaba por el en pé; tamén tiña restos de sangue nos pantalóns e na camisa. "Vamos", díxolle. En silencio montaron nos cabalos e marcharon ao trote, coma se non sucedese nada. Ao pasar a distancia das xornaleiras botaron o acostumado "Con Deus", e fixeron outro tanto cos varexadores. Facían falta case tres horas para volver á vila. Don Vincenzo non mirou para o fillo en todo o traxecto; cabalgaba diante del abríndolle o camiño entre as árbores, evitando os carreiros e as vereas máis frecuentadas. A muller e as fillas pequenas agardaban por eles, as rapazas estaban alegres. Don Vincenzo choraba por dentro de pensar na traxedia que caera sobre a súa familia. Explicoulles que Giovanni caera e se mancara, nada grave, e mandounas a todas á farmacia a comprarlle medicinas.

Cando quedaron sós na corte preguntoulle ao fillo:

—Ti tes culpa?

—Teño, non sei que é o que me pasou.

Don Vincenzo botouse entón enriba do seu filliño querido e encheuno de puñadas e couces no ventre e nos testículos, chorando e maldicindo o triste final da súa estirpe. Giovannino tivo que gardar cama varios días.

Entrementres, don Vincenzo organizou o seu afastamento. Dixeron que ía vivir ao norte, á casa dun curmán, para continuar alí os estudos, porque era tan intelixente que en Sicilia quedaba desaproveitado, e ía aprender moito máis na escola de Italia. A mafia foi posta ao corrente da verdadeira situación e aprobou a sabia decisión de don Vincenzo. Giovannino comportouse coma un home: recoñeceu a propia culpa e prometeulle á nai, angustiada coa súa marcha, que ía conservar ben alto o honor da familia e que chegaría o día en que estaría orgullosa del.

Nunha reunión de homes de honor, Giovanni Ancona admitiu humildemente e con dignidade sorprendente nun mozo de dezaseis anos a súa culpabilidade. Non só cometera un acto intolerable segundo o código ético da mafia, isto é, deixarse levar polo desexo carnal no exercicio das súas funcións (que tivese gozado cunha muller voluntariamente, fose home ou besta, era o de menos; un home de honor xamais debe perder o dominio de si), senón que o feito de violar unha virxe que aínda por riba era unha rapariga puña en dúbida a súa capacidade de xuízo e quebraba a norma de que as mulleres dos outros non se tocan. Aínda que fixesen calar a rapaza e as testemuñas, corríase o risco de que alguén falase no futuro, e semellante posibilidade remota ía facerlle imposible, naquelas terras, ser digno e respectado herdeiro do pai e dos seus devanceiros. Giovanni Ancona prometeu, arrepentido, que aproveitaría a oportunidade que o mundo moderno lle ofrecía ao servizo da mafia, como Ancona que era, igual que fixeran todos os da súa familia con anterioridade.

En realidade, a pesar da ferinte humillación e a dor que supuña deixar a familia e Sicilia, Giovanni Ancona sabía que estaba capacitado e quería estudar; a perspectiva de poder dedicarse aos estudos e traballar no mundo dos negocios seducíao e, por outra banda, dábase de conta de que a el o que lle gustaba era unha vida menos austera ca a que lle impuña o código da mafia rural. Giovanni Ancona raramente volveu por Sicilia. Viviu e casou en Lombardía: un fillo perdido para don Vincenzo e mais a muller.

Don Vincenzo tivo que lle dar parte ao avogado Ciccio Alfallipe, administrador das terras dos príncipes de

Brogli, minimizando o suceso, coma se se tratase dun erro de dous mozos fogosos. Fíxolle entender que agradecería que á Mennulara lle atopasen outro traballo, na vila. Foi así que a señora Lilla Alfallipe non encontrou ningunha obxección por parte do marido cando lle comunicou que pensaba coller para o servizo outra criada, a filla de Nuruzza Inzerillo.

Don Vincenzo comprou despois o silencio dos Vicari, que deixaron o campo e abriron unha froitería, e sempre estiveron vixiados; o capo mantívose informado da sorte da familia Inzerillo e da Mennulara, disposto a facer que matasen a calquera de quen se sospeitase que tiña falado ou quería falar.

49

Don Vincenzo Ancona revive o seu único encontro coa Mennulara

Case vinte despois, antes de estalar a guerra, por medio dun de Enna chegoulle a noticia de que a Mennulara quería falarlle cando a el lle viñese ben. Don Vincenzo sorprendeuse e quedou turbado: unha chantaxe ou unha petición de recompensa logo de tanto tempo era o froito dunha mente inestable, cando a el a muller lle daba a impresión de ser todo o contrario. Sempre se mantivera ao corrente dos asuntos da Mennulara e contáranlle que tiña fama de persoa equilibrada, cauta e de poucas palabras, que non lle daba confianzas a ninguén. En fin, que tiña a boca selada coma unha "muller de honor".

Aquela solicitude de reunión sorprendíao moito. Don Vincenzo decidiu adialo dúas semanas, visto que ela non manifestara présa. Porén, a Mennulara convertérase nunha lousa que pesaba sobre a súa cabeza e angustiábao máis ca nada.

Poucos días despois don Vincenzo e a súa muller tiveron un motivo para sentirse merecidamente orgullosos e satisfeitos co seu Giovannino, a quen a mafia lle conseguira un alto cargo no banco que administraba unha boa parte dos cartos da familia: xa estaba destinado a converterse nun dos financeiros máis importantes da mafia no estranxeiro. Giovanni, que como consecuencia do afastamento de Sicilia fora a unha prestixiosa universidade de Milán, xa falaba fluidamente o francés e non parecía que viñese do sur, nin moito menos que fose membro da mafia. Mesmo podería superar o seu pai dentro da xerarquía.

Pareceulle irónico que aquel éxito do fillo coincidise coa petición da Mennulara, pero despois empezou a sospeitar se entre ambos acontecementos non habería unha vinculación nefasta que el non daba imaxinado, e preocupouse moito. Tamén considerou a posibilidade de facela calar; sería unha de tantos desaparecidos sen deixar pistas que xamais volven. Moitos matara el de mozo, e como capo mafioso mandara matar ducias deles, non tiña ciencia ningunha. Mais finalmente decidiu deixala falar, quizais por curiosidade, pois tiña a necesidade de verificar que fora o que acontecera realmente no pasado. O resto xa o decidiría despois. Concedeulle unha cita no despacho dun notario de confianza. Era obvio que ela lle quería facer chantaxe.

Eran as dúas da tarde dun xoves, recordábao perfectamente, cando hai pouca xente pola rúa. A Mennulara entrou nerviosa no despacho, onde a agardaban o notario e mais don Vincenzo. Fraca, co rostro pálido e osudo, o pelo recollido para atrás nun moño, o vestido gris simple e austero, aparentaba por riba da súa idade. O notario levantouse para recibila, don Vincenzo quedou sentado coa cabeza baixa, unha man sobre unha perna e a outra pousada no escritorio.

A Mennulara sentou na cadeira do visitante e saudou a don Vincenzo.

—Agradézolle que me concedese esta cita —comezou.

Don Vincenzo tivo que levantar a vista. Fitouna intensamente, como facía sempre, sen se decatar o interlocutor. No pasado tentara lembrar a súa figura, pero non conseguira recordar as súas faccións. Só recordaba que cantaba cunha fermosa voz forte e melodiosa e, unha vez que a tivo diante, veulle á mente a imaxe da rapariga áxil e alegre que cantaba con toda a alma baixo as árbores.

A Mennulara devolveulle a mirada sen timidez e dixo simplemente:

—Don Vincenzo, despois daquela non volvín cantar por gusto meu.

—Abofé que o sinto moito.

O notario interveu naquela conversa ilóxica e explicou, segundo o acordado anteriormente con don Vincenzo, que el estaba presente porque se cumpría falar, precisamente el estaba disposto para redactar un acordo; pero deuse de conta de que non só a Mennulara senón tamén don Vincenzo miraban para el coma se a súa intervención fose inoportuna e torpe: interrompera unha conversa íntima e solemne.

A Mennulara díxolle en voz baixa pero decidida:

—Señor notario, non veño buscando cartos. É mellor que marche. Don Vincenzo pode chamar por vostede se o precisa.

Don Vincenzo moveu a cabeza, asentindo.

Quedaron sós, sentados un diante do outro, ante ao impoñente escritorio de madeira maciza. No outro lado dominaba a butaca baleira do notario, co encosto alto e largo rodeado dun amplo marco de madeira labrada. Parecía o asento reservado para o personaxe ausente, o seu Giovannino, cuxo nome nunca foi pronunciado mais cuxa presenza era case palpable no aire denso e cargado do despacho, coma se fose un fantasma.

Don Vincenzo respirou con dificultade, moveu as mans e volveunas pór na mesma posición de antes. Ergueu a cabeza avermellada completamente calva e preguntoulle de golpe:

—Que che fixo?

—Nunca llo dixen a ninguén —respondeu a Mennulara fitándoo aos ollos—. Quere que llo conte agora?

Don Vincenzo asentiu: era unha orde.

Ela falou sen interrupcións, con voz monótona e carente de emoción, revivindo con exactitude e lucidez o trauma sufrido aos trece anos, coa mirada baleira, coma se contase cousas que lle aconteceran a outra persoa.

—O señor sabe quen son eu e tamén sabe que eu traballaba para levarlle de comer a miña nai e a miña irmá, que en paz descansen. Gustábame a vida ao aire libre e traballaba contenta. Os labregos de Canelli tiñan pena de nós as tres, coitadas, e deixábanme queixo e outras cousas de comer para que as atopase, agochado todo detrás dunha pedra nun buraco que había baixo o mainel da palleira, e despois eu levaba todo para casa. Aquel día don Luigi Vicari dixérame que había dous ovos para min, e supoño que el o escoitaría. Era un día de calor e había moitas amendoeiras por varexar, os varexadores estaban lentos e preguiceiros e deixaban moitas améndoas boas nas árbores, e eu subía a elas para apañalas todas. Gustábame rubir polas árbores, aínda era unha rapaza.

»El debeu de fixarse en min cando traballaba, non sei, o que sei é que cando paramos para comer entroume moita fame e comín todo o anaco de queixo e as olivas que nos deran. Normalmente picaba un pouco e gardaba o resto para levar á casa, porque a miña irmá non tiña moito apetito e aquelas cousas gorentábanlle. El andaba a dar voltas arredor das que estabamos a traballar, como facía vostede. Eu contáballe ás outras xornaleiras que non debera comer todo o queixo aquel coa pementa, que sabía a gloria. El oíume e achegouse. Díxome que tiña media peza daquel queixo e que me podía dar un bo anaco, que a encontraría na palleira se ía logo, porque ía quedar pouco tempo.

»Vostede, don Vincenzo, xa marchara, de maneira que o crin. Eu e mais outra xornaleira levamos as xerras baleiras para coller auga fresca, levabámolas en riba da cabeza ben ergueitas, que é como lles corresponde ás señoritas, pero despois deixou de corresponderme tal cousa, e nin sequera deitada de lado as podería levar.

Calou. Mirouno directamente á cara. Despois a súa mirada quedou desenfocada, as pupilas inmersas na profunda desesperación que rexurdía.

A Mennulara seguiu a falar, co mesmo ton.

—Foi a última vez na miña vida que fun ao pozo por auga, e despois fun dereita á palleira. El estaba agochado tras a porta. Así que entrei botouse enriba de min coma un animal en celo. Non me dei defendido, arrincoume a roupa, era máis forte ca min, tapábame a boca, trabeino dúas veces para pedir auxilio, pero deume unha puñada na boca e no peito que aínda hoxe me doe. Penetroume ata as entrañas, pensaba que morría; por sorte chegaron don Luigi Vicari e mais a muller. Vir, viñeron, pero antes de me valeren preocupáronse por el. É o seu fillo, e eu non era máis ca unha orfa esfameada e desgraciada. Conque quedei na casa da tía Maria Vicari, e eu só quería que me tragase a terra de tanta vergonza, e estaba rebentada coa dor, tanto na alma coma no corpo. A tía Maria lavoume un pouco e deume ovos, verdura e moito pan, e volvín soa para a casa, sen saudar as demais sequera, cada paso era un suplicio do magoada que ía.

»Á defunta de miña nai xa a advertiran de que eu me vira comprometida cun home pola miña culpa, e había de matarme a paus de non estar ela tan feble, pero cando me viu comprendeu que non era verdade e non fixo preguntas. Tíñalle moito respecto a vostede, don Vincenzo, dicía que vostede ben puidera botar do traballo o meu pai cando andaba de xornaleiro e non tiña nin forza para cavar porque estaba para morrer, e vostede non o despedira, e igual por esa razón crin na boa fe daquel cando me ofreceu o queixo. Sempre me queimou por dentro pensar que se cadra vostede, don Vincenzo, igual ca os demais, pensaba que tiña eu a culpa do que me pasou, porque non é verdade. Ata hoxe, a verdade só a sabiamos nós os dous, eu e mais el.

»Quedei na casa uns días; nin sequera daba pensado, non había futuro para nós. A comida acabárase e miña nai e mais miña irmá estaban moi maliñas. Miña nai meteume a servir en casa Alfallipe, malia non querer ela mandarme a servir, porque dicía que dos señoritos non se pode unha fiar, e tiña razón, porque aínda hoxe son prisioneira naquela casa e nela hei de morrer sen poder ter xamais fillos nin familia.

»Quedei preñada do avogado Orazio Alfallipe, pero el non ha de sabelo, e vostede é o único que o sabe, á parte do doutor Mendicò e a señora Lilla. Tiven un aborto e dixen que me quitasen todo, era necesario. Mentres estaba no hospital souben que existía un sistema para facer unha análise do sangue das persoas e para coller as pegadas dactilares, que así se sabe de quen son; mandei que fixesen tal no pano que el usara para se limpar, tanto do sangue, que era moito, coma as súas vergonzas, e nel quedara o sinal dos dedos no sangue. Eu gardárao para min. Pódese saber a quen pertencen. Eu seino, e non teño necesidade de probas, pero se non me cre, doullo coas as análises que mandei facer. Non estou aquí para chantaxear a ninguén nin para que me dea cartos, nin moito menos del. Estou aquí para dicirlle que a verdade se coñece e que lle entrego as únicas probas que teño e que non quero ver nunca máis.

Abriu a bolsa a sacou un paquete que pousou no escritorio.

—Só lle pido tres favores, que ben me pode negar, seguro que xamais poderei nin quererei prexudicalo a vostede ou a el. A señora Lilla Alfallipe apiadouse de min e regaloume cincuenta moedas de ouro para que eu perdoase o que me fixera o fillo dela, que por outra parte quizais sexa demasiado, porque eu xa fora deshonrada e el nunca fora violento coma o outro. Quedei na casa. De ter marchado, so podería meterme a puta cos demais porcos coma el, e a miña irmá quedaría sen medicinas e morrería —fixo unha pausa e engadiu—: Non me avergonzo porque conseguín curar a miña irmá e casala enteira cun bo home. Ten dous fillos bos e está contenta, como quería miña nai, que en paz descanse —fixo unha pausa e cravou os ollos nos de don Vincenzo.

—Que podo facer por ti? —preguntou el con voz rouca.

—O primeiro é algo inmediato: necesito axuda para investir estas moedas. Eu sei ler e comprendo ben as cousas. Non quero que ninguén saiba que tiven este regalo, e xa lle teño algúns aforriños. Vostede ten influencias e sei que a Familia se dedica aos investimentos no estranxeiro: paréceme boa cousa investir ben estes cartos e en segredo, que a fin de contas é o que fai vostede. Non me importa como, pero quero que estas moedas medren, porque só teño medo dunha cousa: quedar pobre outra vez.

»O segundo é para o futuro: se por casualidade preciso da súa protección e lle pido axuda, que ma conceda, con todo o seu poder.

»O terceiro é polo respecto que merezo: se teño que morrer antes que vostede, e coido de min que xa sufrín demasiado para vivir moito, que nós os Inzerillo morremos todos novos, prométame que vai vir ao meu funeral, porque é así como se paga a débeda dun home de honor cunha pobre xornaleira que foi deshonrada polo seu sangue.

Don Vincenzo mirábaa a fite, inmóbil. Botouse para adiante e colleulle as mans. Suxeitounas entre as súas e abaixou a mirada. A Mennulara fixo outro tanto. Despois dixo el:

—Palabra de honor.

Puxéronse de pé, don Vincenzo colleu o paquete e marchou.

Don Vincenzo non volveu ver a Mennulara e mantivo a súa palabra. Investiulle os cartos en Suíza e arranxoulle o mesmo trato e atención que recibía a mafia: o empregado do banco reuníase con ela en Sicilia, cando viña manter contactos cos clientes durante as súas "vacacións arqueolóxicas", e empregaba con ela as ben probadas e discretas canles de comunicación de que dispuñan.

Mandou que analizasen o pano outra vez no laboratorio. Confirmou as probas e falou co fillo sobre aquilo. Non foi unha discusión forte. Díxolle que lle debía toda a súa fortuna á Mennulara, que de non ser por ela nunca o tería afastado de si e da vila. Sendo rico e tendo xa unha posición segura, cumpríalle pensar en pagar a débeda moral que tiña contraída con ela: engadir inmediatamente unha importante suma ás moedas de ouro e manterlle o diñeiro controlado, pois que ela non se ía decatar de nada. Giovannino, aínda temeroso do pai, para demostrarlle que estaba arrepentido e que era home de honor, cumpriu co seu deber. Aquilo foi o inicio da riqueza da Mennulara, que nunca soubo do continuo crecemento dos seus investimentos.

Satisfacer a segunda petición foi máis difícil. O terreo dos Puleri, que os Alfallipe lle compraran a baixo prezo ao príncipe de Brogli, rendía pouco, mais estaba case pegado a Roccacolomba Bassa. A Mennulara mandou dicirlle que sabía que se falaba de facer unha nova escola en Roccacolomba Bassa e de revitalizar a vila. Se fose posible cualificar I Puleri como zona edificable e construír alí a escola, quedaría moi contenta, porque necesitaba vender aquel campo. Don Vincenzo tivo que mover moitos fíos para conseguilo, pero finalmente deuno feito: alí non só construíron as escolas, senón tamén casas baratas e un cemiterio, cousa que fixo ricos os Alfallipe.

A terceira e última petición fora satisfeita o martes 24 de setembro de 1963. A Mennulara merecía todo o seu respecto e el ía ser o garda da súa reputación. Ai do que falase mal dela!

50

O funeral

Non só a xente de Roccacolomba senón tamén os Alfallipe quedaron sorprendidos co anuncio publicado no *Giornale di Sicilia*, que lle recordaba aos amigos a data e a hora da misa na igrexa da Addolorata, para conmemorar os trinta días do pasamento da señorita Maria Rosalia Inzerillo.

Oficiaba o padre Arena, veloz coma sempre. Desa volta non dixo a homilía. "E ben puido dicir o que lle pasase pola cabeza, secasí non había case ninguén," comentou para si don Paolino Annunziata, que era un dos poucos presentes. A señora Adriana Alfallipe e Carmela Leone estaban sentadas ao lado do presidente Fatta e a muller; o notario Vazzano estaba en pé atrás deles, cerca do doutor Mendicò e da irmá. Poucas máis persoas había, unha ducia en total.

—Xa che dixera eu —murmuráballe don Paolino á muller no camiño de volta—, a xente esquece, e non me parece mal, está ben que sexa así. A propia palabra "mennulara" está a pique de desaparecer da nosa lingua, que agora xa non van as xornaleiras ás améndoas. Os homes recollen as améndoas con lonas e ademais agora van vir os tunisianos aos nosos montes... e así desaparecen as mulleres que fan a colleita.

Acabada a misa, Pietro Fatta insistira en convidar o padre Arena a comer. Quería falar dunha cousa importante co cura e con Gianni Alfallipe, que se uniría a eles contra a unha, chegado a propósito de Catania. Cando se levantaron da mesa, Pietro invitou a Gianni e o sacerdote ao seu despacho. Estaba especialmente formal e parecía algo incómodo.

—Gianni, teño boas noticias para os Alfallipe e quero falalas primeiro contigo só, co padre Arena diante, para que me digas como llas teño que comunicar a túa nai e ás túas irmás e me deas indicacións respecto do papel que espero que saibas asumir.

—Explícate, tío Pietro, de que papel se trata? —preguntou Gianni de mal humor. Aquela mañá espertárao un amigo que lera no xornal o anuncio do funeral co cal, daquela vez, os Alfallipe non tiñan nada que ver. Falara coas irmás e coa nai: ningunha tiña idea nin do anuncio nin da misa. Presa do pánico, temeu outra vez que a Mennulara lles tendera outra trampa ou outra amarga burla. Entroulle a dúbida de se marchar inmediatamente para Roccacolomba ou quedar en Catania. Mesmo telefonara ao padre Arena, quen lle respondera que celebrar a misa con ocasión do primeiro mes era unha cousa normal, que a tiña encargada pola propia Mennulara e que lle estrañaba que o Gianni non estivese ao corrente. Despois xurdira a invitación a comer en casa Fatta, o presidente tiña boas e importantes novas que lle comunicar con urxencia.

—Un coñecido e respectado financeiro de Zürich, sobre quen realicei con discreción certas indagacións, escribiunos a min e ao prefecto a semana pasada. Un vello cliente seu, experto en arte, morreu hai pouco deixando parte do seu importante patrimonio para un fin filantrópico relacionado co teu pai.

—Co meu pai? Non te creo —dixo Gianni.

—Tamén eu reaccionei así ao principio pero, pensándoo ben, o Orazio era unha persoa ecléctica e fascinante... Imaxino que ese benfeitor anónimo para nós o coñecería e o admiraría —dixo Pietro Fatta—. Agora quere instituír un acto musical dedicado á ópera lírica, no mes de maio na capital da provincia, en memoria de teu pai. Tamén destinou fondos para unha bolsa de estudo reservada a un mozo indixente, para estudar canto no conservatorio de Catania.

—E que máis? —preguntou Gianni, incrédulo e sarcástico.

—Eu son o presidente da fundación encargada de nomear os membros das diferentes comisións, e quería saber se che interesa. As condicións do benfeitor son poucas e claras. Esixe que se interpreten pezas escollidas por el no primeiro e no último espectáculos, todas de Verdi, empezando con *Aida*; quere que ti ou outro representante da familia Alfallipe sexades invitados a entregar o premio ao gañador do concurso de canto, e que o acto, chamado "A Mennulara" estea dedicado "á memoria do avogado Orazio Alfallipe, home de cultura e coleccionista".

—Hai que foderse... —Gianni estaba desconcertado.

—Parabéns, profesor: seu pai estaría moi contento —comentou o padre Arena, cun sorrisiño irónico.

—Que vai dicir a xente? —dixo Gianni preocupado—. E se fose unha trampa e a mafia se cabrea connosco? Aínda non sabemos de onde lle viñan tantos cartos. Teño medo: detrás de todo isto está a man da Mennù; esta vainos levar á ruína.

—Acouga Gianni, que ti non tes que facer nada. Eu xa aceptei o encargo, só quería saber se querías participar. Pode ser interesante... Vai ser unha cousa ben feita e importante para a provincia, e quizais fóra dela tamén. A túa muller podería formar parte do comité artístico; se cadra a Lilla quere participar, e mesmo a Carmela tamén. Para a familia Alfallipe é un honor. Pero quería saber que vai pensar túa nai.

—Non sei. Aínda lle quere moito á súa Mennù, a pesar de todo o que pasou. Estou seguro de que se vai alegrar.

Pietro Fatta e o cura intercambiaron unha mirada de complicidade: aquela era unha boa nova, pois temeran algo peor.

Gianni recuperara a coraxe e engadiu con rabia:

—Falemos claramente: non sei quen será ese benfeitor, pero chéirame que eses cartos son os que nos roubou a Mennulara, e agora bótanolos á cara desta maneira, noxo é o que me dá. A mamá non o vai comprender nunca, pero é unha vergonza, por non falar da memoria de meu pai: mataríase antes de ler o seu nome xunta o dunha criada. Abofé que non era ese o seu desexo, porque se fose así, que lle impediría facelo el mesmo?

Miraba arredor de si. Pietro Fatta e o padre Arena estaban impasibles, exemplo daquela habilidade para disimularen os propios pensamentos e sentimentos que os sicilianos maman co leite materno.

—Pois ala, fai o que che dea a gana, tío Pietro. Non esperaba eu isto de ti. Pensaba que foras amigo íntimo de meu pai —dixo Gianni friamente.

—E aínda o son —había un ton de tensión na voz de Pietro Fatta.

Gianni levantou a voz:

—A xente vai murmurar e falar a de Deus do achego que habería entre meu pai e a Mennù. Un amorío! Ti entendes? Iso é o que ela quería! Non o conseguiu en vida e por iso nolo fai pagar a nós agora. Teremos que explicar por aí que a relación entre eles era outra cousa.

—Pois has de saber que teu pai a amaba —respondeu Pietro Fatta con firmeza.

Gianni estaba apampado.

—Non cho creo, tío. A honra que supón o encargo confundiuche as ideas. Agora seguro que me vas dicir que ela quería o meu pai, que nos quería a nós os fillos e que non desexaba máis ca o noso ben, que mellor nos iría de tela obedecido, non? —engadiu sarcástico.

O padre Arena interveu.

—Acougue, profesor. Eu non podo traizoar o segredo de confesión, pero asegúrolle que non vai haber consecuencias desagradables, nin mafiosos nin nada diso, sempre que non critiquen en público a Mennulara, cousa que xa comprenderon vostedes por propia experiencia. Non van recibir máis cartas nin mensaxes dela. Só se fala dun acto musical. É unha cousa boa e daralle prestixio ao seu apelido.

—Non teñades medo de facer o ridículo, Gianni —engadiu Pietro Fatta—; todo o contrario: isto vai redimir o voso comportamento pasado. Non esquezas que fostes vós os que publicastes a necrolóxica por dúas veces. Darei unha explicación do título escollido, que é o que pide o benfeitor. Unha persoa do servizo que chegou a administradora e que vos serviu honradamente, son palabras vosas. Engadirei que a vosa xenerosidade lle permitiu estudar, de xeito que tamén acabou sendo a axudante de Orazio nas súas investigacións artísticas e musicais. E ademais, o seu traballo de administradora permitíralle dispor de tempo para se dedicar á arte. Non esaxero, trátase da pura verdade.

Pietro Fatta falaba ben e Gianni acalmou, malia ter en mente a inmensa perda... En mala hora escacharan as vasillas gregas!

O padre Arena marchou do pazo Fatta pola tarde e foi dereito a casa Mendicò, antes de coller o coche de liña para volver ao campo. O doutor estaba a ler o xornal, sentado no salón coa irmá.

—Só lle teño que dar unha resposta breve, doutor —dixo o padre Arena, rexeitando a invitación a sentar con eles a tomar un café—. Vostede fíxome o mes pasado unha pregunta difícil que non souben responder. Agora xa o sei, a resposta é si.

A señora Di Prima tivo razóns para constatar, pola esaxerada e imprevisible reacción do irmán ante as palabras do crego, que de verdade se estaba volvendo raro; quizais estaba empezando a chochear. De feito, o doutor Mendicò, que se levantara da butaca para recibir o sacerdote e aínda estaba de pé diante del, ao escoitar aquelas palabras agarrouno polo brazo e deulle dous ruidosos beixos nas meixelas... e non o soltaba, seguía enganchado ao cura nunha longa aperta. O padre Arena, pola súa parte, non fixo ningún intento de separarse e parecía aceptar aquel comportamento como normal. Por fin, os dous vellos soltáronse e dirixiron a mirada á señora Di Prima coma dous rapazolos pillados por sorpresa.

O padre Arena despediuse con algo de vergonza e moito tatexo. O doutor acompañouno ata a porta e no momento da despedida dixo en voz alta:

—Ben pola Mennulara, por algo se di que o amor non ten idade!

Deulle outra aperta ao padre Arena antes de volver outra vez ao salón onda a irmá.

A señora Di Prima preguntoulle inmediatamente:

—Mimmo, que quería dicir o padre Arena con esa resposta? —estaba lista para bombardear o irmán a preguntas.

—Concetta, haiche cousas privadas que non son asunto teu. Deixa estar, por favor —dixo o doutor, e púxose outra vez a ler.

A señora Di Prima retirouse ao seu dormitorio, ofendida, deixando só o doutor Mendicò a ler o xornal, contento como non estivera desde había tempo.

EPÍLOGO

Gaspare Risico foi trasladado a Palermo cun pequeno ascenso; pola contra, Massimo Leone e Carmela Alfallipe mudáronse ao pazo Alfallipe para facerlle compañía á señora Adriana, onde quedaron ata a morte desta en 1967.

Carmela e Massimo separáronse pouco despois, logo doutra violenta liorta. Carmela decidiu abrir unha tenda de roupa en Roccacolomba, negocio que tivo un éxito considerable. Vivía nunha parte do pazo Alfallipe e adoitaba pasar as tardes na casa, sentada á mesa, xogando a compor os crebacabezas aos cales se afeccionara despois de tentar pegar aquelas vasillas que ela e mais os irmáns escacharan o día 30 de setembro de 1963. Dérase tan boa maña que os tres Alfallipe decidiran levarlle ao doutor Palmeri, do Museo Arqueolóxico Rexional, os fragmentos da colección do pai (que despois foron restaurados e expostos no museo), nun acto de contrición para aplacar o espírito da Mennulara, que na mente de todos eles acadara dimensións omnipotentes e demoníacas.

Os crebacabezas convertéranse no consolo e na obsesión das tardes de Carmela, case un rito nocturno do cal só se distraía catro veces ao ano, co cambio de estación, cando un atractivo representante dunha firma de xénero de punto para señoras chegaba a Sicilia desde

Nápoles para recoller as encargas dos clientes. Carmela abandonábase entón aos brazos do representante, nun amor estacional, apaixonado e tranquilo. Cando o napolitano a deixaba para ir polas outras provincias, Carmela recaía serenamente no seu letargo dos sentidos, confortada polas pezas do crebacabezas, ata a seguinte visita.

Massimo Leone aloxouse na casa da irmá e seguiu a vivir do conto. Á idade de cincuenta anos deixou embarazada unha moza de Catania cuxos irmáns o ameazaron, e parecía que ían en serio. Animado polo cuñado, Massimo trasladouse a outra vila para fuxir dos seus perseguidores e del nunca se soubo máis nada en Roccacolomba.

Lilla acabou sendo unha respectada personaxe dos salóns de Roma; recibía con moito estilo na súa preciosa casa, onde destacaban nun posto de honor dúas vasillas gregas, moi admiradas pola xente de cultura da capital como espléndidos exemplos da arte da Magna Grecia. Ademais, Lilla era membro do xurado do concurso anual "A Mennulara" que, xunta outros espectáculos musicais, era coñecido e apreciado en toda a illa.

Gianni levou unha vida plena e serena coa muller e o fillo Orazio, en Catania, e fixo unha discreta carreira universitaria. Nunca sospeitou que Orazio non era fillo seu, senón dun queridísimo amigo da familia, colega da muller. O pazo Alfallipe quedou como estaba, só un pouco descoidado. Gianni e a muller ocupan a planta nobre cando van a Roccacolomba a pasar as vacacións e para os festivais musicais, ás veces acompañados por algún amigo invitado. O pequeno Orazio foi concibido no despacho do avogado Alfallipe, no sofá que hai diante do lar.

A xente de Roccacolomba axiña esqueceu a Maria Rosalia Inzerillo, coñecida como a Mennulara, pero lembra con orgullo un seu insigne concidadán, o avogado Orazio Alfallipe, grande estudoso e coleccionista, cuxa memoria lle dá lustre á vila.

AGRADECEMENTOS

A British Airways da dedicatoria é precisamente a compañía aérea británica. A un atraso do voo Palermo-Londres do 2 de setembro de 2000 lle debo a "iluminación" que me levou a escribir esta novela. Por esta razón, aínda que se cadra tamén por ese fío "aéreo" que me permite manter un vínculo entre os meus dous países, figura aí a British Airways.

Quero dar as grazas oficialmente a dúas persoas polo seu papel na historia desta novela: Giovanna Salvia, primeira lectora, entusiasta axente, pródiga e discreta subministradora de suxestións, e agora amiga, e o meu editor da casa editorial Feltrinelli, Alberto Rollo. O seu constante apoio e a súa paciencia foron extraordinarios, sen esquecer o seu impecable xuízo profesional. Traballar con el foi un pracer, ademais dunha continua aprendizaxe. Non só me deu unha memorable clase maxistral de escritura senón que a súa erudición foi máis aló para revelarme o significado dalgunhas palabras sicilianas e inglesas descoñecidas para min ata daquela, para a miña gran sorpresa.

ÍNDICE

Este libro,
A MENNULARA
de *Simonetta Agnello Hornby,*
rematouse de imprentar
nos talleres de
Obradoiro Gráfico, S. L.
no Polígono Industrial do Rebullón, 52-D de Mos
o día 8 de febreiro de 2005.